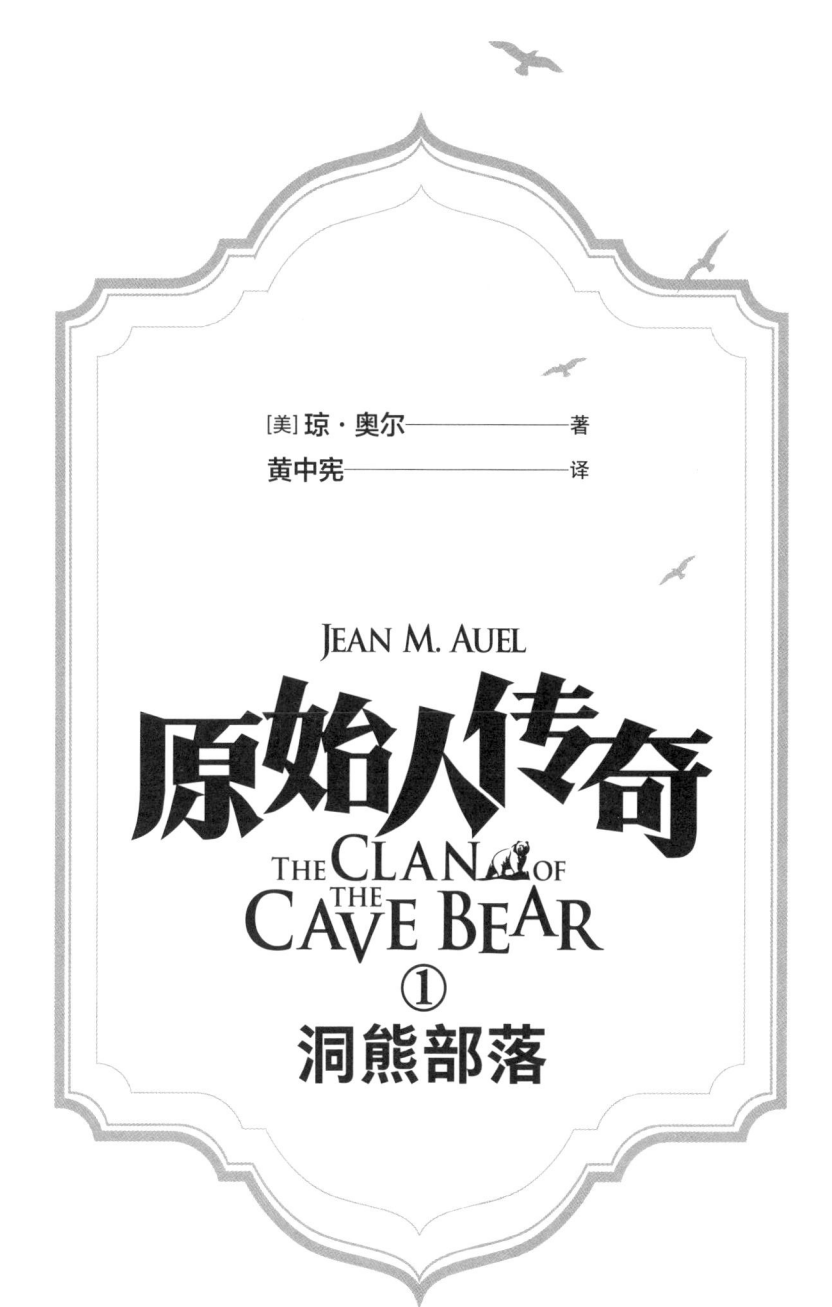

[美]琼·奥尔 著
黄中宪 译

JEAN M. AUEL

原始人传奇

THE CLAN OF THE CAVE BEAR

① 洞熊部落

图书在版编目（CIP）数据

原始人传奇.洞熊部落/（美）琼·奥尔著；黄中宪译.— 北京：北京联合出版公司，2020.7
ISBN 978-7-5596-4039-0

Ⅰ.①原… Ⅱ.①琼… ②黄… Ⅲ.①长篇小说—美国—现代 Ⅳ.①I712.45

中国版本图书馆CIP数据核字（2020）第045704号

THE CLAN OF THE CAVE BEAR
Copyright: © 1980 BY JEAN M. AUEL

This edition arranged with JEAN V. NAGGAR LITERARY AGENCY, INC
through BIG APPLE AGENCY, INC., LABUAN, MALAYSIA.
Simplified Chinese edition copyright:
2020 Beijing United Creadion Culture Media Co., LTD
All rights reserved.

原始人传奇.洞熊部落

作　者：（美）琼·奥尔		译　者：黄中宪	
出品人：赵红仕		出版监制：辛海峰　陈　江	
责任编辑：徐　鹏		特约编辑：王周林	
产品经理：卿兰霜　魏　倠		版权支持：张　婧　刘雅娟	
封面设计：人马艺术设计·储平		美术编辑：任尚洁	

北京联合出版公司出版
（北京市西城区德外大街83号楼9层　100088）
北京联合天畅文化传播公司发行
天津光之彩印刷有限公司印刷　新华书店经销
字数 207千字　880毫米×1230毫米　1/32　9.25印张
2020年7月第1版　2020年7月第1次印刷
ISBN 978-7-5596-4039-0
定价：42.00元

版权所有，侵权必究
未经许可，不得以任何方式复制或抄袭本书部分或全部内容
如发现图书质量问题，可联系调换。质量投诉电话：010-88843286/64258472-800

致中国读者的信

得知中国也有许多对我的作品感兴趣的读者,我十分欣喜。我想,所有作家都渴望达成这样一个目标,那就是利用自己的言语和文辞,在自己独特的故事中表达出普适的人性,让读者在阅读中寻得一些联系与共鸣。你们让我感到自己在这个目标上获得了成功。

1977年1月一个寒冷的冬夜,灵感突然造访,让我想到了这个生活在与自己不同的人群中的年轻女孩的故事,连我自己都不知道这个念头从何而来。虽然我一向喜爱读书,但此前从未亲自动手写过小说。当我坐下来开始尝试写作的时候,我发现写作实在是非常有趣。只是我对自己要写的东西几乎一无所知,因为我对考古学和人类学毫无研究,好在我知道可以从哪里开始学习。图书馆实在是个美妙的好地方,我正是从那里开始了这次我至今都乐在其中的探索之旅。它开拓了我的视野，将现代科学讲述的冰川时代先民的迷人故事呈现在我眼前——我说的可不是那些拖着长胳膊的类人猿，而是人类的故事。我在这里也找到了许多关于小说写作技巧的书籍，它们让我学会了如何把有趣的故事讲出来。

在我刚刚开始写作的时候，这个系列的故事都是由情节推动的——我会首先想到故事情节的点子，然后深入研究，为这些故事提供更丰满的灵感。我原本按部就班地走着求学——成家——工作的道路，获得工商管理学位后，我辞去了工作，不过并不是为了写作，而是因为我相信自己可以在商界找到更好的工作。孩子们升入高中和大学后，我开始思考自己到底想干什么。有一天，我萌生了创作关于一个年轻女孩的故事的念头，她生活在与自己不同的人群中，她像我们一样是现代人，身边的人却认为她与众不同。我当时想的是，也许我可以把这个点子写成一部短篇小说，这也是我最早开始写作的动机。初次尝试写小说的感觉很有意思，不过我很快就发现，我既不了解自己描写的主题，对自己塑造的人群也一无所知，于是我开始了一次小小的研究。

我的研究是从百科全书开始的，我在书中发现在史前时代的某个时期，曾经有两种不同的人类在同一个地区生活。这个发现让我走进图书馆，搬回了好几摞书开始研读，我从这些书里读到的东西彻底点燃了我的想象力。我此前知道的只不过是九牛一毛。现代人到达欧洲的时候，欧洲地区已经分布着另一种人类了，那就是尼安德特人。创作这些故事的灵感正是由此而来。

　　来自科学家的最新消息表明，早期现代人来自非洲。走出非洲后，他们首先一路向东前往了亚洲。他们极有可能在那里发展出了更加先进的技术和语言能力，这些能力与技巧是他们刚刚离开非洲时尚不具备的。接下来，一部分现代人向西迁移，并在几千年后到达了欧洲。这批先民此时早已不是智力低下且凶残野蛮的克罗马尼翁人——好莱坞呈现的那种"穴居人"形象——而是彻头彻尾的现代人。他们生活在一个不同的时代，有着不同的求生方式和不同的文化与价值观。

　　尼安德特人依旧被谜团笼罩，然而他们也比我们想象中的要先进许多。比方说，假如人们发掘出了这样一具尼安德特老人的遗骨：骨架上的痕迹表明，他很小的时候就有一只眼睛失明，还有一条胳膊自肘部以下被截断了，走路时一条腿是跛的……不用猜就知道，他无法像同胞一样去追猎猛犸象。这就带来了许多有意思的问题：是谁替他完成的截肢手术？是谁替他止血？谁能帮他应对截肢的剧痛刺激？他是怎么活到老年的——很明显有人照料他，真正的问题是，他们为什么要这样做？会是因为他们爱着这个人吗，还是因为他们有着照料老弱和伤员的文化？或许"茹毛饮血"并不是对我们这些远亲最恰当的形容。

我们的先祖到达冰川时代的欧洲后,在至少一万年的时间里,他们都与尼安德特人共享着这片古老的寒冷大地,甚至有些研究认为这一时段长达两万年。这些知识深深地迷住了我,让我发现短篇小说远远不够,要写成一本完整的书才行。当时我将这本书命名为《大地之子》,随着写作不断继续,它逐渐变成了一部需要分成好几个部分的长篇小说。我最初写了大约45000个单词的草稿,打算一边修改,一边进行分割与删减。但是重读这些草稿的时候,我突然意识到自己还不太会写小说。于是我又回到图书馆,开始阅读小说创作方面的书籍。

我的研究依旧为我提供着源源不断的灵感。每当我读到关于某些特别的化石或者文物的资料时,我都会忍不住联想为什么它们会出现在这里,并且尽情畅想可能的答案。比如说,有一次,我读到了关于出土的一批杂物的消息,这些古怪的物件之间并没有任何关联,唯一的联系就是它们被放在了一起。这让我不禁想到,会不会是有人在刻意收集这些东西？它们会不会原本装在什么容器里,比如说一个皮制的小口袋之类的,只不过现在这个容器不存在了？这个念头后来成了《洞熊部落》中爱拉护身符的灵感来源。书中爱拉的脖子上挂着一个小袋子,里面装着许多小物件,她认为这些东西是她信仰的图腾所赐,对她有着特别的含义。

　　这一切都不断激发着我的想象,让我最终决定不仅要把这个故事写出来,而且要把它写好。于是我开始了修改与重写,为小说加入了更多有利于塑造剧情的对话与场景,这样一来,小说的篇幅不但没有删减,反而越来越长了。最终我带着些许的惊喜与惶恐发现,小说的每一部分都是一个完整的部分,呈现在我眼前的是一部长篇小说系列作品。所以,早在《洞熊部落》完成之前,我就基本已经想好整个系列的剧情走向了。

　　此外,我还研究了许多有关植物及其药用功效的资料,以及冰川时代动物和游猎、采集部落如何利用资源与环境的信息。在这一过程中,我逐渐积攒下了数量可观的私人藏书。不过我既不是植物学家,也不是草药学家,因此,我也只敢说有人曾经依据我书中描写的方法使用过某些植物。

　　写作这一系列的历程是一段愉快而令人振奋的旅程,而最让我由衷感到喜悦的还是各位读者对我的作品展露出的兴趣。

Jean M. Auel

目录

1 / 第一章
13 / 第二章
39 / 第三章
57 / 第四章
77 / 第五章
95 / 第六章

119 / 第七章
141 / 第八章
169 / 第九章
195 / 第十章
221 / 第十一章
243 / 第十二章
261 / 第十三章

洞 熊 部 落

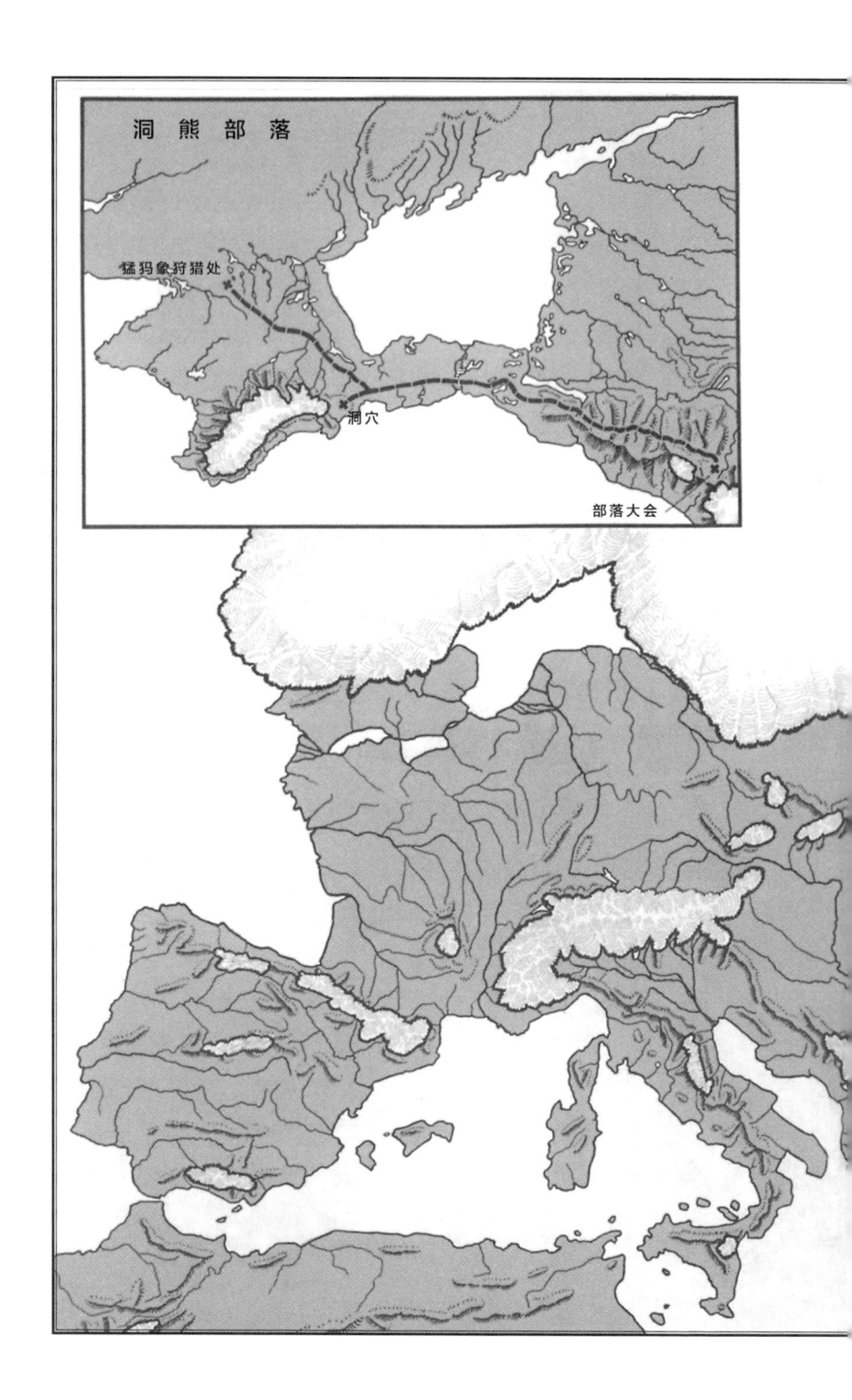

猛犸象狩猎处

洞穴

部落大会

原始人传奇系列

冰川时代的早期欧洲

伴随着为时一万年的间冰期中冰盖的延伸和海岸线变化,在史前三万五千年至史前两万五千年间的更新世晚期维尔姆冰期出现了一股变暖的趋势。

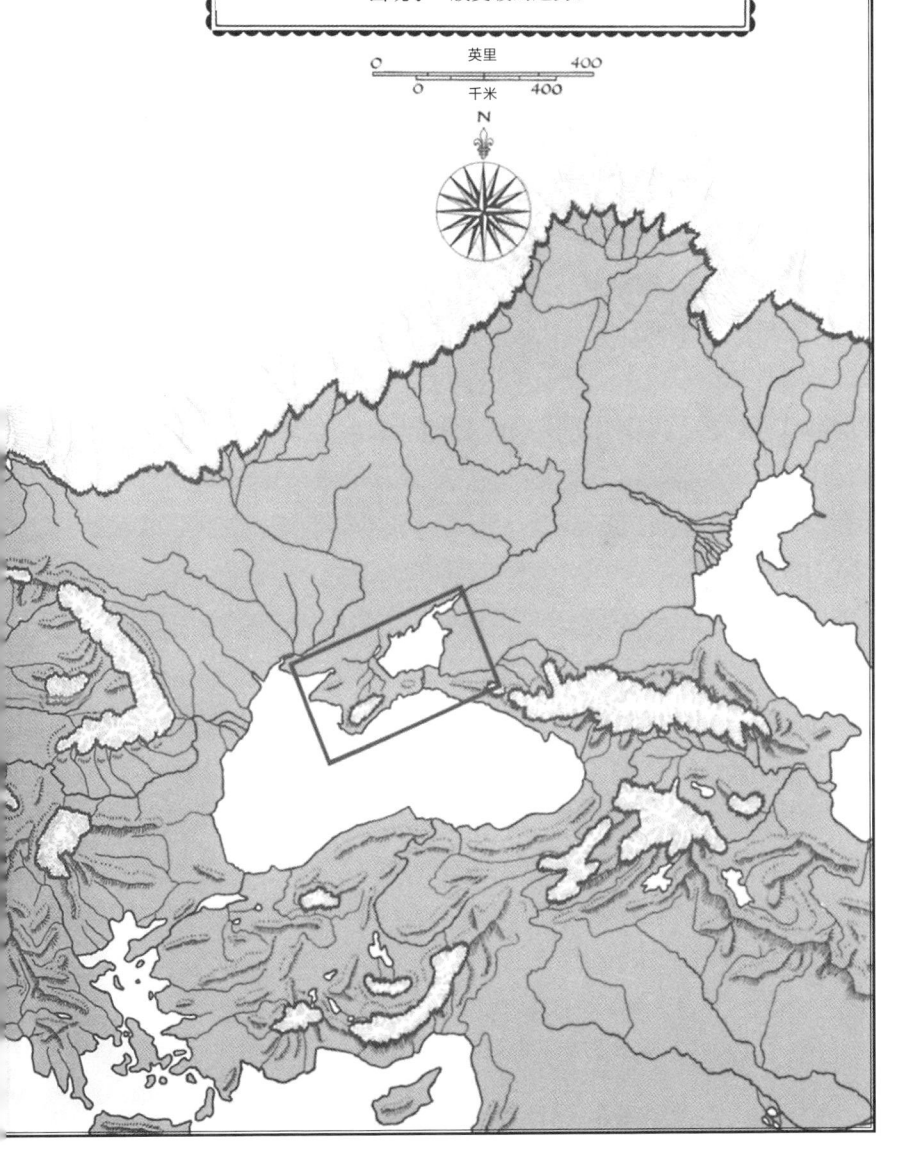

英里 0 — 400
千米 0 — 400

N

CHAPTER 1

第一章

小女孩全身光溜溜地跑出兽皮帐，头也不回地往河湾岩滩奔去。她没想过要回头多看一眼，因为那温暖的小窝打从她出生起就存在，一向不用担心下一分钟竟然会跟她永远分隔。

她扑通一声跃入河中，顺着陡降的河床走，感觉沙石在脚底滑移。接着，她一头潜入冰冷的河水中，又猛地蹿出水面，稳健地划动手臂，游向陡峭的对岸。她还不会走路就会游泳了，现在她五岁，在水中轻松自得。在这里，不会游泳往往就过不了河。

小女孩在河里游来游去，自顾自地玩了一会儿，然后两手一摊，随水漂流，任凭水流把她往下游带。下游的河面宽广，浅浅的河水缓缓流淌，在岩石上激荡出粼粼波光。她站直身子，涉水上岸，开始在岩滩上拣小石子玩，还把她觉得特别漂亮的堆在一块儿。就在她正要把一颗漂亮石子放到石堆顶端的时候，大地猛烈地震动起来。

女孩一脸惊讶地看着手上的小石头滑落，无法理解眼前的石堆为什么会摇晃起来，散落一地。这时她发现自己也在摇晃，但她心里仍是困惑多于害怕。女孩环顾四周，试着搞清楚为什么她的世界发生了这么奇怪的变化。照理说，大地应该是不会动的呀！

河床反复猛烈地摇晃，使得原本平静流淌的河水跟着翻腾，巨浪凶猛地拍打河岸，就连河底的烂泥也被翻搅上来了。上游河岸的灌木丛剧烈颤抖,像是有只看不见的手正从根部摇晃它们似的;下游的巨大圆石仿佛受到了什么异常的刺激,上下跳动;河畔的针叶树则被河水冲得东倒西歪。岸边的一棵大松树原本就因为春天大量雨水的冲刷而露出根部,摇摇欲坠,这时更是直接向对岸倒去,最后终于啪啦一声拦腰折断,变成横亘在湍急水流上的木桥,而那倒下的躯干还在摇晃的大地上兀自震动着。

树木倒下的声音把女孩吓到了,她心中闪过一丝恐惧,胃部随之纠结。她试着站稳脚步,却又跌回地上,恐怖的摇晃让她无法保持平衡。她试了又试,终于摇摇晃晃地站了起来,然后胆战心惊地踏出脚步。

正当她要走回河岸后方的兽皮帐时,忽然听见一阵低沉的隆隆声,声音越来越大,旋即转为吓人的轰然巨响。地面裂了一道大缝隙,冒出一股潮湿腐败的酸臭味,仿佛大地一早睡醒,张嘴打了个臭烘烘的大呵欠。这个炽热星球冷却许久的坚硬外壳在这场变动中再度爆裂。她眼睁睁看着沙土、石块和小树纷纷掉进那道越来越大的裂口,完全不明白到底发生了什么事。

兽皮帐就在这道深渊的边缘,因为下方的坚硬地面被掏空了大半,变得岌岌可危。脆弱的帐篷支柱早已无法支撑,摇摇欲坠,最后终于崩塌,盖顶的兽皮和帐篷里的一切一起掉入深渊,消失无踪。小女孩吓得睁大双眼,看着这个发出恶臭且越来越大的无底洞将她短短五年生命中具有意义的、带给她安全感的一切都吞噬掉,恐惧得浑身发抖。

"妈妈!妈妈!"当渐渐明白发生了什么事时,她开始大声哭喊。在山崩地裂的震天巨响中,她已分辨不出耳边回荡的尖叫声到底是不是自己发出来的。她挣扎着爬向那道深不见底的裂缝,但地面忽然隆起,把她又摔了回去。她拼命扒抓着地面,想在这起伏变动的土地上找到安稳的攀附点。

然后裂口合上了,轰隆巨响也停止了,大地的颤抖渐渐平息,小女孩却没有跟着平静下来。她趴在因为大地翻身而被翻松的柔软、潮湿的土壤上,害怕得直发抖。她是有理由这么害怕的。

小女孩孤零零的,置身在这片布满草原与森林的荒野上。横亘北方大陆的冰川将寒冷的空气往这荒野上送。无以计数的草食动物和以它们为食的肉食动物徜徉在辽阔的大草原上,却见不到人类的踪迹。她无处可去,没有人会来照顾她。就她一个人了。

大地再度震动,又趋于平静,小女孩听到地底深处隆隆作响,仿佛大地正在消化刚刚一口气吞掉的东西。她吓得跳了起来,生怕地面再度裂开,又转头望向兽皮帐原本所在的地方,现在那里只剩裸露的泥地和几株被连根拔起的灌木。她忍不住号啕大哭,跑回河边,在浑浊的河水旁蜷缩成一团,呜咽啜泣。

然而,面对躁动不安的地球,潮湿的河岸并没有办法提供任何庇护。余震又来了,这次更加凶猛。地面再度震动,冰冷的河水飞溅,泼洒到她光溜溜的身上,让她吃惊地倒抽了一口气。惊慌的感觉再度袭上心头,她急忙跳了起来。她得离开这个震个不停而且会吃掉一切的可怕地方,可是能上哪儿去呢?

岩滩上寸草不生,灌木也一株不剩,但上游河岸那儿还满是刚发新叶的灌木。某种潜在的本能告诉她该待在水源附近,然而那些纠结蔓生的荆棘灌木看起来似乎很难穿越。她那双蒙眬的泪眼转而望向另一边,望向那片长满高大针叶树的森林。

下游河畔布满枝叶浓密的常绿树,只有极稀疏的阳光能穿透层层叠叠的枝丫洒进来。这片阴暗的森林里几乎没有什么矮灌木丛,只是许多树木也不再笔直挺立：有些横倒在地，更多的东倒西歪，只能靠旁边还顽强挺立的树木撑着。在这片混乱的树林后头则是同样阴暗、不比上游那些灌木丛吸引人的北方温带森林。她不知道该往哪里去，看看上游，再看看下游，没办法做决定。

就在她犹豫不决地盯着下游瞧时，脚下一阵震动，迫使她开始行动。她对周遭空荡荡的景象投下热切的最后一眼，天真地希望兽皮帐还在那儿，然后往森林奔去。

大地虽已平静，却还是偶尔隆隆作响，小女孩在这响声的催促下，沿着河流匆忙赶路，想逃得远远的，只有喝水时才停下脚步。被地震摧折的针叶树横倒在地，树木周遭的浅树根连带着泥土和碎石翻出，形成一个个小圆坑，她只好蜿蜒绕过。

快要天黑时，她发现地震破坏的痕迹渐渐少了——连根拔起的树木和移位的大石块越来越少，河水也清澈多了。天色越来越暗，她没办法继续前进，只好停下脚步，精疲力竭地倒卧在森林的土地上。赶路时身体的活动让她不觉得冷，这时夜晚寒凉的空气冻得她瑟瑟发抖。她躲进树木洒落的厚厚的针叶毯中，紧紧蜷缩成一团，又抓了几把针叶盖住身体。

尽管身心疲倦万分，惊吓过度的小女孩还是难以入眠。在河边忙着绕过障碍赶路时，她还能把恐惧抛在脑后；现在，阵阵恐惧袭上心头。她静静躺着，眼睛睁得老大，看着越来越暗的夜色在她周遭凝结。她怕得不敢动，甚至不敢呼吸。

她从来没有在晚上落单过，而且以前总是有火光将未知的黑暗挡在外头。最后，她再也忍不住了，抽抽噎噎地哭了起来，想将所受的苦楚一股脑儿哭出来。小小的身躯随着抽噎啜泣而颤抖，但苦楚也随之释放，最后她终于沉沉睡去。就连有只小型夜行动物略带好奇地嗅了嗅她，她都浑然未觉。

她尖叫着醒来！

地球依然骚动不休，从地底深处传来遥远的隆隆声，将恐惧唤回她悲惨的梦魇。她仓皇起身想要逃走，但无论如何睁大双眼，都跟闭着眼睛没两样，什么也看不见。一开始，她想不起自己置身何处，吓得冷汗直流："我怎么什么也看不见？晚上醒来时总在身旁安慰我的那双慈爱手臂到哪儿去了？"慢慢地，她又一点一滴意识到自己的困境，寒冷和恐惧让她直发抖。她颓然坐下，再度钻进地上的针叶毯里，把自己缩成一团。黎明射出第一道薄弱的光线时，她睡得正熟。

阳光缓缓推进到森林深处。小女孩醒来时，天已经亮了好久，只是在浓密的林荫下难以察觉。昨天傍晚，随着阳光渐渐消失，她迷失了方向，离河流越来越远。她四下张望，目之所及都是森森林木，她又是一阵惊慌。

幸好口渴的感觉让她察觉到了潺潺的流水声，循水声而去，她再度看到那条河，心里顿时踏实不少。在河边，她还是跟在森林里一样茫然，但有个东西可以依循，至少让她觉得安心些，只要不离河水太远，她随时可以止渴。这河水和昨天一样让她感到愉快，只是对于她的饥饿没啥帮助。

她知道绿叶和树根可以吃，却不知道哪些是能吃的。她尝的第一片叶子苦得让嘴巴发疼，她只好赶紧吐出来，漱漱口把嘴里的苦味去掉，不敢再尝别的叶子了。她喝了更多水，暂时撑饱肚子，再度往下游走去。幽深的树林令人害怕，于是她紧挨着阳光耀眼的河边走。天黑时，她在铺满针叶的地上挖出一块地方，缩起身子又过了一夜。

第二个孤零零的夜晚和前一晚一样难挨。除了饥饿，她还又冷又怕。她从没这么怕过，从没这么饿过，从没这么孤单过。失落感如此难受，她开始不去回想那场地震和地震前的生活；想到未来会让她再度濒临恐慌，因此她也努力把那些担忧排除在心房之外。未来会如何？谁来照顾她？她不想去想。

她只活在当下这一刻，继续跨越下一个障碍，穿越下一条支流，爬过下一根倒木，走一步算一步。顺着河流走这件事成为她行动的目的，并不是因为这能带她到什么地方，而是因为这是唯一能带给她方向、目标与行动准则的事。总比什么都不做好。

过了一阵子，胃里的空虚变成闷闷的疼痛，使她意志消沉。她无精打采地走着，偶尔放声大哭，眼泪在她脏兮兮的脸上画下几道白色泪痕。一丝不挂的小小身躯沾满泥垢，曾经接近雪白、柔细如丝的头发而今与针叶、树枝、泥土纠结成一团，沾挂在她的头上。

走着走着，常绿森林变成了较稀疏的低矮植被，铺满针叶的森林地面转变成挡路的灌木、草本与禾本科植物，走起来更加困难。下雨时，她就蜷起身子，躲在倒木、大石头或凸起的岩石露头底下，或者干脆继续在烂泥里吃力行走，任由雨淋。到了晚上，她就把上一季植物生长所留下的干燥树叶堆成小丘，钻进去睡觉。

充足无虞的饮水使她不致因为脱水而陷入危险的失温状态，但她还是越来越虚弱。她已经饿过头了，只是常常觉得肚子闷闷地痛，偶尔有些头昏。她努力不去想这些事或其他除了河流以外的事，就只是顺着河流走下去。

阳光渗进她的树叶窝，唤醒了她。她起身离开那个已被她睡暖的舒适小窝，走到河边喝水，身上还沾着些湿叶子。前一天的大雨停了，她看见蓝天和艳阳时顿感开怀。出发后不久，她所走的河岸地势渐渐高起来。等到她决定停下来喝水时，已经跟河水隔了一道陡坡。她小心翼翼地下坡，一个没踩稳，就这么滚了下去。

她躺在河边的烂泥里，身上满是擦伤和瘀青，她已经太累、太虚弱，狼狈得无法移动身子。豆大的泪珠涌出眼眶，滑下脸庞，凄切的号哭声划破长空，却没人听到。接着，哭声变成了求救乞怜的哀哀啜泣，却还是没人来。她绝望痛哭，肩膀随着啜泣而起伏。她不想站起来，不想继续走，但除此之外还能做什么呢？难道就待在泥巴里一直哭？

停止哭泣后，她继续躺在水边。忽然，她觉得身子下的树根扎得她很不舒服，嘴里也满是泥土味。她只好起身，拖着疲累的身躯走到河边喝水，然后继续上路。她奋力拨开挡路的树枝，爬过布满滑溜青苔的倒木，沿着河一会儿涉水而行，一会儿沿岸边走。

河水的水位原本就已经因稍早的春季洪水而升高，加上有支流汇集，水量增加了一倍多。小女孩大老远就听见前方传来轰隆隆的声响，没走多久，就看到瀑布自高处倾泻而下，原来有条大溪在这里汇入小河，河水又暴涨了一倍。下游的湍急水流哗啦啦地漫过岩石，流入满地青草的大草原中。

轰隆作响的瀑布宛如一道宽阔的白练，从高处河岸垂挂而下，注入底下的岩石凹池中，形成一汪水汽蒸腾、旋涡处处的水潭。早在很久以前，河水就已将瀑布后方的坚硬石壁侵蚀得往内凹陷，在瀑布与岩壁之间形成一条通往河流对岸的天然通道。

小女孩慢慢走近，仔细打量那条潮湿的隧道，然后穿过倾泻而下的水帘，走了进去。不断飞泻而下的流水让人看得头晕，她只好攀扶着凸起的岩石前进。轰隆隆的水声碰到岩壁弹了回来，更是震耳欲聋。她害怕地往上看，理解到河流就在这些滴水的岩石上方，不安地挨着岩壁慢慢前进。

她来到隧道尽头，差不多就快到河流对岸了，但可供通行的空间越来越窄，最后终于被陡峭的石壁堵住。原来这条通道并没有贯通到对岸，她只好回头。回到刚才出发的起点，她看着奔流倾泻的瀑布摇摇头，没有其他路可走了。

接着，她踩进河里，河水十分冰冷，水流强劲。她游到河中央，任凭水流带她绕过瀑布，然后转身游往下游宽广的河面。游这一趟耗了她不少力气，但除了纠结的头发外，身上干净多了。她再度出发，觉得精神抖擞，不过这感觉并没有持续多久。

就晚春而言，这天异常暖和。刚走出树林与灌木丛，进入开阔的大草原时，暖呼呼的阳光让她觉得很舒服。但随着火红的太阳渐渐升高，它那炙人的炎热一点一滴地榨干了小女孩所剩不多的体力。到了下午，她沿着河流与峭壁间的一道狭长沙地蹒跚走着。粼粼河水将耀眼的阳光映照在她身上，近乎雪白的砂岩也反射出光和热，让她热得发昏。

越过河流继续往前，是一片由白色、黄色、紫色小花和透着嫩绿的新生小草交织而成的花草之海，一望无际，绵延到天边。只是小女孩根本没看见大草原上这片转瞬即逝的春季美景。虚弱和饥饿使她神智错乱，开始产生幻觉。

"我说过我会小心的，妈妈。我没游多远，可是你到哪里去了？"她喃喃自语，"妈妈，我们什么时候去吃东西？我好饿，这里好热啊。

妈妈,我在叫你,你听见了吗?我叫了又叫,怎么你还不来?妈妈,你在哪里?妈妈不要走!留下来!妈妈!等等我!别丢下我!"

幻觉中的影像越走越远,她沿着峭壁底下朝幻象追去,但那峭壁偏离了河道,她也因而离开了水源。她盲目地奔跑着,忽然被石头绊倒,重重摔了一跤。这一跤把她摔回了现实,她坐下来揉揉疼痛的脚趾,努力拼凑自己的思绪。

嶙峋的砂岩壁上布满黑压压的洞穴和一道道狭窄岩缝。因为承受不住酷热与严寒交替产生的热胀冷缩,脆弱的岩壁表面已经碎裂。小女孩往身旁岩壁上的一个洞穴张望了一下,小小的洞穴里没什么特别的。

真正让她惊叹的是正在峭壁与河水之间静静啃食嫩绿青草的成群原牛。这是一种红褐色的庞然巨兽,脖子附近的鬐甲处长着两根巨大的弯角,之前她昏乱地追着幻觉奔跑时,完全没注意到它们的存在;而今一旦发觉,陡然升起的恐惧马上让她清醒过来。她退到岩壁底下,眼睛盯着一头停止吃草抬头看她的健壮公牛,然后转身拔腿就跑。

跑了一段距离后,她回头看了一下,感觉到一团模糊的黑影疾奔而过,吓得屏住呼吸,停下脚步。原来有只巨大的母狮正悄悄追踪着这群原牛,它的体形比许多世纪之后生活在遥远的南方大草原上的猫科动物还要大上一倍。母狮迅速跳到一头母牛身上,小女孩想尖叫,硬是忍了下来。

经过一番搏斗后,母狮凭着尖牙利爪终于将庞大的原牛撂倒在地。这只巨大的肉食动物以强壮有力的爪子紧紧按住了原牛。随着喉咙被咬断,牛儿凄厉的哀嚎戛然而止,喷出的鲜血沾污了这个四脚掠食者的口鼻,把它黄褐色的毛发染成了深红色。母狮撕开原牛的肚子,咬下一大块鲜红暖热的肉，原牛的腿还在一阵阵抽搐着。

全然的恐惧在小女孩的身上流窜。在另外几只大猫的严密监视下，她拔腿就跑，极度惊慌。小女孩已经踏进穴狮的地盘。一般说来，这种大型猫科动物不屑吃五岁人类这么小的动物，而偏爱健壮的原牛和其他体形特大的野牛，或巨鹿，这些才能喂饱饥饿的穴狮群。然而奔逃的小女孩不知不觉跑得太靠近狮洞了，这洞里正住着一对嗷嗷待哺的新生小狮。

负责在母狮出猎时留下来看守幼狮的公狮鬃毛耸立地咆哮示警。小女孩急忙抬头，看到这只庞然巨兽蹲伏在岩架上作势欲扑，吓得倒抽了一口气。她尖叫着刹住脚步，却滑倒在岩壁旁松软的沙地里，擦伤了腿。她挣扎着回头，在极度强烈的恐惧的催逼下，朝着来时的路逃去。

公穴狮从容地往前一扑，自信能抓住这个胆敢侵入幼狮养育圣地的小东西。它不慌不忙——相较于它的迅疾如风，小女孩的移动速度慢得多——存心要来一场猫捉老鼠的游戏。

惊慌失措的小女孩本能地逃进那个最靠近地面的岩壁小洞中。她勉强把自己挤进恰可容身的洞口，岩壁的压迫与摩擦让她浑身疼痛，而且几乎喘不过气来。这个洞又小又浅，比岩缝大不了多少。她在这个狭小的空间里拼命扭动身子，往洞里钻，直到自己跪得紧贴石壁为止。

穴狮来到洞口，发现追捕失败，气得大声咆哮。女孩被狮吼声吓得浑身发抖，却动弹不得，只能极度惊恐地看着狮子把脚掌伸进来，张开弯曲的利爪四处捞抓。她无处可逃，眼睁睁地看着利爪扫来，在她的左大腿上划出四道又长又深的平行伤口，痛得大声尖叫。

小女孩左右扭动着身子，想要躲开狮子的魔掌。忽然，她发现左边的漆黑石壁上有个小凹洞，连忙把腿塞了进去，然后尽可能地缩紧身子，屏住呼吸。狮爪又慢慢伸进小洞，几乎把透进小洞的微弱光线完全遮住了。但这次它什么也没够着，只好在洞口来回踱步，连连咆哮。

小女孩在这局促的小洞里待了超过一天一夜的时间。这个四面都是粗糙岩壁的狭小洞穴里没有什么转身或伸展四肢的空间。她的左腿肿了起来，化脓的伤口疼痛难当。因为又饿又痛，大部分的时间她都神志不清，陷入地震、利爪与孤单和恐惧的恐怖梦魇中。最后迫使她离开这避难所的不是伤口，也不是饥饿，更不是刺痛的晒伤，而是口渴。

她胆战心惊地往洞外张望。河边零星生长着几棵被风吹歪的柳树和松树，在傍晚时分拉出长长的影子。小女孩盯着那片长满青草的土地与后面的粼粼河水看了好久，才鼓足勇气走出洞口。她用干巴巴的舌头舔了舔焦裂的嘴唇，同时扫视了一下环境。周遭只剩青草随风飘动，狮群离开了。原来母狮担心幼狮的安危，对这奇怪动物的陌生味道出现在离巢穴这么近的地方感到焦虑，决定替幼狮另觅新巢。

小女孩爬出洞口，站直了身子。她头昏眼花，而且每走一步就是一阵痛楚。她的伤口开始渗出恶心的黄绿色液体，顺着肿胀的左腿流下来。

她不确定自己是不是可以走到水边，但口渴逼着她撑了下去。最后她两腿一软，跪着爬行了几尺，然后拉长身子，把嘴凑到河边，大口灌了几口冷水。止住口渴后，她试图再站起来，但体力已经耗尽。她眼冒金星，觉得天旋地转，终于瘫倒在地，眼前渐渐发黑。

一只食腐鸟在上空懒洋洋地盘旋，忽然发现这个不动的物体，便俯冲下来察看究竟。

CHAPTER 2

第二章

一群旅人从瀑布下游过河。这里的河水宽而浅，在石头上激起阵阵水花。他们总共二十人，里头有老有少。在地震毁了他们的洞穴之前，这个部落原本有二十六人。队伍的前头有两个男人带路，后面远远跟着一群妇孺，两侧则是一些年纪较大的男人，另外一群较年轻的男人殿后。

他们沿着宽阔的河流前进，来到河水开始分岔成交错水网、蜿蜒流过平坦大草原的地方，忽然看到食腐鸟在空中盘旋。空中出现食腐鸟，通常意味着吸引它们的东西仍活着。带头男子迅速前往察看，看看能不能赶在四足掠食者之前抢先拿下这现成的受伤动物。

一名妇女走在妇女群的最前面，她已经怀了四五个月的身孕，而且是头一胎。她看到带头的两名男子盯着地上瞧，连忙赶上前去。一定是肉食动物，她这么想着。这群人难得吃到肉食动物。

她只有一百三十五厘米高，骨骼粗大，体形硕壮，两腿弯曲，却能靠着肌肉发达的双腿以及扁平裸足直立行走。她的双臂跟腿一样向内弯曲，而且就身体比例来说，手臂稍嫌长了些。她的脸上有个大大的鹰钩鼻，口鼻突起宛如野生动物，而且没有下巴；眉脊突出，额头扁平、向后倾斜，硕大的头颅靠粗短的颈子支撑着；后脑有鼓状突起的枕骨，也就是所谓的枕骨髻，这是他们这个人种的特征，让整个头部显得又大又长。

短而柔细且微微鬈曲的棕褐色毛发覆满她的双腿和肩膀，沿着脊椎两侧向上延伸，在头上转为浓密厚重的头发。冬天的白皙肤色在夏天的日晒下逐渐消失。又大又圆的深褐色眼睛透着灵性，藏在突起的眉脊之下，正充满好奇地打量着男人们刚才察看过的那个东西。

这女人将近二十岁才怀第一胎，已经算是高龄产妇了。在她体内出现另一个生命的迹象之前，族人一直认为她没有办法怀孕。然而，她身上背负的东西并没有因为怀了孕而减少。她背着一个大篓子，篓子的后面和底下绑着几个包袱，另外几个包袱则堆在篓子上头；她的腰间绑着一条皮带，她所穿的柔韧兽皮上有几个可以放东西的褶层和口袋；此外还有几个小小的束口袋系在皮带上晃呀晃。其中有个袋子特别引人注目，一眼就可看出是以水獭皮加工制成的，因为它那防水的毛皮、脚、尾和头都完整无缺。

制作这个水獭袋时，她并没有将水獭开肠剖肚，而是从它的喉咙割开一道口子，取出内脏、肉和骨头，只留下皮囊供装东西用。水獭的头还在，靠着它背上的一块皮与身体相连，覆盖在颈部开口上作为袋子的罩盖；颈部开口周围则打了几个洞，用染红的皮筋穿过、束紧，系在腰间皮带上。

这女人第一眼见到男人们置之不理的那个小小生物时，还以为那是某种没有毛皮的动物，心里觉得奇怪。等到更靠近点儿，仔细一瞧，她却吓得倒抽一口气，连连后退，下意识地抓住挂在脖子上的小皮囊，以赶走陌生的神灵。她隔着皮革拨弄护身囊里的小东西祈求庇佑，然后迟疑地往前踏出一步，俯身向前更仔细地查看，却还是不太敢相信眼前所见的就是她心里所想的那个东西。

她想得没错，引来猛禽的不是小动物，而是个小孩，一个瘦巴巴、长相古怪的小孩！

这女人看了看四周，不知道附近还会不会有什么可怕的怪东西，然后开始绕着这个不省人事的小孩端详。忽然，她听到一声呻吟，于是停下脚步，忘记了害怕，在小孩身边跪下，轻轻摇晃她。女孩翻过身来，露出她遭利爪抓伤而已化脓的伤口和肿胀的腿，女巫医看了，立即伸手松开水獭皮袋的束口带。

带头男子转头看了一眼，发现这女人跪在小孩身旁，于是回头走向她们。

"伊札，来！"他命令道，"前面有穴狮的足迹和粪便。"

"这是个孩子，布伦，她受伤了，但没死。"她回答道。

布伦看着这个有着高耸的额头、小小的鼻子以及扁平的怪脸的干瘦小女孩。"不是洞熊族的。"头目以果决的动作示意，转身走开。

"布伦，她是个孩子，而且受了伤，如果我们丢下她，她肯定活不了。"伊札露出恳求的眼神，做手势回应。

这个小小部落的头目低头望着脚边哀哀求情的女人。他比她高大得多，身高超过一米五，肌肉结实有力，胸膛非常厚实发达，双腿内弯而粗壮。他脸部的五官与那女人类似，但更为突出，眉脊更粗，鼻子更大。他的双腿、肚子、胸膛和背部长满褐色粗毛，即使称不上是毛皮，也相去不远。他那没有下巴而突出的嘴上长着浓密的胡须；身上裹着的衣物和那女人的类似，但没那么密实，下摆比较短，且绑法不同，供摆放东西的褶层和口袋较少。

除了携带的武器和自己的毛皮外套外，他没背负其他东西。毛皮外套以一条宽皮带缠绕、吊挂在他倾斜扁平的额头上，背在背后。他的右大腿上有个疤，黑黑的像刺青，形状类似开口外张的U字，这是他的野牛图腾标记。他的领导地位则不需要靠任何标记或装饰来识别，从言行举止和旁人对他的毕恭毕敬就可清楚看出。

他把那根马腿骨长棒从肩上卸下，棒柄靠在大腿上，伊札知道他正在认真地考虑她的请求。她静静地等待，掩藏着焦虑，给他时间慢慢思考。他又卸下沉重的木矛，把矛杆靠在肩膀上，经过打磨和淬炼的矛尖朝上；接着调整挂在颈子上的流星锤，以使流星锤末端的三颗石球左右更均衡；此外，他的脖子上也挂了护身囊。然后，他从腰间的皮带里抽出一条狭长柔韧的鹿皮抛石索，鹿皮的中间较宽，以摆放抛掷用的石头，两端则渐渐收窄。他一边把玩抛石索，一边思考着。

对于任何可能影响自己部落生存的不寻常事物，布伦都不喜欢遽下决定，更何况他们现在流离失所。他虽然很想立刻拒绝，却忍住了这个冲动。他想，他早该知道伊札会想帮这个小女孩，她甚至曾把治病的巫术用在动物身上，尤其是幼小的动物。如果不让她救这小孩，她肯定会不高兴。这孩子是不是洞熊族的都没差，她眼里只看到有个小孩受伤了。好吧，或许就是因为如此，她才会成为优秀的女巫医。

但不管是不是女巫医，她终究只是个女人。就算她不高兴，又会有什么影响？伊札应该知道不要把不高兴表现出来。况且就算没有这个受伤的陌生人，他们的问题也已经够多的了。但她的图腾会知道，所有神灵会知道。如果她不高兴，神灵会不会更生气？如果他们找到洞穴……不，应该说当他们找到新洞穴时，伊札得为洞穴入住典礼制作饮料。如果她因不高兴而出差错怎么办？生气的神灵有能力搞砸事情，他们现在已经够生气的了。入住新洞的典礼绝不能出任何差错。

他想，还是让她带这小孩走吧。带着这个累赘同行，她很快就会厌烦；更何况这小孩差不多快完蛋了，即使是他手足的治病巫术也未必救得了她。布伦将抛石索塞回腰间，拿起武器，耸耸肩不置可否。就让伊札自己决定吧，要不要带走小女孩都随她了。他转身，大步离开。

伊札伸手从篓子里拉出一张皮斗篷包住小女孩，把她提起来，靠着这张柔韧的兽皮将这个不省人事的小孩牢牢地绑在她的臀上。她有点儿惊讶，以这孩子的身高来说，她未免太轻了点儿。小女孩被提起时发出呻吟，伊札轻拍她以示安抚，然后继续尾随在那两名男子后头。

其他女人早已停下脚步，远远望着伊札与布伦的争执。看到女巫医提起东西带在身上，她们飞快地比画着手势，中间穿插一些喉头发出的声音，兴奋而好奇地议论纷纷。除了水獭皮袋，她们的穿着和伊札的没两样，背负的东西也一样重。这个部落的所有家当——那些在地震后从残砾里抢救出的家当全背在她们身上了。

七个妇女之中，有两人还带着婴儿。她们把婴儿放在外衣褶层里贴身带着，以便哺乳。等待出发时，其中一名妇女感觉到身上有点儿湿热，马上把一丝不挂的婴儿从褶层中抓出，捧在身前，直到婴儿尿完。在不用迁徙期间，婴儿通常以柔软的长条兽皮包裹着，里头垫着欧洲盘羊脱毛时他们从刺棘灌木丛中采集来的羊毛、禽鸟胸部的绒羽或纤维植物的细毛，以便吸收婴儿尿尿的水分和柔软乳状的排泄物。但迁徙时，把婴儿光溜溜地带在身上会比较简单省事，这样可以让婴儿直接把大小便拉在地上，不致耽搁行程。

再度出发时，另一名妇女抱起一个小男孩，用皮斗篷把他托在臀上。才一会儿，小男孩就又扭着身子滑下来，自己跑走了。她知道他累了就会自己回来，也就由着他去。有个年纪较大的女孩，还不算是女人，但也背了和女人的一样重的东西，跟在一名妇女后头，那妇女则跟在伊札身后。这少女不时回头望着那个尾随在女人队伍后头、已快要长成男人的男孩。他竭力和她们保持着够远的距离，好让自己看起来隶属于押后的猎人队伍，而不是孩子群中的一员。他真希望自己也扛着猎物，甚至羡慕起走在妇女队伍旁边、身上扛着用抛石索打到的大野兔的那个老男人来。

这个部落的食物来源并非只有打猎。女人所贡献的食物往往更多，而且食物来源更稳定。虽然她们身上背负重物，却还是可以在迁徙时沿途采集食物，而且非常有效率，几乎不会拖慢行进速度。一块长满萱草的地方，嫩芽和花朵很快就被采集一空，新长的嫩根也被挖掘棒三两下就挖了出来。香蒲根的采集更简单，只要把长在静止沼泽区的香蒲直接从泥里拔出来就行了。

如果不是因为正在迁徙，照理说她们得在这里做记号，标示出这些细长又高大的植物的位置，以便日后生长季时再回来采摘它们顶端的嫩叶作为蔬菜；或者在更久之后，再回来采集黄色花粉，加上把老根纤维捣碎取出的淀粉，制成未发酵的面团；甚至在茎叶干枯后，她们还可以再回来采集这些植物的纤细茸毛，并用它们坚韧的茎叶编制篓子。而今她们只能先采集眼前所见的，不过也没有什么遗漏。

她们沿路采摘三叶草、苜蓿和蒲公英刚长出来的嫩枝和嫩叶，去掉蓟的刺然后砍收下来，还顺手采集一些新鲜的浆果和水果。尖头挖掘棒是常用的必备之物，借着女人的巧手操作，没有什么可以在挖掘棒下幸存。她们用这棒子来撬翻倒木，寻找蝾螈和肥美的昆虫幼虫；靠这棒子协助捕捉溪里的淡水软体动物，把它们赶到岸边，然后伸手捞起；还用这棒子挖出土里的各种球茎、块茎和根。

女人们把摘到、挖到与捕获的东西全都塞进方便好用的外衣褶层里，或放进篓子里。大片绿叶子可以用来包东西，牛蒡这类的大叶子还可以当青菜烹煮。干木头、小树枝、青草和草食动物的粪便也在采集之列。仲夏之后，可供采集的食物会更为多样，但眼前的食物已很充足，只要知道上哪儿找。

一行人再度上路。伊札抬头，看到一位年过三十的老男人一瘸一拐地向她走来。他没背负东西，也没带武器，只带了根长拐杖帮助行走。这男人的右腿不良于行，远比左腿细小，走起路来却出奇地敏捷。

他的右肩膀和右上臂已经萎缩退化，右手肘以下则已经被整段截掉。发育完全的左半身却有着强壮的肩膀与手臂，以及发达的腿肌。这使他整个人看起来十分不对称。他那硕大的头颅，尺寸远远超过部落里的任何人。出生时的艰难造成了他终身跛脚的残疾。

他是伊札、布伦的手足，排行老大，若不是因为残疾，早就成为部落头目了。他穿着裁切得极富男子特色的兽皮外衣，也和其他男人一样，背着一张温暖厚重的毛皮，睡觉时则用这毛皮充当盖被。但他腰带上挂了几个囊袋，还把一件类似女人所用的斗篷绑在背后，里头装了个圆鼓鼓的大东西。

他的左半边脸上有道可怕的疤，左眼也已失明，完好的右眼却闪烁着智慧的光芒以及某种更深沉的光辉。他虽然跛脚，走起路来却不失优雅，这优雅来自他本身的睿智和他对自己在部族里的地位的自信。他是莫格乌尔，法力最强的巫师，最受各部落敬畏的圣人。众人深信，上天让他生来残缺，是为了让他担任与灵界沟通的中间人，而不是只担任他所属部落的头目。在许多方面，他比任何一位头目都更有力量，他也深知这一点。只有近亲记得他的乳名，并以乳名称呼他。

"克雷伯。"伊札以动作向他打招呼，响应他的出现，也表示她很高兴有他同行。

"伊札？"他指了指她带着的那小孩，示意询问道。伊札打开斗篷，克雷伯凑近看了看斗篷里面那张发红的小脸，目光往下移到她肿胀的腿和化脓的伤口上，然后抬头看着女巫医，解读她眼里的心思意念。小女孩发出呻吟声，克雷伯的表情变得柔和，点头表示认可。

"很好，"他以粗哑的喉音说，然后做出一个手势表示，"已经死了够多人了。"

克雷伯待在伊札身边。他无须遵循那个众所周知的身份地位规范，他想跟谁一起走都可以，包括头目在内。莫格乌尔的地位凌驾于这个部族严格的阶层体制之上，不受其约束。

布伦带领族人远离了穴狮的足迹，然后停下来研究地形。放眼望去，河流对岸是一望无际的大草原，从眼前低矮起伏的丘陵伸展、绵延而去，直到天边。草原上零星点缀着几棵被风吹歪、生长不良的树，更衬托出这片草原的空旷辽阔。

接近地平线的地方烟尘滚滚，显示那儿有一大群硬蹄动物，对于无法示意手下猎人动身前往追捕，布伦觉得很遗憾。在他身后则是一片落叶森林，越过这片森林望去，可以看到后面还有许多高大针叶树。然而，面对辽阔的大草原，那片落叶森林相对渺小了许多。

而在他所处的河岸这边，大草原被峭壁阻断，蓦然终止。这里的峭壁离河流已经有一段距离，再往前些，峭壁距离河流更远了，最后渐渐融入附近山脉的丘陵地带。这条山脉十分雄伟，崇山峻岭上覆盖着冰川。在落日余晖的照耀下，覆冰的山头反射出缤纷夺目的粉红、桃红、浅紫与深紫色光彩，宛如戴着一顶镶满耀眼珠宝的巨大皇冠。

就连这位务实的头目也深深地被眼前壮丽的景象所撼动。

他转身离开河岸,率领族人朝峭壁走去,他认为峭壁上应该会有洞穴。他们需要栖身之所,但更重要的是,得为守护这个部落的图腾灵找个安顿的地方,如果他们还没遗弃这个部落的话。地震显示图腾灵在生气,气到夺走部落的六条人命,毁掉他们的家园。如果不能替图腾灵找个稳当的安身之所,他们会离开这个部落,任凭他们被恶灵摆布,引来疾病,将猎物赶跑。没有人知道图腾灵为何生气,就连莫格乌尔也不知道,尽管他每晚作法,试着安抚图腾灵的怒气,缓和族人的忧虑。族人个个忧心忡忡,但没有人比布伦更忧心。

整个部落的安危是他的责任,他为此非常紧张。神灵,那些需索无度、不可见的力量,他无法测度。从事打猎或率领族人之类的实质活动,他还觉得自在些。到目前为止,他所检视过的洞穴没一个合用,全都欠缺某种不可或缺的条件。他开始心急如焚。宝贵的暖和日子本应用来贮存食物以备过冬,现在却耗费在寻找新家园上。不久后,他说不定得被迫将整个部落安置在不合适的洞穴中,等到明年再继续寻找。如果真的变成这样,就会让族人的身心都得不到安顿。布伦深切期盼不要走到这一步。

他们沿着峭壁底部往前走,暮色越来越深。最后他们来到一道瀑布旁,窄细的瀑布从岩壁上垂挂而下,水汽飞溅,在斜照的阳光下映出一道亮丽的彩虹。布伦下令休息。女人们疲惫地卸下背负的家当,沿着瀑布底下的潭水和狭窄的潭水出口散开,寻找生火用的木头。

伊札摊开她的毛皮外套,将小女孩放在上头,然后赶去帮其他女人的忙。她很担心这小女孩。她气若游丝,一直没醒过来,就连呻吟次数也减少了许多。伊札一直在思考要怎么救这小孩,盘算着如何使用水獭袋里的干药草；捡木柴时，她同时留意着周遭生长的植物。对她来说，无论熟悉与否，每种植物都有用处，可以用来治病或补充营养。但她认不出的植物少之又少。

在沼泽岸上，她看到即将开花的鸢尾长茎，想到这可以帮她解决一个问题，于是赶紧挖出它的根。在某棵树上缠绕生长的蛇麻藤叶给了她另一个灵感，不过她决定使用自己随身携带的蛇麻子干粉末，因为眼前这些蛇麻的锥状果实还不够成熟。她从潭水附近的赤杨树上剥下一些光滑的浅灰色树皮，闻了闻，发现这些树皮的香气浓郁，随即将它们放进外衣的褶层里，满意地点点头。赶回去之前，她还摘了几把鲜嫩的三叶草叶子。

捡回柴枝、选定生火处后，与布伦一起走在队伍前头的男子格洛德拿出了一块火红的煤炭。这炭火原本用苔藓包着，塞在原牛牛角的最里面。他们有能力重新起火，但在陌生地区迁徙时，从火堆里取出一块炭火，保持不熄，供下次生火之用，会比每晚靠着可能不足的材料另起新火来得容易。

在迁徙期间，格洛德一直小心翼翼地护着这块未熄的炭火。这块从前一晚的火堆里取出的火红煤块是由再前一晚的火堆的炭火点燃的，这样往前推回去，可以回溯到他们在旧洞洞口的火堆余烬上重新点燃的那把火。为了让新洞穴适合居住而举行入住典礼时，就得用从老家火堆取出、一直传承不息的炭火来起火。

护火的工作只能交给身份地位崇高的男人负责。这炭火如果熄灭了，就表示守护灵已经弃他们而去，格洛德的地位也将会从部落的第二把交椅贬为最低阶的男人。他不想受到这样的羞辱。这工作是他至高的荣誉与责任所在。

格洛德把那一小块炭火放到干火绒上，将火吹燃，捡回柴火的女人们则赶紧去忙别的事。靠着代代相传的技巧，她们利落地将猎物剥皮处理好。火一烧旺，便可以马上将这些肉块以尖锐的树枝穿成肉串，架在火上烧烤。熊熊火焰迅速将肉的表面烤焦，封住甜美的肉汁。等到火势渐小、只剩火红的煤块时，猎肉也差不多烤好了。

接着，女人们以刚刚用来剥皮切肉的锋利石刀将采集回来的根与块茎刮净、切块，又在编制得十分紧密的不透水篓子和木碗里装满了水，然后把火烫的石块放进去。等到石块温度不够了，她们便将这些石块取出，放回火堆中，再夹出其他火烫的石块放进水里，如此重复着，直到水沸腾、把蔬菜煮熟。另外，她们还把那些肥美的昆虫幼虫烤得又香又酥，小蜥蜴则是整只放进去烤，直到它们粗硬的外皮被烤得焦黑、迸裂，露出熟透可口的肉为止。

在帮忙料理晚餐的同时，伊札也在调制她的汤药。她先用一只木碗烧水，这木碗是她在多年前用精心选的木头挖凿而成。接着，她把鸢尾根洗干净，放进嘴里嚼烂，吐进滚烫的水里。在另一只碗（其实是鹿下颌的那块杯状骨头）中，她将三叶草叶捣碎，加入适量的蛇麻子粉末以及撕成细条的赤杨树皮，然后将滚水倒进这碗里。最后，她从处理过的备用存粮里取出干硬肉块，用石头将肉干磨成肉粉，将这些高蛋白食物与煮熟的蔬菜汤混合，在第三只碗里调匀。

迁徙时走在伊札后面的那个女人偶尔会偷偷地瞄向这边，希望伊札主动说说在干什么。所有的女人与男人虽然都尽力克制，却难掩好奇。他们已经知道伊札捡回了那个小女孩。扎营后，每个人都借机晃到伊札的毛皮外套附近探头探脑。众人纷纷猜测着，这小孩怎么会刚好出现在那里？她的族人去哪儿了？而且，更重要的是，布伦怎么肯让伊札带着这个显然非我族类的女孩同行？

娥布拉最了解布伦内心的压力。替他按摩肩颈、消除紧张的人是她，当他焦躁地大发脾气时，首当其冲的人也是她。而这个身为她丈夫的男人很少这样发脾气。布伦向来以镇定自制著称，她知道，他会对自己的失控感到后悔，但他不会公开承认，以免让自己更难堪。但就连娥布拉也觉得不解，为什么他允许这小孩跟他们同行，尤其是在这个只要有一丁点儿闪失就可能让神灵更加愤怒的时刻？

娥布拉虽然好奇，却没有问伊札任何问题，其他女人则因为地位不够，连问都不敢问。女巫医在施法时，没有人会打扰她，而伊札也无心闲聊。她的心思全放在这个亟须救治的小女孩身上了。克雷伯也对这女孩感兴趣，不过伊札倒是很欢迎他的到来。

她感激地看着巫师跛着脚朝这昏迷的孩子走来。他若有所思地看了小女孩一会儿，然后将拐杖靠在大石头上，伸出一只手在女孩上方挥舞，请求善灵前来帮助她复原。疾病和事故是神灵在人体战场上争战的神秘象征。伊札的巫术来自透过她施法的保护灵，但若没有这位圣人的帮忙，她的治疗就无法完成。女巫医只是神灵的执行代理人，直接跟神灵求情则要通过巫师。

伊札不明白自己为何这么关心这个非我族类的小孩，但就是想救活她。莫格乌尔施法完毕，伊札将小女孩抱起，来到瀑布底下的潭水边，将女孩的头部以下浸入水中，洗掉她瘦小身躯上的尘土和凝固的泥块。冰冷的潭水让小女孩醒了过来，但她还是神志不清。她翻来覆去地扭动着身体，时而大叫，时而呓语，说着女巫医从没听过的语言。回程途中，伊札紧紧地将这女孩抱在怀中，发出类似轻声低吼的呢喃抚慰着她。

回到营地后，伊札以吸水的兔皮蘸了热鸢尾根汤，为小女孩擦洗伤口，手法轻柔而纯熟。然后，她舀出嚼烂的鸢尾根直接敷在伤口上，盖上兔皮，再在小女孩的腿上裹上柔软的鹿皮条，以固定这些膏药。接着，她以分叉的小树枝从骨碗里挑出糊状的三叶草、赤杨树皮条与石头，将这只碗放在鸢尾根汤碗旁边放凉。

克雷伯对着这些碗做出探询的手势。那不是开门见山的询问——就连莫格乌尔也不会直接对女巫医的施法提出疑问——只是表示感兴趣。伊札不介意她的手足对此感兴趣，他比其他人更能欣赏她的学识。她所用的草药，有一部分他也用，只是用途不同。除了各部落大会这个有其他女巫医在场的场合，与克雷伯谈话是最能讨论专业知识的时刻。

"这能消灭造成感染的恶灵，"伊札指着抗菌的鸢尾根汤，以手势示意，"用这种根制成的膏药能吸出体内的毒素，帮助伤口愈合。"她拿起骨碗，以手指试了试温度，"三叶草可以刺激心脏，使心脏有力气与恶灵对抗。"伊札讲话时用了一些口语词语，但主要是为了强调。洞熊族没有办法口齿清晰地说出完整的句子，多半以手势来交谈。不过这些肢体语言无所不包，而且蕴含着丰富的细微差异，让他们得以沟通无碍。

"三叶草可以吃，我们昨晚就吃过。"克雷伯以手势说道。

"没错，"伊札点头，"我们今晚也会吃。巫术藏在调制方式之中。我将一大把三叶草放进少量水里煮，提炼出所需的东西，叶子则丢弃不用。"克雷伯点头表示了解，然后她继续说道："赤杨树皮可以清除血中的脏东西，让血液变干净，赶走毒害血液的神灵。"

"你也用了医药袋里的东西。"

"蛇麻子粉末是蛇麻带细毛的成熟果实磨成的粉，可以镇静她的心神，让她睡得安稳。当神灵打斗时，她需要休息。"

克雷伯又点了点头。他熟知蛇麻子的致睡特性，更知道在不同的使用方式下它还可以带来轻微的兴奋感。他一向对伊札的疗法感兴趣，却很少主动跟她说自己使用药草巫术的方式。这种秘传的知识只有莫格乌尔和他的助手知道。女人，就连女巫医，也无从得知。伊札比他还懂植物的特性，他很担心她推论过了头。她如果对他的巫术过度揣想，会很不妥当。

"那另一只碗里的是？"他问。

"那只是肉汤。这可怜的小东西饿得半死。你想，她发生了什么事？从什么地方来？她的族人在哪里？她想必孤零零地流浪好几天了。"

"只有神灵晓得。"莫格乌尔回应，"你确定你的治病巫术对她管用？她不是洞熊族的人。"

"应该有用，不是洞熊族的人也是人。还记得母亲说过的那个断臂男人的事吗，就是母亲的母亲救过的那个人？洞熊族的巫术对他管用，虽然母亲的确也说过，那个人吃了昏睡药后醒来的时间比预期的晚。"

"真可惜你不知道我们母亲的母亲的事。她是非常优秀的女巫医，其他部落的人都来找她治病。你出生没多久，她就离开人世到灵界去了，真是遗憾啊，伊札。她亲口跟我说过那个男人的事，我前一任莫格乌尔也跟我说过。他复原后待了一阵子，跟我们族人一起打猎。他应该是个高明的猎人，才会获准参加狩猎典礼。没错，他们真的是人，只不过是不同种类的人。"莫格乌尔停住不说了。伊札太聪明，他不能说太多，否则她可能会推测出某些关于男人的秘密仪礼的结论。

伊札又检查了一下她的那几只碗,然后捧着小女孩的头枕在自己的大腿上,小口地喂她吃骨碗里的东西。喂肉汤较容易。小女孩语无伦次地咕哝着,拼命抗拒那些难喝的苦药,不过,即使是在神志不清的状态下,她那饿坏了的身体还是会渴望食物。伊札抱着她,直到她沉沉睡去,然后检查了一下她的心跳和呼吸。她已经竭尽所能,只要这小女孩不再继续衰弱下去,就还有活命的机会。现在就看神灵和这孩子的内在生命力了。

伊札看见布伦走过来不高兴地盯着她看,便赶紧起身,跑去帮忙摆设食物。当初布伦经过一番思量后,本已不把这小孩放在心上,如今他却开始反悔了。虽然族里的惯例是避免盯着交谈中的人们瞧,但他还是忍不住留意着族人的谈话。他们无法理解布伦为什么让小女孩跟大家同行,而这也让他犹豫起来。他开始担心神灵们可能会因为族里有陌生人而更加生气,转而想去阻止女巫医。但克雷伯看见了,半路把他拦了下来。

"怎么了,布伦?你看起来心事重重。"

"伊札不能把那小孩带着走,莫格乌尔。她不是洞熊族的。在我们寻找新洞穴时,神灵不会喜欢有她同行。我不该让伊札留下她。"

"不,布伦,"莫格乌尔反驳道,"保护灵不会因仁心善行而生气。你了解伊札,她没有办法忍受自己见死不救。你不认为神灵也了解她?神灵如果不希望伊札救她,就不会把这小孩放在她行经的路上。这里头必定有其道理。小女孩或许会死,布伦,但如果乌尔苏斯要她走上灵界,就由他来决定。现在不要插手。如果在这里丢下她不管,她肯定活不了。"

布伦不喜欢这样,这小女孩的事让他心烦,但莫格乌尔更了解灵界，他不得不听，于是就此闭口不谈。

吃过晚餐后，克雷伯静静地坐着冥想，等待每个人都吃完，以便开始进行晚上的仪式；这时，伊札则在替他整理睡觉的地方，并为隔天早上做准备。莫格乌尔已下令在新洞穴找到之前禁止男女同睡，好让男人把精力集中在这些仪式上，让每个人都觉得自己正在为寻找新家而努力。

这命令对伊札没什么影响，因为她的男人已经和其他几人一起在洞穴塌陷时丧命了。她已在葬礼上适度哀悼过他，因为如果不这么做，将会带来不幸，但她并没有对他的死感到太难过。大家都知道他残酷而挑剔，他们夫妻俩早已相敬如宾。她不知道现在布伦会怎么安排她接下来的生活，总得有人来供应她和孩子的生活所需，她只希望还能替克雷伯料理吃的。

克雷伯从一开始就和伊札一家人共享火堆。伊札感觉得到，他和她一样不喜欢她丈夫，不过他从未干预她与丈夫的家务事。她一直觉得能为莫格乌尔料理吃的是莫大的荣幸，然而，除此之外，她还对这位手足产生了某种爱慕之情，就跟许多女人对丈夫产生的那种感情一样。

伊札偶尔会替克雷伯难过：如果他想要的话，原本也能有个配偶。但她知道，虽然克雷伯的法力强大、地位崇高，可是女人们一看到他畸形的身躯和有疤的脸庞，没有不感到厌恶的，而且她确信他也知道这一点。他一直没有娶妻，维持着处子之身，这也让他的形象更加崇高。每个人——当然也包括男人们——都害怕莫格乌尔，或对他敬畏有加，唯一可能的例外是布伦。整个部落里只有伊札从一出生就知道他的温柔与体贴，那是他性格中鲜少公开表现的一面。

此时，这位伟大的莫格乌尔心里正流露着他性格中温柔体贴的一面。他不是在思考今晚即将进行的仪式，而是在想着那小女孩。他一直对她所属的那类人很好奇，洞熊族人对"异族"却避之唯恐不及，而且，在此之前，他从没见过这些"异族"的小孩。他推测，她之所以落单，是因为那场地震。然而，一想到她的族人离自己的部落这么近，他也感到吃惊。他们通常待在更遥远的北方。

他注意到有些男人开始离开营地，于是也拄着拐杖起身，以便监督准备工作。仪式是男人的特权和义务。只有在极少数的场合下，才会容许女人参加部落的宗教活动。至于现在要进行的这个仪式，则完全不准女人参加。世上最大的灾难莫过于让女人看到男人的秘密仪式，那不只会带来噩运，还会把保护灵赶跑。整个部落将因此毁灭。

但发生这种事的概率小之又小。女人绝不会想要冒险靠近这类重要的仪式场合。她们甚至期盼着这类仪式的举行，把这当成放松身心、摆脱男人的需索和命令，也不必再言行端庄、毕恭毕敬的时刻。男人老是待在身边，女人会很辛苦，尤其是在男人焦躁不安、把情绪发泄在自己女人身上的时候。而通常只有在出门打猎期间，男人才会离开。对于寻找新住处这件事，女人也同样心急，但她们没有什么置喙的余地。布伦会决定族人要往哪里走，不会征询她们的意见，她们也无法提供意见。

女人总是倚赖男人领路、担负责任以及做出重要决定。近十万年来，洞熊族没什么改变，如今也已经没有能力改变：当初为了生活方便所做的改变而今变成根深蒂固的行事准则。族里男男女女都顺从地接受自己的角色，从不质疑；而且不知变通，无法担负其他角色。他们不会想去改变彼此的关系，就像不会想要多长出一条手臂或改变脑部形状一样。

男人离开后，女人全围在娥布拉身旁，而且希望伊札也过来参与，好满足她们的好奇心。可是伊札累了，也不想离开那小女孩。克雷伯一离开，她就在小女孩身边躺下，用毛皮外套将自己和她裹在一块儿，然后就着火堆余烬的微光，凝望这沉睡的孩子。

她想，这女孩真是个长相古怪的小东西，从某方面来说，还真丑。她的脸很扁，额头高高地鼓起，鼻子小小一截，嘴巴下面还有一块古怪突起的圆形骨头。不知她年纪多大了，很可能比她想的还小：她的个子太高，所以让她判断不准；而且她瘦成这样，几乎都摸到骨头了。可怜的孩子，她这样一个人到处流浪，不知道多久没吃东西了。伊札油然生出怜惜之情，伸手环抱住她。这个女人连小动物都救，面对这骨瘦如柴的可怜小女孩，更没理由不救。女巫医的爱心一股脑儿地投注在这脆弱的小孩身上。

男人到齐时，莫格乌尔往后退到一个小石圈外。那是个事先排好的小石圈，石圈外环绕着一圈火把。他们置身在远离营地的开阔大草原上。巫师等到所有男人围着石圈坐定，又稍微等了一会儿，才带着一根燃烧的芳香木头走进石圈中央，然后将这小火把插在他刚刚站的那块石头前，并将拐杖靠在石头上。

他以完好的那只腿挺直站立在石圈中央，目光迷蒙地越过众人的头顶，望向漆黑的远方，仿佛他正以那只独眼看着那个旁人看不见的世界。厚重的洞熊皮斗篷披在身上，遮住他不对称身躯上歪向一边的凹凸起伏，使他看起来神威凛凛，却又怪异得不真实。扭曲的身形使他看起来似人非人：他是个有血有肉的人类，却又与一般人有所不同。畸形赋予他超自然的特质，在他主持仪式时，这特质尤其令人感到敬畏。

忽然，他做了个变魔术般的华丽手势，手上瞬间多了一颗头颅骨。他以强壮的左手将这头骨高举过头，慢慢转了一圈，好让在座众人都能看到这颗巨大、独特、有着高耸额头的头骨。众人全都盯着这颗在摇曳火光的照耀下白得发亮的洞熊头骨。接着，他将头骨放在地上的小火把前，自己则坐回火把后面的那块石头上，众人围坐的圆圈终得完满。

这时，坐在他身旁的年轻人站了起来，拿起一只木碗。他刚满十一岁，地震前不久才举行过成年礼。古夫还是小孩的时候就已经获选为巫师助手，他常帮莫格乌尔处理仪式前的准备事宜，但得等到成年礼过后才能参加真正的仪式。古夫第一次以这个新角色执行任务是在族人开始寻找新家园之后，而这次他还是很紧张。

对古夫来说，找到新洞穴的意义非凡。因为新洞穴入住典礼难得举行，而且很难用口头描述，因此，如果找到新洞穴，他正好有机会从伟大的莫格乌尔那儿实地学到仪式的各种细节。他从小就怕巫师，却也明白获选为巫师助手是他的光荣。自那之后，这个年轻人也渐渐了解了，这位跛脚人不仅是各部落中法术最高强的莫格乌尔，而且在他严峻的外表下还有颗慈爱、温和的心。古夫对恩师既敬又爱。

当布伦下令扎营休息时，巫师助手就已开始着手调制碗里的饮料。他将整株曼陀罗放在石头上，用另一颗石头敲击捣碎。调制这种饮料的困难之处在于他得拿捏该用多少叶子、茎与花，以及三者的比例。他将植株捣碎后放进容器里，倒入沸水浸泡，留待举行仪式时使用。

就在莫格乌尔走进石圈前，古夫已经用指缝滤掉茶渣，将浓烈的曼陀罗茶倒进特别为仪式准备的木碗中，焦急地巴望着这位圣人点头认可。莫格乌尔从古夫手里的碗中啜饮了一小口，点头表示嘉许，然后又喝了一口。古夫如释重负，无声地松了口气。然后，他端着碗，从布伦开始，按照阶级高低，逐一拿给在座众人喝。当众人饮用时，他还是捧着碗，以便控制每个人喝的分量，最后才轮到自己喝。

莫格乌尔等他坐定后，做了个手势，众人开始以矛柄末端有节奏地撞击地面。沉闷的砰砰响声越来越大，终至盖过其他声音。他们陶醉在规律的撞击声里，然后起身，开始随着节奏移动。圣人凝视着头骨，眼神非常专注，众人的目光也仿佛受他驱使，移到圣遗骸上。时机很重要，而他很善于拿捏时机。他静静地等着，等到众人的期待升到最高时——如果再多等片刻，这股热切之情就会消失——抬头看他的手足，也就是部落的头目。布伦在洞熊头骨面前蹲下。

"野牛灵，布伦的图腾。"莫格乌尔开始说道。事实上，他这句话只有"布伦"这个词是用说的，其他部分都是以单手做手势表达。接下来就是一些仪式化的动作，那是一种无声的古老语言，用来和神灵以及其他部落——可能有少数喉语和惯用手语跟他们这个部落不同的同族部落——沟通。莫格乌尔以无声的象征性语言恳请野牛灵饶恕他们可能已经犯下而触怒了他的过错，乞求他的帮助。

"大野牛，这个男人向来尊崇诸灵，向来谨遵洞熊族传统。这男人是个强壮、睿智、公正的头目，也是优秀的猎人、供养者与自制之人。可敬的全能野牛，别遗弃这男人，请引领他到新的家园，到野牛灵会满意的地方。这个部落乞求这男人的图腾前来拯救。"圣人如此祝祷。然后，他看着副头目。布伦回到他的座位，格洛德随即上前，在洞熊头骨面前蹲下。

这仪式当然不能让女人看见。不能让她们知道,这个坚忍不拔引领她们前进的男人竟然会像她们恳请、乞求男人那样,低头求助不可见的神灵。

"棕熊灵,格洛德的图腾。"莫格乌尔再度说道,然后向格洛德的图腾做出类似的正式请求。他就这样依序向每个男人的图腾请求。他自己也完成请求仪式后,便继续凝视着头骨,众人则同时以矛柄撞击地面,让期望再度升高。

接下来要做什么,他们每个人都知道。这仪式一成不变,夜复一夜地重复进行,但他们还是怀抱着希望。他们等待莫格乌尔呼唤伟大的洞熊乌尔苏斯之灵,那是他本人的图腾,是最崇高的神灵。

乌尔苏斯不仅是莫格乌尔的图腾,也是每个人的图腾。而且,乌尔苏斯不只是图腾,他造就了洞熊族。他是至高的神灵,也是最大的保护者。对洞熊的尊敬是将他们团结在一块儿的力量,所有分散各地的部落因这份尊敬而结合成一族——洞熊族。

独眼巫师断定时机来临时,又发出信号。众人停止敲击地面,坐在石头后面,但沉重的击地节奏依旧在他们的血液中流窜,在他们的脑海中砰砰作响。

莫格乌尔把手伸进一个小囊袋中,取出一小撮晒干的石松孢子,把它拿到小火把上方,然后俯身向前,对着火把吹了一口气,同时将孢子撒落火中。孢子瞬间着火,纷纷散落在颅骨四周,并且持续发出亮闪闪的光芒,与漆黑的夜色形成鲜明对比。

头骨焕发光彩。对于喝了曼陀罗茶因而知觉更为敏锐的众人来说,眼前的头骨仿佛活了过来。一只夜枭在附近的树上鸣叫,仿佛受人指使,将它那萦绕回荡的声音掺进这诡异的灿烂光亮中。

"伟大的乌尔苏斯,洞熊族的保护者,"巫师以正式手语说道,"指点这个部落找到新家园,一如洞熊过去指引洞熊族住洞穴、穿毛皮一样。保护你的族人远离冰山,远离生下冰山的粒雪之灵和它的配偶暴风雪之灵。这个部落乞求伟大的洞熊在他们无家可归时不降下任何灾祸。你的族人、你的子民请求全能的乌尔苏斯之灵、最受尊敬的灵在他们展开旅程时与他们同行。"

然后,莫格乌尔动用了他硕大的脑部的力量。

这些原始人几乎没有额叶,说话能力也受限于不发达的发音器官,但他们的脑部很独特,比当时所生存或日后所诞生的任何人种都要大。他们是人类的某个分支发展的极致,脑部后方掌管视觉、身体感官与记忆储存的枕叶与顶叶异常发达。

记忆使他们拥有不平凡的能力。他们已发展出对祖先行为的潜意识认知,也就是所谓的本能。储存在他们硕大后脑中的除了自己的记忆,还有祖先的记忆。他们能记得祖先习得的知识,在特殊情况下还能青出于蓝而更胜于蓝。他们能记得种族的群体记忆与进化过程。回溯得够远时,他们还能靠着众人共有的记忆合而为一,心电感应般地将彼此的心思联结在一起。

而这种天赋却只在那位脸上有疤的畸形跛子的超级大脑袋里得以发展完全。克雷伯,有点儿害羞的克雷伯,他那颗硕大的头颅造成了他的残缺;但是,因为担任莫格乌尔,他已经学会运用那颗超级脑袋的力量将他周遭独立个体的心思融合为一,并且引导它们。他能带他们到种族传承记忆的任何一个部分,让他们的心思化身为任何一位祖先。他是独一无二的莫格乌尔,拥有真正的力量,那力量不是靠凭空起火或吃致使兴奋的药物之类的花招来施展的。这些花招只是前戏,好让他们接受他的引导。

在那个漆黑宁静的夜晚,在古老的星空下,一群男人经历了难以言喻的异象。他们没有"看见"异象,因为他们本身就是那异象。他们忆起了深邃幽渺的太初,并且觉得自己感受到、亲眼看到了。在内心深处,他们见到了海中生物尚未进化的脑子,它们漂浮在温暖、咸性的环境里;他们的祖先挨过初次呼吸空气的痛苦,成为兼享空气与水的两栖动物。

他们尊崇洞熊,因此莫格乌尔唤起某种原始哺乳动物——孕育出熊与人类,以及其他许多物种的祖先——将他们的心思与熊的祖先合而为一。接着,他们又往后神游了许多个世纪,陆续化身为每个祖先,感应到那些分化成其他动物的先祖。这让他们了解了自己与地球万物的关系,并且明白,即使是对被他们杀掉或吃掉的动物,也得心存敬意,而这份敬意是神灵借着图腾与他们密切联结的基础。

他们的心思的行动整齐划一,只有来到最近的年代时,他们才分道扬镳,化身成各自的直系先祖。最后,他们回到自己的身上。这个过程似乎花了无穷尽的时间,从某个意义上来看是如此,但事实上根本没过多久。每个人回到自己的身上后,便静静地起身离开,找个睡觉之处,进入深沉而无梦的睡眠中,因为每个人的梦都已经做完了。

莫格乌尔是最后一个回来的。他独自思索着这些经历,一段时间后又感受到某种熟悉的不安。他们能了解历史的悠久辉煌,这鼓舞着他们的灵魂,克雷伯却感受到其他人从未感受到的局限。他们看不见未来,甚至无法思考未来,只有他隐约了解未来。

洞熊族没有办法想出一个有别于过去的未来,也无法为明天设想出创新的替代方案。他们的知识,他们的所作所为,都只是在重复过去:即使是为季节更迭贮存粮食,也是过去的经验所致。

好久以前,曾有一段时期,创新较容易出现。那时候,一块边缘锐利的裂石就会让某人想到,可以把石头敲裂做成锋利的石刀;某个人钻木时发现木头末端会发热,便钻得更用力也更久些,想试试看木头到底可以有多热。但记忆日渐累积,塞满了脑部的储存空间,改变也变得越来越困难。他们的记忆库再也没有扩充的余地,因而无法吸收新观念;而且他们的头已经太大,让女人生小孩变得困难。他们禁不起再吸收新知识了,以免头变得更大。

洞熊族靠着一成不变的传统过活。他们生活的每个层面,从出生到受召唤进入灵界,都受制于过去。那是对于生存的努力,是无意识的,不是事先计划好的,只是本能上为了避免种族灭绝所做的最后的挣扎,而且注定要失败。他们无法阻止改变的发生,抗拒改变则会自取灭亡,无法存活。

他们对环境的适应十分缓慢,发明则是出于偶然,而且往往没有善用。碰上什么新事物,他们可能会把它归入待处理的信息中;要他们改变得费很大的工夫,一旦他们被迫接受改变,就会顽固地遵循新规则。而新规则又会变得根深蒂固,再难改变。然而,一个没有学习与成长空间的种族也就不再有能力适应注定会不断变化的环境。他们已经过了往不同方向发展的阶段,无法再推陈出新。不同的发展方向得留待另一个更新的人种与另一场大自然实验来完成。

莫格乌尔独自坐在广阔的草原上,看着最后一根火把啪地熄灭。他想起伊札捡回来的那个怪女孩,不安的感觉越来越强烈,最后转成生理上的不适。他以前也见过她所属的那个人种,但一直到最近,他才开始思量这件事。洞熊族人与他们的偶遇多半不愉快。他不知道这个新人种是从哪里来的——她的族人是最近才来到这片土地上的——自从他们出现以后,情势一直在改变,改变似乎是随他们而来的。

克雷伯把内心的不安抛诸脑后,用斗篷小心地将洞熊头骨包好,拾起拐杖,一跛一跛地走回去睡觉。

CHAPTER 3

第三章

小女孩翻了个身，开始辗转反侧。

"妈妈，"她呻吟了一声，接着狂乱地挥舞双手，更大声地喊着，"妈妈！"

伊札抱起她，轻柔地喃喃低语着。身体的温暖依偎和抚慰的声音渗入小女孩发烧的脑子里，使她平静了下来。整个晚上，她睡睡醒醒，翻身、呻吟和神志不清地呓语，不时将伊札吵醒。小女孩说的话很奇怪，跟洞熊族人所说的截然不同：她的语句连贯而且轻松流畅，一个发音接着另一个发音。其中有许多话伊札根本学不来，甚至听不出其中较细微的差异。不过有一组特定的声音十分频繁地反复出现，伊札猜想那应该是她某个至亲的名字；而当她发现小女孩因为她的陪伴而平静下来，心里便明白她呼唤的那个人是谁了。

伊札心想，小女孩的年纪肯定不大，因为她连觅食都还不会。不知道她落单多久了，她的族人遇上了什么事？难道是地震？她已经一个人流浪这么久了吗？她是怎么从穴狮的利爪下逃脱，只被抓了几道口子的？伊札治疗过很多种外伤，因此有办法判断小女孩的伤口是大猫所致。伊札断定，必定有强大的神灵在保护她。

天色仍黑，但已接近黎明，小女孩发了一阵大汗之后，烧终于退了。伊札紧紧地搂着她，好让她更暖和些，也避免她踢掉被子。不久，小女孩醒来，想试着搞清楚自己身在何处，但周遭太黑了，什么也看不见。她感觉到有个女人的身体紧偎在身旁，于是放下心来，再度闭上眼睛，陷入更深沉的睡梦中。

天渐渐亮了，映出树木浓黑的轮廓。伊札悄悄地爬出温暖的毛皮。她添加木头，拨旺柴火，然后到小溪旁装了一碗水，并且剥了一些柳树皮。她停了一会儿，抓着自己的护身囊，感谢神灵赐给她柳树。她经常感谢神灵赐予柳树，也感谢他们让柳树无所不在，并让柳树皮有止痛效果。剥取柳树皮来泡茶纾解疼痛这件事她已经做过无数次了。她知道还有更强的止痛物品，却也明白那些药物会让人昏昏沉沉。柳树的止痛性质则只限于减缓疼痛与发烧症状。

当伊札蹲坐在火堆前，把烧热的小石头放进装着水和柳皮的碗里时，有些族人也已经开始起床走动。柳树皮茶泡好之后，她端着碗回到毛皮边，小心地把碗放在地面的小凹洞里，然后轻轻地躺回小女孩身旁。伊札望着沉睡的小女孩，注意到她的呼吸正常，然后又被她那不寻常的脸庞给吸引住了。女孩脸上的晒伤已经褪成棕色斑点，只剩小小鼻梁上还有一些脱皮。

伊札见过小女孩那个种族的人，不过只是远远地看到。洞熊族女人见到他们总是跑开躲起来。在各部落大会上，曾有人谈到洞熊族与"异族"偶遇的不愉快经历，所以族人总是避开他们，尤其是女人，更是不容许跟异族有任何接触。但其实伊札的部落与异族相遇的经历并不算太糟。伊札记得曾与克雷伯谈到那个很久以前跌跌撞撞走进他们洞穴的男人，当时他的一只手臂严重骨折，痛得几乎昏过去。

后来那人学了一些洞熊族的语言，但行事还是很古怪。他除了跟男人讲话，也喜欢跟女人交谈，而且非常尊敬女巫医，几乎到了崇拜的地步。然而这古怪的作风丝毫没有影响部落里的男人们对他的敬意日益增加。天色更亮了，伊札清醒地躺着，盯着小女孩瞧，对"异族"充满好奇。

就在伊札观察着小女孩时，亮晃晃的巨大火球跃上了东方的地平线，一束阳光落在女孩脸上。女孩的眼皮开始颤动。她一睁眼，看到的是一双深陷在粗厚眉脊下的褐色大眼以及一张口鼻突出、宛如动物的脸庞。

小女孩吓得尖叫，再度紧闭双眼。伊札把她拉近自己，感受到她瘦削的身体瑟瑟发抖，于是低声安慰。小女孩觉得这声音有些熟悉，但更熟悉的是温暖、教人安心的身体。慢慢地，她不再发抖，眯着眼睛偷偷地望向伊札，这回她没有尖叫。然后她睁大双眼，打量着这女人可怕而全然陌生的脸庞。

伊札也打量着她，眼里满是惊奇。她从没见过跟天空一样颜色的眼睛，甚至一度怀疑这孩子是不是瞎了。洞熊族老人的眼球表面有时会蒙上一层薄翳，使得眼睛的颜色变淡，视线也模糊不清。但这小孩的眼睛正常地睁得老大，无疑已经看到伊札。伊札心想，这蓝灰色一定是她眼睛的正常颜色。

小女孩两眼圆睁，一动也不敢动地静静躺着。当伊札扶她坐起来时，身体的移动扯动伤口，她痛得缩了一下，回忆随之滚滚而来。她浑身发抖地想起那只凶恶的狮子，它在她腿上留下伤口的那只利爪历历在目。她还记得自己挣扎着爬向溪边，口渴让她忘记了恐惧和腿上的疼痛，但在那之前的事她都不记得了。她的心已经将那些关于难受的孤独流浪、饥饿与恐惧、恐怖的地震以及失去亲人等记忆全部封锁，再也想不起来了。

伊札把药汤端到她嘴边，她很渴，凑过去喝了一口，却因为药太苦而露出了苦瓜脸。但是，当伊札再把碗凑到她嘴边时，她还是大口把药喝完了，因为她太害怕了，不敢不喝。伊札点头表示嘉许，然后便转身去帮其他女人准备早餐。小女孩的目光追随着伊札的身影而去，头一次发现营地里满是长得像这女人的人，她的眼睛睁得更大了。

烹煮食物的香气引来了强烈的饥饿感，所以，当伊札带回一小碗拌着肉和谷物的稀粥时，小女孩便狼吞虎咽地吃了起来。女巫医认为她还不适合吃固体食物。没吃多少，她萎缩的胃就已经饱了。伊札将剩下的肉汤倒进小女孩的皮革水袋里，让她在接下来的旅行期间吃。小女孩吃饱后，伊札又让她躺下来，拆下膏药观察伤口。伤口的脓水已经渐渐排出，肿胀也消了不少。

"很好。"伊札出声说。

小女孩听到这个以粗哑的喉音说出的字眼，跳了起来，她第一次听到这女人开口说话。小女孩从没听过这样的说话方式，觉得那听起来完全不像是话语的发音，反倒像是某种动物的低吼或呼噜声。但伊札的动作又不像动物，而像是十足的人类，非常有人情味。就在女巫医把另一块鸢尾根捣成糊状，准备替小女孩换药时，一个身形扭曲、歪向一边的男人朝她们一瘸一拐地走来。

这男人真是小女孩见过的长相最可怕、最不忍直视的人了。他的一边脸上有着难看的疤痕，原本该是眼睛所在的地方遮着一副皮革眼罩。不过这些人在她看来都一样怪异丑陋，所以他那畸形容貌的可怕程度也只是比其他人大一些罢了。她不知道他们是谁，也不知道自己怎么会跟他们在一块儿，但她知道是这女人在照顾她。这女人给她东西吃，替她上药，让她的腿又凉又舒服。最重要的是，在她没有意识到的内心深处,那种一直让她恐惧不安的焦虑现在已经烟消云散。虽然这些人很古怪,但是跟他们在一块儿,她至少不再孤单。

跛脚男子慢慢地弯下腰,俯身看着这小孩,而她也毫不遮掩地以好奇的眼神回望着他。这让他非常惊讶。部落里的孩子向来有点儿怕他,而且他们很快发现,就连大人也对他敬而远之,而他的冷漠更是让他看起来难以亲近;当小孩不乖时,做母亲的总是威胁说要叫莫格乌尔来,这也拉开了孩子们与他的距离。大部分未成年的孩子都很怕他,尤其是女孩子。部落成员往往得等到成年好久后,人生的阅历增加了,才会克服恐惧,对他多一份尊敬。看到这个奇怪的小孩毫不畏惧地打量着他,克雷伯完好无缺的那只右眼露出饶有兴味的眼神。

"这孩子的状况好多了,伊札。"他说。他的声音比伊札的更低沉,但在小女孩听来,他的声音更像动物的呼噜声。她对这种语言全然陌生,也没注意到他们说话时伴随的手势,只知道这男人跟那女人说了句话。

"饥饿造成的虚弱还没恢复,"伊札说,"但伤口已经好一点儿了。她腿上的伤口很深,不过幸好没有伤到筋骨,感染的情况也缓和了。她是被一只穴狮抓伤的,克雷伯。你有听过穴狮发动攻击后只抓了几道口子就罢休的吗?我很惊讶她还活着,一定是有什么强大的灵在保护她。但是……"伊札补充说,"我哪懂这些什么灵的?"

跟莫格乌尔谈论灵当然不是女人该做的事,即使这女人是他的手足。她做出不以为然的手势,同时借这手势乞求他原谅她的失礼。他没有搭理她——她也早料到他不会搭理她——反倒因为她提到了强大保护灵这一点而更加兴味盎然地望着小女孩。他自己也一直在想着同样的事。虽然他绝不会公开坦承,但他手足的看法在他心里十分有分量,而且她也证实了他的看法。

他们迅速拔营。伊札背起篓子和几捆东西，然后用皮斗篷把小女孩托在臀上，跟在布伦和格洛德后头出发。一路上，小女孩好奇地东张西望，观察着伊札和其他女人的一举一动。她对女人们停下来采集食物的过程特别感兴趣。伊札常拿新发的芽或嫩枝给她尝尝味道，让她隐约想起曾有另一个女人也做过同样的事。但现在，小女孩对植物的观察比以前更仔细了，她开始留心辨认各种植物的特征。这几天的挨饿经历使她渴望学会怎么找食物。她指着一株植物，看到这女人停下脚步挖出它的根，心里觉得很高兴。伊札也很高兴。她心想，这孩子真机灵，以前她可能不知道这种植物可以吃，否则早就拿它来填饱肚子，不至于挨饿了。

　　接近中午时分，队伍停下来休息，布伦则去察看附近的洞穴，寻找可能的安居地点。伊札让小女孩喝了皮革水袋里剩下的肉汤后，又拿了一条肉干给她嚼。布伦察看了洞穴，发现它并不符合他们的需要。到了下午，柳树皮的药效退了，小女孩的脚又开始抽痛起来，痛得她烦躁地扭来扭去。伊札拍拍她，帮她调整了一下位置，好让她觉得舒服些。小女孩把自己完全托付给这女人照顾。她伸出皮包骨的双臂环抱住伊札的脖子，把头靠在这女人宽大的肩膀上，表现出全然的信任。这失去双亲的孤儿让多年来膝下无子的女巫医内心涌起一股暖意。小女孩还是很虚弱、疲倦，最后终于在伊札行走的规律节奏的催眠下沉沉睡去。

　　傍晚时，这额外背负的重担开始让伊札感到吃不消，布伦一宣布歇脚过夜，她便迫不及待地把小女孩放下来，松了一口气。小女孩又发烧了，双颊又红又热，眼神呆滞。伊札出去找木柴时，也同时留意着药用植物，以便再替小女孩治疗。伊札虽然不知道是什么造成了感染,却知道如何治疗感染以及其他病症。

虽说治病是巫术的作为,得用神灵的词语来描述,却无损于伊札药物的效力。早在远古时期,洞熊族的先民就已经靠狩猎和采集为生了,使用野生植物这么多个世代以来,通过实验或偶然发现,他们已在脑中建立了丰富而广泛的植物特性数据库。他们将动物剥皮、肢解,也顺道观察、比对它们的器官。女人在准备晚餐时解剖动物,将所得的知识用于了解自己。

伊札的母亲训练她时带她看过各种内脏,并逐一讲解了它们的功能,但这不过是帮助她忆起那些已存放在脑海的知识罢了。伊札出生在地位崇高的女巫医世家。女巫医们借着实际训练之外的神秘方式,将治病知识直接传给了自己的女儿。因此,出身显赫的女巫医才刚出道,便理所当然地拥有比一般资深女巫医更高的地位。

伊札是古老女巫医世家的直系后裔,从一出生,她的脑子里就存放着历代祖先累积下来的知识。她能回想起祖先所知道的东西,就跟想起亲身经验差不多。只要受刺激,这个唤起记忆的过程就会自行启动。不过,她能想起过往的亲身经验,主要是因为她也记得与那个经验相关的各种事件——她从来不会忘记任何事——而对于记忆库里的知识,她却只记得知识本身,而不是祖先学习这些知识的过程;而且,虽然伊札和她的手足是同父母所生,克雷伯、布伦却都没有她的医学知识。

洞熊族人所记得的知识因性别而有不同。女人不需要狩猎知识,就像男人不需要基本的植物知识一样。男女脑部的差异是与生俱来的,种族文化也强化了这个差异。这是另一个为了延续种族而限制脑部发育的自然作用。即使孩子出生时具备了某些本该属于另一个性别的知识,长大后也会因为缺乏刺激而逐渐丧失。

不过，大自然在试图拯救这个种族免于灭绝时，往往也埋下了适得其反的因子。两性并存不只是为了繁衍后代，也是维持每天正常生活的必要因素。因为他们的脑海里没有异性所具有的知识，无法学习异性的技能。少了一个性别，另一个性别也没办法存活太久。

洞熊族两性的眼睛和脑部都具备敏锐的视觉与感官能力，只是用途不同。在他们迁徙的路上，地形不断变化着，伊札潜意识地记下了沿途地貌的各种细节，尤其是植物。她大老远就能分辨出叶子的形状或植物的高度的细微差异，虽然其中有些植物她从未见过，但她还是认识它们。在她那硕大的脑袋深处，她可以找到关于这些植物的记忆，而这些记忆并非来自她自己。然而，即使有这么庞大的数据库可供运用，她最近还是发现了一些完全陌生的植物，就和他们行经的乡野一样陌生。如果有机会，她想观察得更仔细些。所有的洞熊族女性都会对那些未知植物感到好奇，虽然这意味着获得新知识，却也是攸关生存的要素。

测试陌生植物是每个女人遗传记忆的一部分。跟其他女人一样，伊札也是以亲身体验的方式来进行测试的。她会将新发现的植物归入某种性质相近的已知植物类别中，但也知道将类似特征直接归类为具有相同特性的风险。测试植物的程序很简单，先是咬一小口，如果觉得味道不好，就赶紧吐出来；如果觉得味道还可以，就把那一小口植物含在嘴里久一些，仔细品尝，看看会不会有刺痛或灼热的感觉，或者味道会不会改变；如果感觉没什么不对，就把这植物吞进肚子里，看看会有什么反应。隔天，她会咬更大一口，再进行同样的测试程序。就这样试吃三次之后，如果身体没有什么不舒服的反应，她便断定这是可以吃的新食物，不过一开始不会吃太多。

然而，伊札往往对那些吃了之后出现明显反应的植物更感兴趣，因为这表示那种植物可能可以入药。其他女人测试植物是否可吃时，一旦发现不寻常的植物，或发现那植物的特征类似有毒植物，就会带来请她鉴定，她也会用自己的方法谨慎地再测试一次。然而这类测试很花时间，部落迁徙时，她只碰自己已知的植物。

在营地附近，伊札找到了几株茎干细长如杖、开着鲜艳大花的蜀葵。这种色彩斑斓的开花植物，根部可以制成类似鸢尾根的膏药，用来加强疗效，减缓肿胀和发炎；它的花朵则可以泡成药汤，帮小女孩止痛，让她睡好些。于是伊札在捡柴火时顺道采了蜀葵。

晚餐后，小女孩倚坐在一块大岩石旁，看着周遭众人的活动。食物和新敷的药草让她精神百倍地对着伊札叽叽喳喳讲了一堆话，尽管她看得出这女人听不懂她在说什么。部落里其他女人全都不以为然地瞄着她们，不过小女孩并不明白她们脸上的表情的含意。因为发音器官发育不全，洞熊族无法精确而清楚地发音。他们沟通时用来强调语意的少数发音是由示警或呼唤的叫声演变而来的。口语表达的重要性只在于这是传统的一部分。他们主要的沟通工具是手语、肢体动作与身体姿势，并参照对亲密接触的直觉、对肢体语言的敏锐观察以及固有习俗而产生认知。这些工具能够表情达意，但还是有限。一个人很难将所看到的东西向他人描述，更别说是抽象概念了。小女孩的喋喋不休让族人感到很困扰，也令他们不安。

他们重视小孩，慈爱呵护与纪律约束并用，抚养和教导孩子直到他们长大成人；而且，随着孩子的年龄增长，管教也越来越严格。幼小的婴儿会受到整个部落的百般呵护，大一点儿的孩子则经常因为一些小疏忽而受到严格管教。等到孩子们发现大孩子和成人的地位较高后，便开始模仿兄长的言行，不愿再受呵护，认为只有婴儿才需要被照顾。他们很小就知道要遵守传统习俗的规范，知道没事乱发出声音是很失礼的行为。因为身高，小女孩看起来比实际年龄大，所以众人认为她不守规矩、没有教养。

伊札与她的接触密切得多，猜测她的年纪应该不像表面上看起来那么大。她已经可以大致估算出小女孩的真实年龄，所以，面对小女孩的无助，她也能更宽容地回应。此外，从小女孩昏睡时的呓语，伊札也察觉到，她所属的那个种族口语表达一定更为流利而且频繁。现在这女孩的死活全靠她了。她打从心底喜欢这个用瘦小的双臂紧紧地环抱着她的脖子、展现出全然信赖的孩子。伊札想，教她礼仪大概得花些时间。她已开始把这小孩视如己出。

当伊札以沸水淋烫着蜀葵花时，克雷伯慢慢地踱了过来，在小女孩旁边坐下。他对这个陌生人很感兴趣，晚间仪式还没准备好，他便趁机走过来看看她复原的情况。小女孩跟这个脸上有疤的跛足老人对望，仔细地打量着对方。他从来没有这么接近过她这一类人，也从来没有见过"异族"的小孩；而她在醒来后发觉置身于其中之前，则根本不知道有洞熊族存在。除了对这个种族的特征感到好奇，她更好奇的是他脸上皱巴巴的皮肤。在她有限的阅历里从来没有见过哪一张脸上有着这么可怕的疤痕。出于小孩子天真率直的本能反应，她不假思索地伸手摸了摸他的脸，想摸摸看这疤痕到底有什么不同。

她轻轻地摸着克雷伯的脸，这让他大吃一惊。在部落里，从来没有小孩敢像这样伸手摸他，大人当然也不会这么做。他们对他避之唯恐不及，仿佛摸了他就会染上畸形似的。只有伊札，这个在他饱受关节炎之苦时照顾他的女人，才没有这些顾忌：她不嫌弃他畸形的身躯与丑陋的疤痕，也不畏惧他的权力与地位。小女孩的轻柔抚摸触动了他孤寂苍老的内心。他想和她交谈，想了一下该如何起头。

"克雷伯。"他指着自己说。伊札一边静静地看着，一边等着蜀葵花泡透。她很高兴克雷伯对小女孩感兴趣。克雷伯以自己的名字作为开场，也得到了响应。

"克雷伯。"他拍拍自己的胸口，再度说道。

小女孩侧着头，试着搞清楚他的意思。他希望她有所回应。克雷伯又说了一遍自己的名字。突然，她脸上的表情豁然开朗，坐直身子笑了起来。

"可拉布？"她模仿他的卷舌发音回应道。

老人点头赞许，她的发音已经很接近了。接着，他指指她。小女孩微微皱眉，不太确定他要表达什么。他拍拍自己的胸口，念了自己的名字，然后拍拍小女孩的胸口。她咧嘴大笑，表示理解。在克雷伯看来，她那个表情就好像做了个鬼脸似的。她嘴里吐出一个带有许多音节转折的字眼，他不但不知道怎么发音，而且几乎无法理解。他又做出同样的动作，俯身向前，以便听得更清楚些。她说出了自己的名字。

"阿伊——勒？"他犹豫不决，摇摇头，又试了一遍，"阿伊——勒啊……爱——拉？"这是他所能发出的最接近的发音。部落里没有多少人能发出这样的音。她满脸笑容地用力点头。这和她说的不完全一样，但她还是很高兴地接受了。因为她小小的心里知道，这已经是他所能发出的最接近她名字的音了。

"爱拉。"克雷伯重复道。他习惯了这个发音。

"克雷伯？"小女孩一边说，一边摇晃着他的手，吸引他的注意，然后指了指旁边的女人。

"伊札,"克雷伯说,"伊札。"

"伊兹——阿。"她复诵,这语言游戏逗得她很快乐,"伊札,伊札。"她反复叫着,眼睛望着女人。

伊札严肃地点头:名字的发音非常重要。她俯身向前,像克雷伯那样拍拍小女孩的胸口,希望她把名字再说一遍。小女孩把自己的名字完整地念了一遍,伊札却只是猛摇头。她就是没办法像小女孩那样轻松地发出复合音。小女孩气馁地望着克雷伯,以他刚才的发音方式说出自己的名字。

"阿——格哈?"女人跟着说。小女孩摇摇头,又说了一遍。"阿伊——勒阿?"伊札又试了一次。

"爱拉,不是阿伊——勒阿,"克雷伯说,"阿——伊念'爱',勒——阿读作'拉'。"他重讲一遍,把速度放得很慢,好让伊札听清楚这不熟悉的复合音。

"爱——拉。"女人竭力仿照着克雷伯的发音念出来。

小女孩笑了。名字有没有念得完全正确并不重要,伊札已经很努力了。她要这样称呼她,她也可以接受。从此,在他们面前,她就叫爱拉。她真情流露地张开双臂拥抱这个女人。

伊札温柔地回抱,然后又把她拉开。她还得教这孩子规矩,让她知道公开表现亲昵是不得体的行为;不过,在当下,她的确觉得很窝心。

爱拉欣喜若狂。一直以来,置身在这些陌生人之中,她总觉得彷徨无依。她虽然一直努力想和这个照顾她的女人沟通,却总是徒劳无功,这让她倍感挫折。虽然现在只是个开始,但好歹她已经知道怎么称呼这个女人,也让别人知道怎么称呼她了。她转身看着那个开启这次对话的男子,觉得他看起来也不那么丑怪了。她喜不自胜,心里对这男人顿生好感，于是做出了一个她隐隐记得曾向另一个男人做过许多次的动作——张开双手环抱住跛脚男人的脖子，拉低他的头，把脸贴近他的脸颊。

她的亲昵举动让他不知所措。他竭力克制自己想响应拥抱的冲动，如果被人看到他在自己的住处之外拥抱这个奇怪的小家伙，那简直是不成体统。不过，他还是任凭小女孩将光滑柔嫩的小脸蛋紧紧地贴在他那胡须浓密的脸庞上，过了好一会儿才轻轻地将她的双手从自己的脖子上拉开。

克雷伯拾起拐杖，撑直了身子。当他一跛一跛地走开时，满脑子尽想着这个小女孩。他在心里盘算着，得教她说话，让她懂得交谈的礼貌。他不放心把教导这孩子的工作全交给女人。然而他也知道，这其实是因为自己想多花些时间跟她相处。在不知不觉中，他已经把她视为这个部落的既有成员之一了。

布伦还没想过准许伊札收容这个在路边捡到的古怪小孩会有什么影响。不是因为他这个头目无能，而是他这个种族的能力本来就有所欠缺。他料想不到会发现这么一个不属于洞熊族的受伤的小孩，也无法预料收容她会有什么后果。她的命已经保住了，眼前只有两条路，要么让她留下，要么把她赶走，让她再度只身流浪。如果选择后者，这孩子一个人绝对活不了，这是必然发生的事，完全不需要预测。把她救活，又任凭她自生自灭，伊札一定不肯。伊札虽无实权，却有许多难对付的神灵作为靠山，而且现在还有克雷伯，这个有能力召唤任何神灵的莫格乌尔也和她一个鼻孔出气。神灵的力量强大，布伦一点儿也不想跟他们作对。当初他之所以同意让这女孩同行，无非是因为担心违抗了神灵的旨意。他没有办法厘清这个疑虑，但这念头一直在他的脑海里徘徊不去。就在他还没有意识到的时候，他的部落成员已经增加为二十一人。

隔天早上，女巫医检查爱拉的腿，发现伤势已经大为好转。在她熟练、悉心的照料下，感染症状已经差不多复原了，穴狮的利爪造成的伤口也已经愈合，从此在小女孩的腿上留下四道平行的疤痕。伊札认为伤口已不再需要上药，不过还是泡了柳树皮茶给小女孩喝。当她掀开盖在爱拉身上的兽皮被时，小女孩很兴奋地想站起来。她挣扎着靠那只完好无伤的脚站起身子，伊札则在一旁扶着。她觉得还是有点儿痛，不过，小心走了几步后，感觉好多了。

站直了身子的小女孩比伊札原本料想的还要高。她的腿修长笔直，细长的腿骨上，膝盖骨圆圆凸起。伊札有点儿怀疑她的腿是不是畸形了，因为洞熊族人都是弯曲的弓形腿。但这小孩除了有点儿跛，行动上没什么大碍。因此，伊札断定，对这孩子来说，直腿一定也是正常的，就像她的蓝眼一样。

当族人再度上路时，女巫医又用斗篷裹住小女孩，将她背在臀上。小女孩的腿还没完全好，没办法走太远的路。不过，在白天行进的时候，伊札偶尔也会放她下来走一小段路。这几天，小女孩吃东西吃得狼吞虎咽的，以弥补之前长时间的挨饿，伊札注意到她的体重已有增加。她很高兴能偶尔放下这额外的重担，特别是路程变得更艰难之后。

接下来几天，他们一行人离开宽阔平坦的大草原，进入了起起伏伏且日益陡峭的丘陵地区，高山上闪亮耀眼的冰帽就在眼前。丘陵上林木茂密，但已不是北方森林的常绿树，而是绿叶浓密、枝干粗大的阔叶树林。气温比这个季节正常情况下暖和得多，这让布伦感到困惑不已。男人已脱下兽皮外套，换上仅供蔽体的短兽皮衣；女人没有换上夏衣，仍穿着宽大的兽皮外套，因为这可以减少皮肤摩擦，让她们背负重物时轻松些。

这里的地形跟他们旧洞穴周遭的寒冷大草原截然不同。随着族人穿过一道道峡谷，越过温带森林里一座座长满青草的圆丘，伊札发现自己越来越倚赖祖先记忆里的知识，而非自身的经验。深褐色树皮的栎树、山毛榉、胡桃、苹果树和枫树与带有柔软薄树皮的柳树、桦树、鹅耳枥和白杨错落生长着，间或点缀着赤杨与榛树树丛。空气中有一股令伊札难以辨认的强烈味道，似乎是乘着南方轻柔的暖风而来的。枝叶茂密的桦树上仍垂挂着花穗，粉红与白色的细碎花瓣飘落了一地；水果与坚果树上盛开的花朵早早地预告了秋天的丰收。

他们费力地穿过浓密森林里的灌木丛和藤蔓，爬上裸露陡峭的山壁。站在凸起岩块上放眼望去，周遭山坡上尽是深浅不一的绿意。在上山的路上，浓荫遮天的松树再度现身，冷杉也随之出现。再往山上走，偶尔可以见到蓝灰色云杉的踪影。深绿色的针叶树、青翠的阔叶树以及浅绿色的小叶种阔叶树在此错落生长，藓类与禾本科植物则为这幅由茂密林木交织而成的绿色织锦增添了些许缤纷。此外还有形形色色的小型植物，从类似三叶草的酢浆草到攀缘在裸露岩壁上的肉质植物，种类繁多。森林里处处可见野花绽放，白色的延龄草花、黄色的堇菜花与桃红的山楂花盛开，较高处的草地则是黄色长寿花与蓝色、黄色龙胆花的地盘。在某些树荫浓密的地方，最后一批黄色、白色与紫色的番红花仍兀自勇敢地抛头露面，接下来得等到下一季才能再见到它们的容颜了。

最后，他们来到某座陡峭山坡的顶端，暂时歇脚休息。在他们的脚下是一大片层峦叠翠，山下则是无边无际的大草原，绵延到天边。从这个制高点极目四望，可以看到远处有几群动物正在已转为金黄的夏季草原上啃食草料。在没有背负重物的女人拖累的情况下，脚程快一点儿的猎人可以好整以暇地从这里挑选猎杀目标，然后带着轻便的装备，不消半个早上的时间就能迅速抵达大草原，轻松狩猎。在广阔大草原的东边，天空万里无云，但是南边有一大块雷雨云团正在酝酿堆积，往北边迅速发展而来。如果这块雷雨云团继续发展，将会被北方这条高耸的山脉挡住，为这个部落带来倾盆大雨。

布伦和众男子正在开会。虽然开会的地点选在妇孺们可以听见的范围之外，但忧心忡忡的愁容和手势还是明显透露了开会的原因。他们打算决定是否该折返。这片荒野对他们来说太过陌生，而且，更重要的是，他们离大草原太远了。在这片林木森森的山麓丘陵中，他们的确曾见到许多动物的踪迹，但它们和草原上以丰沛草料为食的成群动物截然不同。在开阔地区生活的动物和它们的四足掠食者因为没有森林可以藏身，较容易被猎杀，也比较容易被发现；草原动物群居性较强，而且往往成群移动，不像森林动物那样独来独往或过着小型的家族生活。

伊札猜想男人们大概会决定回头，到时候，他们千辛万苦地爬过这些陡峭山丘就会变成白忙一场。逐渐堆积的云层和即将落下的雨让这些沮丧的旅人感到前途茫茫。趁着等待的空当，伊札把爱拉放下来，减轻身上背负的重量。这孩子让伊札背了大半天，这会儿终于有机会下来四处走走，舒展她那只逐渐痊愈的脚，心里可乐了。伊札看见她绕过正前方山脊的凸起岩块，转眼不见人影。她可不希望小女孩离队伍太远，因为会议随时可能结束，如果小女孩慢吞吞的，拖延了大家动身的时间，布伦肯定不会给她什么好脸色看。于是伊札跟了上去，绕过山脊，找到了小女孩，但这时，小女孩身后的景象让她顿时心跳加速。

伊札赶紧跑回去找布伦，边跑还边回头看。她不敢打断布伦和众男子的会议，只好焦急地等待会议结束。布伦看到她了，虽然他没有明白表示，但他知道一定有什么正困扰着她。男人们一解散，伊札就马上跑到布伦身边，在他的脚跟前坐下，两眼盯着地上瞧，这姿势表示她有话想跟他说。他可以接见她，也可以拒绝，决定权在他。如果他置之不理，她就没机会把想说的话告诉他了。

布伦不知道她究竟想干什么。他已经注意到小女孩自行到前面探险，因为部落里没有什么事能逃过他的眼睛。可是他有更迫切的问题待解决。一定跟那女孩有关，他一脸不高兴地想着，而且很想不理会伊札的请求。不管莫格乌尔怎么说，他就是不喜欢这小孩跟族人同行。布伦抬头瞄了一眼，发现巫师正在看他。他想搞清楚这独眼男人心里在想什么，但那张没有表情的脸让他猜不透。

布伦回头看看坐在自己脚边的女人，她的姿势显示她心里非常激动。他想，果然是有什么事让她心烦。布伦不是没有感情的人，而且他非常尊重自己这位手足。她虽然跟前夫的婚姻不是很如意，但一直很守妇道。她是其他女人的榜样，很少拿些鸡毛蒜皮的事来烦他。或许该让她说话，反正他也不一定要照她的要求做。于是他伸出手，拍了拍她的肩膀。

布伦一碰到伊札，她便猛地倒抽一口气，这才知道原来自己一直屏着呼吸。他终于同意让她说话了！他沉吟了这么久，她一度以为没希望了。于是伊札站起来，指着山脊的方向，说了一个字："洞！"

CHAPTER 4

第四章

布伦急忙转身，大步朝山脊走去。绕过山脊的凸起岩块后，眼前的景象让他停住了脚步，全身热血沸腾。洞穴！多棒的洞穴！打从第一眼见到，他就知道那正是他们所要的洞穴，但他竭力压抑着自己的激动，不让自己乐昏了头。他费了好大的工夫稳住心情，然后仔细观察着洞穴以及周遭的环境。他是如此专注，以至于几乎没心思注意身边的小女孩。

即使从他现在所站的几百米之外看过去，这个在灰色山壁上裂开的三角形洞口也显得十分开阔，这也表示洞内应该有足够的空间容纳整个部落的人。洞口朝南，白天大部分时间有日照。仿佛要证明这个事实似的，一束阳光在这时穿透云隙，照在了洞前宽阔台地的浅红色土壤上。接着，布伦扫视洞穴周遭，迅速观察了一下，发现洞口的北边跟东南边各有一面大峭壁，正好可以挡风。他认为附近应有水源，随后便发现洞穴西边的缓坡底下有道溪流，而这也为这个洞穴加分不少。这是到目前为止他所见过的最值得期待的洞穴。他示意格洛德和克雷伯过来，以便一起走近察看。在等待他们到来的过程中，他努力克制着内心的激动。

两个男人快步跑向他们的头目，后面跟着前来带回爱拉的伊札。她更仔细地端详了洞穴，满意地点点头，然后才带着小女孩回到正兴奋地比手画脚的人群中。布伦努力压抑着激动，却还是瞒不过众人的眼睛。他们知道现在找到了一个洞穴，也知道布伦认为这洞穴很有希望。几道明亮的阳光穿过阴沉晦暗的天空照射下来，在空气中平添了几丝希望的色彩，一如族人们焦急等待的心情。

当三人走近洞穴时，布伦和格洛德紧紧握着手中的矛。没有什么迹象显示这里有人居住，但不代表这洞穴没有主人。鸟儿在宽敞的洞口飞进飞出，时而俯冲，时而盘旋，叽叽喳喳地吵闹着。鸟是个好兆头，莫格乌尔心想。快到洞口时，他们小心翼翼地走着，沿着洞口边缘的岩壁行进，同时布伦和格洛德也仔细检查地上是不是有生物走过的痕迹与粪便。洞里最新的痕迹已经是几天前留下的了。零乱的足迹以及某种粗大腿骨上被强壮的口颌啃咬过的痕迹显示有一群鬣狗一直以这洞穴作为临时住所。这些肉食性的食腐动物猎杀了一只老黇鹿，将残骸拖到洞穴里，从容地啃完了这顿大餐。

他们往山洞一侧走去。在靠近洞口西边的藤蔓丛生之处有一个涌泉积聚的水池，池水从一条小沟流出，沿着斜坡注入外头的溪流中。布伦要其他两人在此候着，自己则沿着泉水找寻源头，结果发现水是从距离洞口不远的岩石堆中涌出来的。刚涌出地面的泉水清澈纯净，形成了这汪晶莹的水池。布伦将水池纳入这洞穴的优点之中，然后回去和格洛德等人会合。虽然这洞穴周边的地理环境理想，但到底适不适合族人居住仍取决于山洞本身。于是两名猎人与跛脚巫师准备进入这又大又黑的山洞一探究竟。

回到洞口东侧，三人抬头看了看三角形洞口顶端的最高点，随即进入山洞。他们紧挨着山壁，眼观四路，耳听八方，小心谨慎地走着。等到眼睛适应洞内的阴暗后，他们不禁惊叹地看着四周。这个顶部高耸的圆拱形洞穴，内部非常宽敞，足以容纳好几倍于他们部落的人数。接着，他们沿着粗糙的岩壁一步步地慢慢移动，留意有没有什么通往深处凹洞的开口。在接近洞穴尽头的地方，第二道山泉从岩壁上渗出，形成了一个深色小水坑，只是满溢的泉水没流多远就被干燥的泥地吸收了。过了水坑，岩壁陡地回转，朝洞口方向而去。再沿着西边的岩壁往洞口走，在渐渐明朗的光线中，他们发现深灰色洞壁上有道幽深的裂缝。布伦做了个手势，让步履蹒跚的克雷伯先停下来，然后与格洛德一起走到裂缝前察看，只见里头一片漆黑。

"格洛德！"布伦命令道，同时做出手势表明他的需要。

这位副头目急忙跑出洞去，留下布伦与克雷伯在洞里焦急地等待。格洛德扫视了一下附近生长的植物，然后朝一小片冷杉林走去。冷杉树皮分泌的树脂干硬凝结，在树干上形成一块块晶莹剔透的褐斑。格洛德挖开树皮，让一滴滴新鲜黏稠的树脂汁液从树干的白色伤口中渗出；接着，他从附近的针叶树上折了些干树枝，又以石斧砍下一根青绿树枝，利落地剥去外皮，然后将干草、枯枝以及沾满树脂的树皮一起绑在青绿树枝末端，扎成火把；最后，他从腰部的原牛角里小心地取出炭火，凑到刚做好的火把上，猛吹了几口气。很快，他带着一根烧旺的火把赶回到洞里。

布伦拿着防身的棒子走在前面，格洛德高举着火把，两人一起走进那道漆黑的裂缝中。他们安静地沿着狭窄的通道前进，没走几步，通道便陡地转弯，直通山洞后方；而且，就在转弯后不远处，通道豁然开朗，另一个洞穴出现了。这洞穴比主洞小得多，几近圆形；洞的尽头有一堆骨骸，在火把的照射下熠熠生辉。布伦趋前仔细察看，忽然惊讶地瞪大了眼睛。他竭力保持镇定，转头向格洛德示意，然后两人迅速退了出去。

莫格乌尔吃力地拄着拐杖，焦急等待着。当布伦和格洛德走出漆黑的裂口时，巫师吃了一惊。布伦很少这么激动，这洞一定非比寻常。在布伦的手势示意下，莫格乌尔跟着他们重回漆黑的通道。抵达小洞室时，格洛德将火把高高举起。莫格乌尔看到那堆骨头时，眼睛不禁眯了起来。他快步向前，砰的一声丢开拐杖跪了下来，急切地爬到骨堆前。一个大大的椭圆形物体映入眼帘，他拨开其他骨头，拾起了那个颅骨。

毫无疑问，这颅骨的高耸额头跟莫格乌尔带在斗篷里的那个颅骨一模一样。他退开坐下，把颅骨高举在眼前，带着难以置信而尊敬的眼神盯着头骨的黝黑眼洞瞧。乌尔苏斯用过这山洞！从骸骨的数量分析，洞熊曾在这里冬眠，度过许多冬天。现在莫格乌尔终于明白布伦为什么兴奋了。这是再好不过的征兆。这山洞曾是大洞熊的住所，洞熊族人最尊敬、最崇拜的庞然巨兽的元精遍布洞穴的每个角落。何其幸运，上天注定要这个部落住在这里。从骨头的年代来看，这山洞显然已经很多年没有动物居住，简直像等着他们来发现似的。

这真是个完美的洞穴！地理位置佳，洞内宽敞，还附带了一个可供冬夏举行秘密仪式的附室，散发着洞熊族宗教生活的超自然神秘氛围。莫格乌尔已经开始想象举行仪式的情景，这小洞将归他管。部落终于找到新家，不必再寻寻觅觅了——前提是第一次狩猎也得成功。

当三人离开山洞时，外头正阳光普照，云层被强劲的东风吹开，迅速远离。布伦认为这是好兆头。事实上，即使是乌云密布、雷电交加外加大雨倾盆也不要紧，他还是会认为那是好兆头。此刻，没有什么事能浇熄他内心的雀跃，赶走他的志得意满。他站在洞前的平台上，眺望眼前的景致。从前方两座山的夹缝中望去，他发现了一大片波光粼粼的开阔水域。他一直不知道他们离海这么近，而这也唤起了他的祖传记忆，解答了天气异常温暖以及植物样貌不寻常的原因。

这山洞位于半岛狭长山脉南边的山麓丘陵地带，而半岛则位于大陆中央，朝南边的内陆海洋延伸而出，并以两处陆地与大陆相连。其中主要的连接点是半岛北边的宽阔陆地，另一端则是借着一道狭长的咸水湿地与东方的高山地区相连。此外，在半岛东北边还有一个小型内陆海，咸水湿地正是这小小内海的出水口。

洞穴背后的高山为他们挡住了北方大陆冰川的严寒与强烈的冷风。在终年不结冰的海水的调节下，海风和暖吹拂，为这个免于北风侵袭的半岛南端创造了一道狭长的温和气候带，并为繁茂的阔叶落叶林带来足够的水汽和温暖。

这山洞地理位置绝佳，兼具沿海与内陆两种环境的优点。这里的气候比周遭地区温暖许多，且有丰富的林木作为燃料，供长达几个月的严寒冬季取暖之用。大海近在咫尺，海里满是鱼类与其他海产，海边崖壁上则有大批海鸟筑巢下蛋。温带森林是采食天堂，可采集到水果、坚果、浆果、种子、蔬菜与其他草本植物。附近就有山泉与溪水，取用淡水既方便又省事。但最重要的是，他们可以轻松抵达大草原，而大草原的广袤草地上则栖息着无数大型草食动物；这些动物不只是肉类食物的来源，还可以用来制作工具和兽皮衣。这个以狩猎与采集为生的小小部落即将仰赖这片土地过活，而这片土地丰饶无比。

布伦走回等待的族人那儿时，根本没什么心思留意脚下的路面。他想不出还有什么山洞会比这里更理想。神灵已经回来了！他如此想着。或许神灵从未离弃他们，只是要他们搬到更大更好的山洞。当然是这样！一定是这样！神灵们厌倦了旧洞穴，想要个新家，所以制造地震逼他们离开。或许那些死于地震的人是灵界所需要的人，而为了弥补他们的损失，神灵引领他们到了这个新洞穴。他们一定在考验他，考验他的领导能力。这也是他没办法决定该不该掉头的原因。布伦很高兴自己没被神灵们认为领导无方。如果不是有失体面，他早就跑着回去告诉其他人了。

其他族人看到三人回来时，根本不需要等他们开口，就知道不用再四处跋涉了。在等待的众人中，只有伊札跟爱拉亲眼见过那山洞，也只有伊札知道这个洞穴的价值：她早就认定布伦一定会要它。伊札想，这下他不能叫爱拉离开了。如果不是因为爱拉，布伦大概已经决定掉头，没机会发现这山洞了。这孩子的图腾肯定很有力量，而且能带来好运。她甚至把好运带给了他们。伊札看着身边的小女孩，她对自己引起的骚动浑然不觉。可是，如果她这么有福气，为什么还会失去她的族人呢？伊札摇摇头，神灵的行事作风她永远也猜不透。

布伦也正望着那小孩。一看到伊札和那小孩，他就想起是伊札告诉了自己关于山洞的事。如果不是因为她去找爱拉，就不可能发现山洞。他看到那孩子一个人乱跑时，原本很恼火，当时还叫众人等一等。但若非她这么不守规矩，他大概会错过这个洞穴。神灵为什么会先引领她到那里？莫格乌尔说得没错，他一向是对的，神灵没因伊札的同情心而发火，没因爱拉跟着他们而生气。甚至，神灵眷顾她。

布伦转头看了看那个畸形男人，那个原本应该在他的位置上担任头目的人。他们很幸运，他哥哥是他们部落的莫格乌尔，他想着。真奇怪，自从长大之后，他已好久没当他是自己的哥哥了。小时候，每当布伦为了让自己具有部落男人必备,尤其是注定成为头目者所必备的镇定自若而奋战时,他总当克雷伯是兄长。他哥哥也有自己的仗要打,他必须与身体的苦痛以及因为无法打猎而遭受的奚落奋战;而他似乎总是知道布伦什么时候会沮丧彷徨。这位跛脚男人温和坚定的眼神从以前就有镇定人心的效果。有克雷伯坐在身旁,带来心照不宣的安慰,布伦总能觉得好过些。

在洞熊族里,同母所生的小孩都是手足,但只有同性别的手足才以兄弟或姊妹这种亲昵的称呼相称,而且只在小时候或少数的特殊私人场合这么做。男人没有姊妹,一如女人没有兄弟;克雷伯是布伦的手足和哥哥,伊札则只是布伦的手足,而且她没有姊妹。

曾有一段时间,布伦为克雷伯感到难过,不过这已经是很久以前的事了。他老早就忘记了这男人的苦痛,转而尊敬他的学识和法力。他已几乎不把他视为一般男人,而当他是自己经常请益的伟大巫师。布伦不认为哥哥会因为没能担任头目而遗憾,但有时他会感到疑惑,这个跛足男人是否曾因为没有配偶和小孩而感到有所缺憾?女人有时挺烦人的,但她们也常为男人的火堆地盘带来温暖与愉悦。克雷伯没有配偶,从不懂得打猎,不懂得正常男人的欢乐或责任,但他是莫格乌尔,独一无二的莫格乌尔。

布伦对法术一无所知,也几乎不了解神灵,但他是头目,他的配偶已经给他生了一个好儿子。一想到布劳德,这个他大力培养、有朝一日将继承他的位置的小男孩,他的脸上就绽放出喜悦的光彩。布伦忽然做了个决定,下次打猎,也就是为了山洞乔迁庆典而举行的打猎,要带布劳德一起去。那可能会是他迈入成年的狩猎考验。如果他打到了他的第一只猎物,那他们就可以在举行山洞入住典礼的同时进行他的成年礼。娥布拉一定会很自豪。布劳德的年纪已经够大了，而且强壮果敢；虽然有时倔强了些，但他正学着控制自己的情绪。布伦还需要一名猎人。现在部落既然有了山洞，就得更努力工作，为下一个冬天做准备。这男孩快要十二岁了，早就过了该办成年礼的年纪。布伦盘算着，布劳德将与大家共享初次体验新洞穴的回忆，那一定会格外美好；而伊札将会调制典礼所需的饮料。

伊札！他该怎么处理伊札和那个小女孩？虽然那女孩很古怪，伊札却已无法和她分开。这一定是她长久以来膝下无子的缘故。然而她很快就会有亲生的小孩，眼下也没有人可以给她做配偶。再加上那女孩，到时将会有两个小孩让她烦心。伊札已经不年轻了，但她有孕在身，而且拥有巫术和崇高的地位，哪个男人娶了她都会觉得光彩。如果没有那个奇怪的女孩，说不定真有哪个猎人会收她做第二个女人。那个怪女孩有神灵眷顾着，如果他现在赶她走，可能真的会触怒神灵。神灵们可能会让大地再度震动。想到这里，布伦忍不住战栗。

他知道伊札想留下她，而且确实是伊札告诉了他山洞的事。伊札理当为此得到尊敬，但绝不能做得太明显。让她养那小女孩就是给她面子了。可是，这女孩非我族类，部落里的神灵会要她吗？她甚至连图腾都没有，如果没有图腾，怎么能让她跟他们一起生活？神灵！真是叫人摸不透！

"克雷伯。"布伦叫道。巫师应声转身，听到布伦叫他的本名，他一脸惊讶。他看到头目示意想私下谈谈，就一跛一跛走了过来。

"莫格乌尔，那女孩，伊札捡回来的那个，你晓得她不是洞熊族人。"布伦有点儿不知道怎么开口似的起了头，克雷伯等他继续说下去，"你那时候说，她的死活应该让乌尔苏斯决定。如今看来，他已经做出决定。

但是现在我们该怎么处置她？她不是洞熊族的，没有图腾。我们的图腾灵甚至不准其他部落的同族人参加山洞入住典礼，只准将住进山洞的人参加。她年纪这么小，一个人绝对活不了，你也知道伊札想养她，可是山洞入住典礼的时候该怎么办？"

克雷伯一直期待着这样的对话，心里早有准备。"布伦，这小孩有图腾，而且是强而有力的图腾。只是我们不知道图腾是什么罢了。她曾遭到穴狮的攻击，却只被抓伤了几道口子。"

"一只穴狮！很少有猎人可以那么容易就脱身的。"

"没错。而且她一个人流浪了那么久，差点儿饿死，却没有死，还被放在我们行经的路上，让伊札发现她。还有，布伦，别忘了，你没有阻止这件事。她还太小，本来应该没办法禁得住这种严格的考验，"莫格乌尔继续说道，"但我认为那是她的图腾在考验她，看她是否够优秀。她的图腾不只够强壮，还能带来好运。我们可以分享她的好运，或许我们已经在分享了。"

"你是说那山洞？"

"头一个看到山洞的是她。我们本来已经准备掉头，虽然你带着我们靠得这么近了，布伦……"

"神灵带领我，莫格乌尔。神灵们想要新家。"

"没错，当然是神灵们引领你，不过他们还是让那女孩第一个发现了山洞。布伦，我一直在想，现在还有两个婴儿不知道自己的图腾是什么。我一直没时间处理这件事，毕竟找到新洞穴比较要紧。我想，替这山洞祝圣时，或许也可以为这两个婴儿一并举行图腾命名仪式。那会带给他们好运，也可以让他们的母亲高兴。"

"这跟那个小女孩有什么关系？"

"在为这两个婴儿的图腾进行冥想时,我会同时寻求她的图腾。如果她的图腾向我现身,那她就可以参加典礼。这不需要她付出太大的代价,而我们也可以接纳她进入部落。然后,让她留下就不会有任何问题。"

"接纳她进入部落!她不是洞熊族的,她是'异族'出身。谁说可以让她成为部落成员的?这我绝对不准。乌尔苏斯不会希望这样。从没有这样的事!"布伦反对道,"我从没想过要让她成为我们的一分子,我只是想知道神灵会不会容许她跟我们一起生活,直到她年纪够大为止。"

"伊札救了她的命啊,布伦。现在她身上带着一部分那女孩的灵,而这也让那部分的灵融入洞熊族了。那女孩差点儿走进下一个世界,现在她却还活着。那几乎等于重生了,重生为洞熊族。"克雷伯看见头目脸色一沉,显然对这个看法不以为然。趁着布伦还没开口,他赶紧接着说下去。

"一个部落的人可以加入其他部落,这一点也不稀奇,布伦。过去曾有许多不同部落的年轻人结合起来创立新部落。上次的各部落大会上就有两个小部落决定合并成一个部落,还记得吧?因为那两个部落的人口持续减少,生下的孩子不够多,而且生出的孩子都活不过一岁。让某个人加入部落,过去不是没有这样的例子。"克雷伯解释道。

"没错,有时是会有某个部落的人加入另一个部落。但这女孩不是洞熊族的啊。莫格乌尔,你甚至不知道她的图腾灵会不会跟你讲话;就算她的图腾灵真的跟你说话了,你又怎么知道自己听不听得懂?我连她讲的话都听不懂!你真觉得你能办得到?真有办法发现她的图腾?"

"我只能试试看。我会请乌尔苏斯帮忙。神灵有他们自己的语言,布伦。如果她注定要加入我们,保护她的图腾就会让我听懂他的话。"

布伦考虑了一会儿。"即使你能发现她的图腾,有哪个猎人会要她?伊札和她的婴儿所带来的负担就已经够累人的了,更何况我们的猎人没有女人多。在那场地震中死去的不只伊札的配偶,格洛德的配偶的儿子也死了,他还是个年轻力壮的猎人呢。阿葛的配偶也死了,而她有两个嗷嗷待哺的小孩,她的母亲还跟她在一个火堆地盘生活。"想到死去的族人,头目的眼睛一阵酸楚。

"还有奥佳。"布伦继续说道,"她母亲的第一任配偶遭兽角刺死,没过多久自己也被地震崩塌的洞穴压死了。我跟娥布拉说了,让奥佳跟着我们。奥佳快成为女人了,等到她年纪够大,我想把她许配给布劳德,他应该会很高兴。"布伦若有所思地说道,想到自己的其他责任让他分心了一会儿。"莫格乌尔,即使没有奥佳,现在仅存的男人的负担也已经够重的了。如果让那女孩加入部落,我能把伊札托付给谁?"

"那么,在这女孩年纪大到能离开我们之前,你又打算把她交给谁,布伦?"独眼男人问道。布伦被问得有些不自在,但他还没来得及开口回应,克雷伯便接下去说了:"没必要让伊札或那小孩拖累某个猎人,布伦。我会养她们。"

"你!"

"有何不可?她们都是女性,没有男孩需要被训练,至少现在没有。每次狩猎的成果,我难道没资格享有身为莫格乌尔应得的一份?我从没这样要求过,因为我不需要,但我有资格做出这样的要求。与其让一个猎人负责养活伊札和那女孩,还不如让所有猎人给我莫格乌尔本应享有的完整食物，好让我能养活她们。这样不是较省事？我早就打算跟你谈谈找到新洞穴后我要自起火堆养伊札的事，除非另有男人要她。我跟这个手足共享火堆已经好多年了，要我改变这么久以来的生活习惯也很难。除此之外，伊札对我的关节炎也很有帮助。如果她生出来的小孩是女孩，我也会养她；如果是个男孩，那么……到时候再操心也不迟。"

布伦在心里反复拿捏着这个主意。没错，有何不可？这对每个人来说都比较省事。但克雷伯为何想这么做？伊札不管住在谁的火堆地盘，都会照顾他的关节炎。为什么一个男人到了这个年纪还会突然想操心小孩的事？他为何想把训练、教导这怪女孩的责任揽在自己身上？或许事情就是这么简单，他就是觉得自己有责任。布伦不想让这女孩加入部落，心里希望最好连这个麻烦也不要有，但他更不想让外人和他们一起生活，而且不受他控制。或许，最好的办法就是接纳她，把她训练成族里女人应有的模样。这样，部落里的其他人或许也会比较容易接受跟她一起生活。如果克雷伯愿意养她们，布伦看不出有什么理由不准。

布伦做出默许的动作。"好吧，如果你能找到她的图腾，那就让她加入部落，莫格乌尔。她们可以住在你的火堆地盘，至少在伊札生下自己的小孩之前。"布伦发觉，自己有生以来头一次希望这个将出世的小孩是女孩，而不是男孩。

做出这个决定后，布伦觉得松了一口气。该如何处置伊札的问题原本一直困扰着他，如今已暂时解决。他还有更重要的问题要操心。克雷伯的提议不只为他身为头目必须做出的棘手决定提供了思路，还替他解决了许多私人问题。地震夺走伊札的配偶后，他就绞尽脑汁地想着如何安置伊札,但除了由自己来抚养伊札和她肚里的小孩,甚至还得供养克雷伯之外,他实在想不出其他办法。然而他本来就有布劳德和娥布拉要养,现在又多了奥佳。火堆地盘是他可以稍稍放松心情、卸下戒备的地方,更多人加入他的地盘将会生出许多摩擦,让他烦心。而且他的配偶大概也不会太高兴。

娥布拉和他的手足相处得还算融洽,但要同在一个火堆旁生活,那可就另当别论了。虽然娥布拉没有公开表示过什么,但布伦深知她忌妒着伊札的身份地位。娥布拉嫁给头目,在大部分的部落里,她应该是地位最高的女人。然而伊札是女巫医,出身于洞熊族最受尊敬、最显赫且代代相传的女性世家。不必沾她配偶的光,她本身就有地位。当伊札收容那女孩时,布伦认为自己大概也得养她。他没料到莫格乌尔不只愿意担起养活自己的责任,还愿担负养活伊札和她的小孩的责任。克雷伯虽然无法打猎,但身为莫格乌尔,他有其他资源。

问题已经解决,布伦加快脚步朝族人走去。全部落的人都急切地等着头目说话,证实他们心中的猜测。布伦做出手势表示:"我们不再旅行,洞穴已经找到了。"

"伊札,"当伊札替爱拉泡柳树皮茶时,克雷伯开口说道,"我今晚不吃。"

伊札低头表示知道了。她知道他要去冥想,以便举行接下来的典礼。冥想前他都不进食。

部落在通往山洞的缓坡下方的溪畔扎营。山洞得经过正式仪式的祝圣后才能入住。虽然此时不宜表现出迫不及待的样子,但部落里每个人总能找到借口去洞穴附近探头探脑。采集食物的妇女老是到洞口附近找食物，男人则以监督女人作为借口，跟在她们后面。每个人都没有松懈，但心情相当愉快。地震后一直如影随形的不安感受现在已经烟消云散。大家都很中意这宽敞的新洞穴的外观。虽然洞里幽暗无光，没办法看得太清楚，但也已经足以让他们看出这洞穴比老家宽敞许多。女人对着紧邻洞口的那汪清澈池水指指点点，满心欢喜，因为她们不必再跑大老远到溪边提水了。她们巴望着赶快举行新洞入住典礼，这是女人可以参与的少数仪式之一。每个人都迫不及待地想住进去。

莫格乌尔离开热闹的营地，打算找个安静的地方，好让他可以不受干扰地进行冥想。他沿那条湍急地奔流、注入内陆海的溪流走着，从南方再度吹来的煦煦和风拂动着他的胡子。傍晚的天空澄净明澈，只有远方飘着几朵云彩。路边的灌木丛非常浓密，他本应绕道而行，但因为心思太过专注而没有留意。忽然，附近的灌木丛中传来声响，让他停下了脚步。这里他没来过，唯一的防身工具就是手上那根结实的拐杖，不过，在他那只强壮有力的手上，那根拐杖也可以是威力惊人的武器。他紧握着拐杖，全神戒备着，侧耳倾听浓密的灌木丛里传出的鼻息和呼噜声，以及从灌木晃动处传来的树枝折断声。

忽然，一只动物从浓密的灌木丛里冲出，它的身躯庞大有力，四只腿短而结实，狰狞尖锐的獠牙像象牙一样从口鼻两侧伸出。他知道这是什么动物，但以前从没见过。这只野猪目露凶光地瞪着他，迟疑地踱着脚步，然后便不理他，自顾自地用口鼻刨挖软土，转头回灌木丛中去了。克雷伯松了一口气，继续往下游走。最后，他在河边的狭长沙滩上停了下来，摊开斗篷，将洞熊头骨放在斗篷上，然后面对头骨坐下。他照规矩做出正式手势，请求乌尔苏斯的协助，然后心无杂念，全神贯注在需要找到图腾的婴孩身上。

克雷伯一向对小孩很感兴趣。坐在部落的人群中时，他往往看似心不在焉，其实在观察小孩，只是没人察觉。其中一个需要图腾命名的小孩是个大约才半岁的男婴。他的身材结实壮硕，一出生就扯开嗓门儿大哭，后来也这么哭过好几回，肚子饿时哭得尤其厉害。从一开始，博格就老爱在母亲身上磨蹭，往她柔软的胸口钻，直到找到乳头为止，而且吸奶时总会发出满足而细微的呼噜声。克雷伯想起刚刚那只在软土里挖掘、发出呼噜声的野猪，觉得很有趣。野猪是很值得尊敬的动物，它们生性聪明，被激怒时尖锐的獠牙会让人受重伤，决定往前冲时矮短的腿跑起来速度惊人。没有猎人会瞧不起这个图腾。它会很适合这个新地方，它的灵会在新洞穴里放松安顿。他深信这男孩的图腾已自行现身，好让巫师想起他。因此，他决定野猪就是博格的图腾。

莫格乌尔很满意这个选择，转而将心思放在另一个婴儿身上。奥娜在地震前不久出生，她母亲的配偶在地震中丧生。她四岁大的手足佛恩是自家火堆地盘上唯一的男性。巫师想着，阿葛不久后就得再找个配偶，而且得是个能连她老母亲阿芭一起抚养的配偶。不过那是布伦该烦心的事，他该考虑的是奥娜，不是她母亲。

女孩需要性情较温和的图腾。她们的图腾不能强过男性图腾，否则会赶跑能帮助怀孕的元精，那女人就无法生子。他想着伊札的情形。她的赛加羚羊图腾太强，以至于多年来她配偶的图腾无法征服它。或者她是刻意不让他征服的？莫格乌尔经常困惑地想着这个问题。伊札懂的巫术比许多人多，跟她所委身的那个男人在一块儿她并不快乐，而且并不是因为这男人经常在许多方面苛责她。她一直循规蹈矩，但两人的紧张关系明显可见。克雷伯想，反正那男人现在已经死了。莫格乌尔虽不是她的配偶，但会负责养她。

身为她的手足，克雷伯绝不可能娶伊札，那太过离经叛道。他好久以前就放弃讨女人的念头了。伊札是个好伴侣，多年来一直替他张罗吃的、照顾他。而今，少了她前任配偶的潜在敌意，跟她同在一个火堆地盘生活想必会更自在，爱拉的加入则可能会为他们更添愉悦。想到她张开小小的手臂拥抱住他，克雷伯心里不禁升起一股温柔的暖意。过了一会儿，他想，还是先从奥娜开始吧。

奥娜是个安静而知足的婴儿，经常表情严肃地睁着大眼盯着他看。她无论看什么东西都是这样安安静静地看得入迷，而且巨细无遗，或者至少看起来如此。他的脑海里浮现一只猫头鹰的画面。会不会太强？他觉得，猫头鹰是掠食鸟，但只猎食小动物。女人有强势图腾，她配偶的图腾就必须相对更强。男人的保护灵不强，就无法和以猫头鹰为图腾的女人配对，但她或许就是需要具有强壮图腾的男人来保护。于是，他决定就是猫头鹰了。女人都需要具有强壮图腾的配偶，他是不是就是因此而没有配偶？克雷伯想着。麋鹿能给人多大的保护？伊札的出生图腾更强。多年来，克雷伯一直没把温驯害羞的麋鹿当作自己的图腾。他忽然想起来，就跟野猪一样，麋鹿也是栖息在浓密的森林里的。这位巫师是少数拥有双图腾的人之一。克雷伯的图腾是麋鹿，莫格乌尔的图腾则是乌尔苏斯。

洞熊乌尔苏斯·斯佩莱乌斯，体格庞大的草食动物，直立起来的身高是其他肉食熊的将近两倍，一身粗毛，身躯壮硕，体重是其他熊类的三倍。它是当时已知最大的熊，但个性温和，在一般情况下不易发怒。曾有个毫无防备的跛脚男孩因为想事情想得入神，不知不觉太靠近幼熊而遭到护子心切的母熊攻击。当男孩的母亲发现他时，他已经血流如注、体无完肤，大熊扯掉了他的一只眼睛和半边脸蛋。在母亲的悉心照料下，小男孩复原了，但他左手手肘以下的部位遭巨兽压碎而失去知觉，于是母亲只得将他这些坏死的部位截掉。不久之后，前任莫格乌尔选中这个畸形、带疤的男孩担任巫师助手，告诉男孩，乌尔苏斯早就选中了他，也考验过他，结果认为他很优秀，所以拿走他一只眼睛，表示克雷伯受他保护。他对克雷伯说，他应该以身上的疤痕为傲，它们是他新图腾的标记。

乌尔苏斯绝不容许女人吞下他的灵而生下小孩；洞熊只在某人通过考验后，才肯保护那人。得到他青睐的人少之又少，能幸存的更少。一只眼睛的代价很大，但克雷伯并不难过。他是独一无二的莫格乌尔。没有巫师拥有他那么强的法力，而且他深信那法力是乌尔苏斯所赐予。如今，莫格乌尔请求他图腾的帮忙。

他握着护身囊，请求伟大洞熊的灵将保护着那异族女孩的图腾灵显现在他面前。这实实在在考验着他的能力，他没有把握能将信息传达给他。他全神贯注在那小孩以及他所知的关于她的少数事情上头。她具备勇敢的特质，他想着。她公然向他表现真实的情感，既不怕他，也不担心部落众人的责难。这样的女孩很罕见；通常，一般女孩看到他总是会躲到母亲身后去。她有求知欲，且学得很快。他的脑海里开始浮现画面，但他马上排除。不，不对！她是女人，而那不是女人的图腾。他让心思重新沉淀，再度开始想象。可是,同一个画面再度浮现。他决定先让这画面跑完，心想，或许接下来会带出其他画面。

在他的脑海里出现的是一群穴狮在炎热夏日的广阔草原上懒洋洋地晒太阳的景象。有两只幼狮，其中一只在干枯的草堆里跳跃玩耍，好奇地把鼻子伸进鼠类的洞穴中，咆哮着，假装要攻击。那是一只雌幼狮，日后将长成母狮，成为这个狮群的主要掠食者，并将捕杀的猎物带给它的配偶。这只幼狮跳到一只披着粗鬃毛的成年公狮身上，想诱它一起玩。它毫无畏惧，伸出一只爪子拍打公狮宽大的口鼻。对公狮来说，那一掌不痛不痒，几乎就跟抚摸一样。身形巨大的公狮将它推开，用沉重的巨爪压住它，然后开始以又粗又长的舌头舔着幼狮。他想，穴狮养育幼儿也很有爱心，很讲规矩。但他不明白狮子享受天伦之乐的画面为什么会浮现在脑海中。

莫格乌尔努力想把这画面排除于脑海之外，再次努力专注心思想着那女孩，但那画面不动如山。

"乌尔苏斯，"他比手画脚说道，"一只穴狮？这怎么可能？女性不可能有这么强的图腾，这样哪有男人可以和她配对？"

他的部落里没有男人是以穴狮作为图腾的，在其他部落里，这样的男人也不多。他的心底浮现小女孩的身影，这孩子又高又瘦，手脚又细又直，五官平板的脸上额头高高突起，脸色苍白，甚至眼睛的颜色都太淡。她长大以后肯定是个丑女人，莫格乌尔坦白地想着。有哪个男人会要她？他想起自己遭人厌弃的处境，想起女人是如何对他敬而远之的，尤其是在他小时候。或许她永远也不会有配偶，如果她得在没有男人保护的情况下度过一生，那她就需要强力图腾的保护。但，穴狮？他绞尽脑汁，想着洞熊族里有没有女人以这大猫为图腾。

他提醒自己，她不是洞熊族的，她受到的保护一定很强，否则她早就被穴狮杀了，不可能活到现在。一个念头在他的脑海里浮现。那只穴狮！它攻击她，却没有要了她的命……它有攻击吗？还是在考验她？接着，另一个想法陡然跳出来。看出个中蹊跷后，他的背脊一阵发凉。他再无怀疑，百分之百肯定，就连布伦也不能质疑这一点。那只穴狮在她的左大腿上划了四道平行的口子，留下她一辈子都无法抹除的疤痕。在成年礼上，如果莫格乌尔要为年轻男子划出穴狮的图腾标志，就是在大腿上割出四道平行线。

在男子身上，那标志会划在右大腿上；她是女孩，而标记一模一样。当然是这样，怎么他之前都没想到？那狮子知道很难让这个部落的人接受这一点，因此亲自在她的身上划出了标志，而且划得清清楚楚，让人一眼就可以认出。它替她划上的是洞熊族的图腾标志。穴狮想要洞熊族知道，它要她和他们一起生活。穴狮灵带走了她的族人，因此她得和他们生活。为什么？某种不安让巫师觉得心神不宁，就跟发现她的那天晚上举行夜晚仪式后的感受一模一样。如果他对这感觉有概念，那么他大概会称之为预感，虽然这预感蕴含着某种古怪而不安的希望。

莫格乌尔摇头甩开这种感觉。从来没有哪个图腾带给他这么强烈的感受，他想，这就是令他不安的原因。穴狮是她的图腾，它选中她，一如乌尔苏斯选中他，他想。莫格乌尔凝视着眼前的头骨空洞黝黑的眼窝。他彻底接受了这个无法改变的结果，赞叹着神灵的行事作风。现在一切都明朗了。他如释重负，也深感惶恐——这个小女孩怎么会需要这么强大的保护？

CHAPTER 5

第五章

叶影深浓的树木在薄暮的微风中摇曳起伏，衬着渐暗的天空，映出舞动的剪影。营区已是一片静悄悄，众人正准备就寝。就着炭火的微光，伊札将几个小皮袋里的东西拿出来，整齐地排在斗篷上，一一检视，并不时抬头望着之前克雷伯离去的方向。他一个人待在陌生的森林里，也没带什么武器防身，她很担心。身边的小女孩早睡着了，随着天色越来越暗，她也越来越担心。

稍早之前，她已察看过山洞周遭生长的植物，以便了解是否有植物可以补足、扩充她的草药库。她总把某些东西随身带在水獭皮袋里，可是，对她而言，医药袋里这一袋袋干燥的草叶、花朵、根茎、种子与树皮都只是急救药物。在这新洞穴里，她应该会有空间摆放更大量、更多种类的药物。然而，只要出远门，她就一定会带着医药袋。那就像外衣一样是她身上的一部分。没有那些药，她会觉得自己身上光溜溜的，没有外衣倒还不至于。

伊札终于看到老巫师一跛一跛地走回来，松了一口气。她跳起身，把留给他的食物放到火上加热，然后开始煮开水，以便冲泡他最爱的草药茶。就在她手忙脚乱地将那些小药草袋装回医药袋里时，他跛着脚走了过来，在她身边坐下。

"那孩子今晚怎么样？"他以动作问道。

"睡得更好了，伤口也几乎不痛了。她还问起你呢。"伊札答道。

克雷伯心里暗自高兴，但没表现出来，只咕哝道："明早替她做个护身囊吧，伊札。"

伊札低头表示知道了，然后赶忙起身，查看食物和水好了没。她得起来动一动，因为心里太高兴了，很难坐得住。爱拉可以留下了！伊札心想，克雷伯想必已和小女孩的图腾谈过。她兴奋得心头怦怦直跳。那两个婴儿的母亲今天就已经帮他们做了护身囊。她们四处张扬，好让每个人都知道她们的小孩会在新洞入住典礼时知道自己的图腾。那会为孩子带来好运道，因此那两个女人都以此为傲。克雷伯是不是为了找到爱拉的图腾才去了那么久？这件事一定很棘手。伊札很想知道爱拉的图腾是什么，但还是勉强按捺住发问的冲动。无论如何他都不会告诉她的，反正她很快就会知道了。

她把食物端给她的手足，然后给手足和自己各斟了一碗草药茶。两人就这么静静地坐着，不发一语，温馨、深挚的情感在两人之间流动。当克雷伯吃完时，部落里只剩这两人还醒着。

"猎人早上会出去，"克雷伯说，"如果打猎成果丰硕，隔天就会举行典礼。你来得及准备吗？"

"我检查过袋子，里头还有足够的根。我可以随时待命。"伊札以动作示意，同时取出一只小皮袋。那小皮袋和其他小皮袋不同。它是以洞熊皮制成的，皮革以红赭石粉末加上熊脂调制的染料染成了红赭色，熊脂是他们加工处理洞熊皮的惯用材料。部落里没有其他女人拥有染成这种神圣红色的东西，但每个人都在护身囊里放了块红赭石。那小皮袋是伊札所拥有的最神圣的洞熊遗物。"我早上会净身。"

克雷伯再度咕哝。男人常会用这种语焉不详的方式响应女人，纯粹只是表示已经听懂女人在说什么，但不承认她所说的有什么重要性。两人又沉默了一会儿，然后克雷伯放下小茶碗，望着他的手足。

"莫格乌尔会抚养你和那女孩，以及你生下的小孩，如果她也是女孩的话。伊札，在新洞穴里，你将和我共享一个火堆。"他说完伸手拿起拐杖，挂着起身，一跛一跛地走回他睡觉的地方。

伊札本来也准备站起来，却又跌坐了回去，他刚刚预告的事情宛若雷殛，让她当场愣住。这是她绝对没料到的。配偶死后，她知道会有其他男人来养她。她竭力不去想自己未来的命运，反正她自己怎么想并不重要，布伦不会征询她的意见，但偶尔还是会忍不住想起这事。在可能的人选中，有些人不合她意，其他人她则认为不大可能。

德鲁格是其中之一。自从古夫的母亲死于地震，德鲁格就一直是单身。伊札很尊敬德鲁格，部落里就数他最会制作工具。任何人都能从燧石上敲下石片，制作粗糙的石斧或刮削器，但德鲁格在这方面本事过人。他会事先修整燧石，好让敲下石片的大小与形状正符所需。他所制作的刀子、刮削器以及其他工具都得到很高的评价。如果可以自己挑，在部落所有的男人里，她会挑德鲁格。他以前对古夫的母亲很好，而且他跟伊札的关系一直都很不错。

不过，伊札认为布伦比较可能把阿葛许配给德鲁格。阿葛更年轻，而且带了两个孩子。她儿子佛恩很快就会需要一位猎人来训练他，奥娜则需要男人抚养，直到她长大成人、找到配偶为止。这位工具师傅大概也愿意连阿葛的母亲阿芭一起抚养。这老妇人需要女儿的奉养，也需要有个安顿之所。接下这些责任将使这位沉默寡言、条理分明的工具师傅的生活大为改观。阿葛有时不是很好相处，而且不像古夫的母亲那样善解人意，但古夫不久就要自立门户，而且德鲁格需要一个女人。

让古夫当伊札的配偶则是完全不可能。他太年轻，才刚成年，而且从来没有配对过。布伦绝对不会分配一个老女人给他。伊札觉得自己比较像他的母亲，而不是他的配偶。

伊札想过和格洛德、乌卡以及格洛德母亲的配偶祖格一起生活。格洛德是个拘谨、少话的男人，但不冷酷，他对布伦的忠心耿耿更是毋庸置疑。虽然得当格洛德的第二个女人，但她不在意。不过，乌卡是娥布拉的姊妹，对于伊札的地位凌驾于她的手足之上，她一直不太谅解。而且，自从儿子还来不及自立门户就早夭了，乌卡伤心欲绝，变得沉默寡言，就连她女儿奥芙拉也没办法纾解她的伤痛。伊札觉得，那一家子有太多阴霾了。

她几乎不考虑跟克罗哥一起生活。他的配偶，也就是博格的母亲伊卡是个坦率而友善的年轻女人。问题就在这里，克罗哥和伊卡都太年轻了，且伊札跟多夫一向处不好。多夫是伊卡母亲的配偶，跟伊卡他们共享一个火堆。

再来就只剩布伦了。她再怎么样也不可能当他的第二个女人，因为他是她的手足。虽然有个男人依靠很重要，但她有自己的身份地位。至少她不像那个在地震时终于走上灵界的可怜老女人。她来自另一个部落，配偶早死，膝下无子，像个拖油瓶似的被人从一个火堆地盘交换到另一个火堆地盘。没有身份地位的女人就没有价值。

但她压根儿没想过和克雷伯共享一个火堆，没想过靠他养。在这个部落里，她最喜欢的就是克雷伯。他甚至也喜欢爱拉，她想，绝对错不了。除非她生下男孩，否则这是最理想的安排。男孩需要和男人一起生活，而且是能训练他打猎的男人，而克雷伯不会打猎。

她一度想到可以吃药把肚里的孩子流掉，这样就绝不会生下男孩。

她拍拍肚皮摇了摇头,不行,已经太迟了,可能会出问题。她知道自己想要这孩子,虽然她年纪不小了,但怀孕以来一直很顺利。生下正常、健康的宝宝的概率很高,而且小孩很珍贵,不能轻易放弃。"我要再去请求我的图腾灵让我生下女孩,"伊札想着,"他知道我一直希望生女孩。只要他让我生下女孩,我保证会好好照顾自己,以确保他所赐予的这个宝宝健健康康。"

伊札知道,像她这种年纪的孕妇很可能会出问题,因此她尽量摄取有益孕妇的食物和药草。虽然没生过孩子,这位女巫医却比大部分女人更懂得怀孕、分娩以及哺育的事。部落里所有小孩都是她接生的。她也大方地把自己的药物知识传授给其他女人,不求回报。但某些母女代代相传的巫术则必须保密,伊札宁死也不会告诉他人,尤其是告诉男人。男人只要知道了这种秘传巫术,就绝不会准许女人使用。

这种巫术得以保密至今,完全是因为没有哪个男人或女人曾向女巫医问过她的巫术。避免直接问问的习俗由来已久,已经成为传统的一部分,几乎成为定律。如果有人表示对她的知识感兴趣,她可以与之分享,但绝不会和人讨论秘传巫术,否则要是男人问起来,她就不能拒绝回答,因为女人不能拒绝回答男人的提问。而且洞熊族人没办法说谎,因为他们的沟通是靠表情、肢体动作以及姿势上一览无遗的细微变化来表露内心的意图。他们甚至没有说谎的概念,最接近说谎的做法就是闭口不说。通常这也会被识破,但是被容许的。

伊札从没跟人提过她从母亲那儿学来的巫术,却一直在用。她用巫术避孕,阻止男人的图腾灵进入她的嘴里使她受孕。她的前任配偶从没想到要问她为什么一直不能怀孕。他推测,她的图腾对女人来说太强了。他常这么告诉她,而且常拿这件事跟其他男人诉苦,认为这就是他的图腾元精无法征服她的原因。伊札用草药来避孕，因为她想让自己的配偶丢脸。她要这个部落和他都认为，就算他动手打她，他图腾里的致孕成分还是太弱，无法攻破她图腾的防御。

据说殴打是为了让她的图腾屈服，但伊札知道他乐在其中。刚开始她还希望因为自己生不出小孩，配偶会把她送给其他男人。早在被许配给他之前，她就讨厌这个趾高气扬的自大狂；得知自己被许配给谁后，她只能绝望地抱着母亲，默默接受。她母亲也只能安慰她，在这件事上她跟女儿一样无权置喙。但伊札的配偶并没有因为她不孕而把她送别人。伊札是女巫医，是洞熊族里地位最高的女人，宰制她让他觉得自己很有男子气概。因为配偶生不出孩子，他图腾的力量和男人的男性雄风一直受到质疑，对她施加肢体暴力则弥补了这方面的缺憾。

虽然族里人可以接受男人为了生出小孩而打女人，但伊札觉得布伦并不认同这种做法。她很确定，如果布伦那时候已经是头目，她就不会被许配给这个男人。在布伦看来，男人不必靠征服女人来证明自己的男子气概，因为女人别无选择，只有屈服；欺负弱小或任凭自己被女人激怒都不是男人应有的行径。男人的责任是指挥女人、维持纪律、狩猎以养家人、控制自己的情绪以及受苦时不可以露出软弱的一面。如果女人懒惰或无礼，为了给她一个教训，男人可以赏她耳光，但不能因为生气或随自己高兴就动手打女人。虽然有些男人常打女人，但是因此打上瘾的并不多。只有伊札的配偶把打女人当成家常便饭。

克雷伯加入伊札家的火堆地盘后，她的配偶更不甘心放走她了。因为伊札不只是女巫医，还是替克雷伯照料饮食的女人。如果伊札离开他的火堆，那么莫格乌尔也会离开。他心里打的如意算盘就是，让部落里的其他人认为他正跟着伟大的巫师学习秘技。事实上，只要是和她配偶共享一个火堆时，克雷伯就从未表现出应有的礼貌，而且在许多场合故意对这个男人视而不见。伊札确信，特别是当克雷伯注意到她身上青一块紫一块时，更是如此。

尽管饱受毒打，伊札仍然继续使用着她的草药巫术。发现自己终究还是怀孕了时，她也只好认命了。某个神灵终于打败了她的图腾和巫术。或许是他的图腾灵，但伊札忍不住想，如果他的图腾的主要成分终于还是占了上风，洞穴塌陷时这个灵为何又遗弃了他？她抱着最后一线希望，只希望自己生个女孩，可以挫挫他的锐气，也可以延续女巫医世家的香火。不过，配偶在世时，她就已经做好了心理准备，宁可香火断绝在她手上，也不愿有小孩。如果生了个儿子，她配偶就完全得逞；如果生个女孩，就不会让他称心如意。如今，伊札更希望生的是女孩，不是为了让她配偶死后没面子，而是为了让自己可以和克雷伯一起生活。

伊札卸下医药袋，钻进兽皮被里，躺在睡得正甜的小女孩身旁。爱拉必定是福星，伊札想，他们有了新洞穴，她就可以和她一起生活，她们就要一起住在克雷伯的火堆地盘里了；她的好运说不定也会带给她一个女儿。伊札伸手抱住爱拉，紧紧偎着她温暖的小身躯。

隔天早上早餐后，伊札招手要小女孩跟她往上游走。两人顺着溪流而行，女巫医沿途寻找某些植物。没多久，伊札就看到对岸有块空地，便涉水过去。空地上长了几株大约一尺来高的植物，细长的草茎长着暗绿色叶子，顶端有几丛绿色小花。伊札挖出马齿苋的红根后，转到水流缓慢的回水沼泽区，找到了木贼，又在更上游处采得皂根。爱拉跟在她后面看得津津有味，心想，自己若能和这女人交谈该多好。她心里满是疑问，却无法发问。

回到营地后，爱拉看着伊札拿出一个编织紧密的水篓，装满水，然后从火堆里夹出几块火烫的石头，跟细细长长的木贼一起丢进水里煮。接着，她又拿出锋利的石刀，从背负小女孩的斗篷上割下一块圆形皮革。这块以兽脂加工处理过的皮革看似柔软其实坚韧，但以石刀切割起来一点儿也不费力。伊札将低矮灌木的坚韧树皮剥成长条，捻成细绳，并以另一个削尖的石头工具在圆形皮革边缘穿了几个洞，将细绳穿过那些小洞后束紧，制成一个小皮袋。然后，她量了量爱拉的脖子，拿起那把德鲁格制作的珍贵石刀，从长长的束腰带上利落地割下一截。整个过程没花多少时间。

水煮滚了之后，伊札以一个不渗水的柳条碗从篓子里装了些滚烫的木贼液，端着碗、拿着刚刚采集的植物跟爱拉一起回到溪边。她找了一处坡度平缓的溪岸，捡起一颗恰可握住的圆石，将皂根放在溪边平坦大石头的水蚀凹洞里用力捣烂。等到被捣烂的皂根冒出富含皂角苷、满是泡沫的肥皂水，伊札便将外衣褶层里的石器和其他小东西通通拿出来，解开腰带，脱下外衣；接着以护身囊摩挲额头，然后把它小心翼翼地放在头顶。

当伊札牵着她走进溪水里时，爱拉觉得很开心，因为她喜欢泡在水里。可是，等她浸湿后，伊札又把她抱离溪水，让她坐在石头上，然后以肥皂水把她从头到脚洗了个干净，包括那头纠结的头发。再次把她浸到水里后，伊札做了个手势，然后紧紧地闭上眼睛。爱拉不懂这手势的意思，但她还是模仿伊札闭上了眼睛。伊札点点头，表示她做对了。小女孩感觉到头被压低，伊札将碗里温热的木贼萃取液淋在她头上。爱拉的头皮一直发痒,伊札早就注意到她头上有小虱子在爬,所以用木贼萃取液帮她按摩头皮,杀掉那些虱子,再以冰凉的溪水帮她冲洗干净。最后,伊札将苋根连同叶子一起捣烂,揉进她的头发里,然后再洗掉。接下来,伊札将同样的液体抹在自己头上,爱拉则在溪里玩水。

当两人坐在溪边晒干身子时,伊札从树枝上剥下一小片树皮,梳理着爱拉纠结的头发。爱拉那近乎白色的头发柔细如丝,让伊札惊讶不已。她想着,这的确不正常,不过蛮好看的,这算是她身上最美的地方了。她不露痕迹地偷偷打量着小女孩,尽管皮肤晒黑了,小女孩的肤色还是比她的浅。伊札觉得这个苍白、骨瘦如柴而且眼睛灰蒙蒙的孩子真是丑得可以。他们那个种族的长相实在怪,虽然是不折不扣的人类,但真够丑的。可怜的孩子,将来她怎么可能找得到配偶?

"如果没有配偶,她还能有什么地位?她很可能就会像那个死于地震的老女人。"伊札想,"如果她是我亲生女儿,她就会有自己的地位。不知道有没有办法教她一些治病巫术,这样一来,她就不会毫无价值。如果我生的是个女孩,我就可以两个一起训练;如果是男孩,就没有女人来延续我家族的香火,部落就会需要新的女巫医。如果爱拉懂得治病巫术,他们可能会愿意接纳她,或许到时候就会有男人肯要她。现在,她就要被接纳为部落的一员了,为什么就不可以是我的女儿?"伊札已经把这孩子当成自己亲生的了,在这番思量中,有个主意在她心中萌了芽。

她一抬头,便发现太阳已经高挂,意识到时候不早了。伊札想起自己的责任,她得替爱拉制作护身囊,还要准备制作饮料的材料呢。

"爱拉!"伊札叫住又朝溪水走去的小女孩,爱拉赶紧跑了回来。

她发现爱拉腿上伤口的痂因为泡了水而软化了,不过愈合情况还算不错。匆忙套上外衣后,她拿起挖掘棒和做好的小皮袋,带着小女孩朝山脊而去。她之前就注意到山脊的另一边,靠近她们先前停下脚步、发现山洞的地方有一道红土沟。到了那里,她以棒子挖松红赭土,捡起几个小土块,拿到爱拉眼前。爱拉看着它们,不确定伊札的用意,然后试探性地摸了其中一块。伊札把那一小块红土放进小皮袋里,将皮袋塞回上衣褶层。动身回去之前,伊札望了望远方,发现下方平原上有几个小小的人影在移动着。猎人一大早就出去打猎了。

许多个世代以前,比布伦和他的五个猎人原始得多的男女就已经懂得观察、模仿四足掠食者的狩猎方法,借此和它们争夺猎物了。例如,他们看到狼群懂得团队合作来撂倒比它们体形更大、更强壮的猎物,一段时间后,没有尖牙利爪的他们也学会了团队合作,以工具和武器猎杀生活在周遭的大型动物。这刺激了他们的进化。

因为潜行跟踪猎物时得保持安静,以免惊动猎物,所以他们发展出打猎用的信号,进而演变为更精细的手势和肢体动作,以便在跟踪时沟通彼此的需要或企图。狩猎时示警的喊叫则在声调和语气上有所改变,以传达更丰富多样的信息。演化出洞熊族的人类分支因为发声构造不够发达,无法发展出完整的口语,但这并不会减损他们的打猎能力。

六个男人天一亮就出发了。在山脊附近的制高点上,他们看见太阳侦查似的光芒偷偷地探出地平线,然后大放光明,照亮大地。转头望向东北方,在一片滚滚飞扬的黄色尘土下,一大群浑身粗毛的褐色动物奔跑起伏着,弯弯的黑色长角十分醒目。随着野牛群缓缓推进,金绿色草原上出现了一道看不到任何植物、满是蹄印的宽阔土径。少了妇孺的羁绊，这几个猎人很快就抵达了大草原。

出了丘陵地带，他们低下身子小跑步，从下风处逼近野牛群。等到靠得够近了，他们便蹲着躲进草丛里，观察这些庞然大物。野牛高高隆起的肩部又宽又大，腰腹窄细而结实；它们长满浓毛的巨大头部就靠这庞大的身躯支撑着，头顶则生着两根黑色巨角。成年的野牛角可以长达一米多。成群挨在一块儿的汗臭味刺激了它们的鼻子，顿时，成千上万的牛蹄一起发足奔跑，大地也为之震动。

布伦举手遮挡着刺眼的阳光，仔细研究每头经过眼前的野牛，等待适当时机与适合猎杀的目标出现。从外表来看，几乎看不出这个头目正勉力克制着自己的焦急难耐；只有从头部两侧太阳穴的搏动起伏可以略微窥见他内心的紧张与神经的紧绷。这是他有生以来最重要的一场狩猎，就连代表他晋升为堂堂男子汉的个人第一场狩猎也没有这次重要，因为这是攸关着能否住进那个新洞穴的临门一脚。如果狩猎成功，不只能让族人在入住典礼的盛宴上有肉可吃，也可以证实他们的图腾的确喜欢这个新家，让族人安心。如果猎人们初次狩猎就空手而回，部落就得再去找个能让保护灵更满意的山洞。因为图腾在以这种方式警告他们，这个山洞不吉利。看到这一大群野牛，布伦深受鼓舞。野牛正是他图腾的化身。

布伦瞄了瞄他的猎人，他们正焦急地等候他发出信号。等待总是最难熬的，但盲目躁进可能会带来不可收拾的后果，猎杀野牛虽是人力所能及，但布伦还是非常小心，力求这次狩猎万无一失。他看到布劳德脸上的担心，几乎瞬间就开始后悔让配偶的儿子参加这场狩猎。然后，他想起他告诉男孩准备参加自己的成年狩猎时男孩那满是骄傲的清亮眼神。这孩子会这么紧张是正常的，布伦心想，因为这不只是他的成年狩猎，族人住进新家可能也得靠他那只强壮的右臂来实现。

布劳德注意到布伦的目光，赶紧藏起自己不安的神情。这时他才知道活生生的野牛有多庞大——这丑怪的庞然大物静静站立时隆起的肩背比他的头还高出至少三十厘米——知道成群野牛的气势有多吓人。他得在野牛身上刺出第一道明显的伤口，才能在这场狩猎中立功。如果失手怎么办？如果没有刺中要害而让野牛逃掉怎么办？布劳德胡思乱想着。

以前这小伙子在奥佳面前练习刺击时被她崇拜的眼神一看，总是一副神气活现的样子，现在这神情不知哪儿去了。那时他总是假装没注意到奥佳；她还只是个孩子，而且是个女孩。不过她很快就会成为女人了。布劳德心想，奥佳长大后说不定会是个不错的配偶。她的母亲和母亲的配偶都已经过世，她会需要强壮的猎人保护。自从她跟他们一起生活，布劳德就很喜欢她对他特别用心的服侍：她总是热切地跑过来听他差遣，即使他还不是男人。但如果他没打到猎物，她会怎么看他？如果他无法在山洞入住典礼上成为男人怎么办？布伦会怎么想？全部落的人又会怎么想？他们如果必须离开这已受乌尔苏斯赐福的美丽新洞穴怎么办？布劳德把手中的矛握得更紧了。他伸手摸着护身囊，做出向毛犀牛恳求的手势，恳求他的图腾灵赐给他勇气和一只强壮的手臂。

如果布伦帮忙，猎物就几乎没什么机会逃脱。但他想要这小伙子觉得，部落能不能住进新洞穴就看他的表现了。如果他有朝一日将成为头目，那么最好现在就开始了解这职位的责任重大。布伦愿意给男孩机会一展本事，但如果真的有需要，他还是会就近照应，甚至有亲自动手杀死猎物的心理准备。为了男孩，他很希望可以不必这么做。这小伙子很自负，禁不起这样的羞辱，但头目不想为了保全布劳德的自尊而牺牲这个山洞。

布伦转身继续观察野牛群。没多久，他就发现一头年轻的公牛脱离了牛群。这头牛几乎已经跟成牛差不多大，只是还年轻，而且经验不足。等到它离群更远，失去牛群保护而落单时，布伦发出了信号。

众人立即冲出，分散围成扇形，布劳德则在前面打头阵。布伦看到，猎人们维持着等距队形，都急切地盯着这头离群的年轻公牛。他再度发出信号，众人便一拥而上，迅速冲向牛群，挥舞着手臂大吼大叫。外围的野牛受到惊吓，拼命往中间推挤，迫使内部牛群聚拢得更加紧密。与此同时，布伦冲进牛群和那头年轻公牛之间，迫使它转向。

趁着主要牛群吃惊聚拢时，布伦奋力追赶着他挑中的那头野牛。他将粗壮结实的双腿的奔跑能量发挥到极致，全速追赶这头公牛。外围的骚动渐渐传遍整个野牛群，成千上万的铁蹄狂奔起来，在大草原干燥的土地上卷起漫天尘沙。布伦眯着眼剧烈咳了起来，弥漫飞扬的尘土让他没办法看清周遭的动静，而且几乎堵住他的鼻孔，让他差点儿喘不过气来。就在他筋疲力尽地大口喘着气时，格洛德开始接手追赶。

看到格洛德加速冲来，这头野牛再度转向狂奔。众人围成一大圈，步步进逼，将它赶回气喘吁吁的布伦那里。野牛群还在大草原上四处狂奔，而且越是奔跑，越是恐慌。只剩下这头年轻公牛独自慌乱地躲避着敌人的追赶。虽然人类的力气远不如它，但人够聪明，而且意志坚定，足以弥补先天不足。格洛德在它后面紧追不舍，尽管他的心脏跳得几乎要爆炸了，也绝不罢休。他的全身满是尘泥，连胡子也蒙上灰尘，被染成了土褐色；淋漓的汗水如瀑布般在他的身上留下一道道水痕。最后,格洛德跌跌撞撞地停下脚步,由德鲁格接手追赶。

这些猎人耐力惊人,但这头强壮的年轻公牛也毫无疲态,继续往前冲。德鲁格是部落里个子最高的男人,双腿比其他人的要长一些。蓄势待发的德鲁格陡地加速冲上前去,迫使这头试图追上牛群的公牛转向。等到克罗哥接替精疲力竭的德鲁格时,这头年轻公牛显然也已经上气不接下气了。克罗哥精力充沛,以尖矛戳着公牛的胁腹,逼它继续快跑,以耗光这疲累的公牛的残存体力。

当古夫接手追赶时,这头毛茸茸的巨兽的脚步开始慢了下来。这头公牛盲目而顽强地继续奔跑着,古夫则紧追在后,不停地戳它,存心榨光它最后一丝气力。就在布伦归队时,布劳德长啸一声,接手追赶。公牛放蹄狂奔,但已是强弩之末,终于气力放尽,慢了下来,然后停下脚步,再也不肯跑了。它浑身汗水淋漓,头颈低垂,口吐白沫。男孩紧握着矛,一步步逼近这精疲力竭的巨兽。

布伦凭着过往的经验迅速地评估着眼前的形势。这小伙子会不会因为过度紧张或太过急躁而无法完成他的第一次猎杀?这头野兽是不是真的气力放尽了?有些狡猾的野牛会使诈,在还有余力时停下来,等到猎人一靠近,便趁机以残存的体力猛然一冲,而这一冲可能会让猎人当场重伤甚至丧命,尤其是经验不足的猎人。到底自己该不该先用流星锤撂倒这头野兽?这畜生的头几乎快垂到地上了,浓重的喘息起伏无疑显示着它的虚脱。如果他动用流星锤,这男孩的第一次猎杀就没那么出色了,布伦决定让布劳德独占这功劳。

趁着野牛还没恢复正常呼吸,布劳德迅速走到这毛茸茸的庞然大物身旁,将矛高高举起。准备出手的那一刻,他想起自己的图腾,于是先后退几步,再猛力冲刺。沉重的长矛以迅雷不及掩耳之势深深地刺进了年轻公牛的身体，经过淬炼的矛尖刺穿坚韧的牛皮，刺断了它的一根肋骨。野牛痛苦地嚎叫，即使已经跪倒下来，仍然想转头以角攻击布劳德。布伦看到野牛的动作，赶紧跳到年轻人身旁，使出全身力气，抡起棒子砸向那颗硕大的牛头。这一击加速了野牛的倒地。它侧身躺着，骇人的铁蹄在空中抽搐了几下，然后就再也不动了。

布劳德惊魂甫定，一开始有点儿不知所措，然后就得意地尖声长啸，尖叫声响彻云霄。他办到了！他完成了他的第一次猎杀！他是男人了！

布劳德非常兴奋，他伸手握住还直挺挺地插在野牛身上的长矛，猛力一拔，温热的血液喷溅到他脸上，尝起来带着咸味。布伦拍了拍布劳德的肩膀，眼神里满是骄傲。

"干得好。"这个手势清楚地表达了这个含义。布伦很高兴部落里又多了一名能干的猎人，这个能干的猎人是他的喜悦与骄傲，是他配偶的儿子，也是他自己心爱的儿子。

山洞是他们的了。入住典礼将使这件事正式定案，但布劳德的本事让这件事结果已定。众图腾大为欢喜。布劳德将沾血的矛尖高高举起，其他猎人看到野牛倒下，高兴地向他们跑来。布伦抽出刀，准备开膛剖肚，取出野牛的内脏，再将野牛的尸体带回洞穴。他割下牛肝，切成小片，好让每个猎人都分到一片。那是最上等的部位，只供男人享用，可以让他们的肌肉更强壮，视力更好，以利狩猎。接着，布伦又割下毛茸茸的巨兽的心脏，埋在牛尸旁的土地里，那是他承诺要给自己图腾的礼物。

布劳德嚼着温热鲜嫩的牛肝，品尝他成为男人的第一口滋味，觉得自己的心欢喜得快要爆开了。他将在新洞穴的祝圣典礼上成为男人，将带头跳狩猎舞,将和其他男人一起参加在小洞穴里举行的秘密仪式。他很乐意牺牲性命,只为了看到布伦脸上那引以为傲的神情。这是布劳德最光荣的时刻。他想象着在入住典礼上一并举行他的成年礼后自己将受到何等的注目。他将得到部落众人的赞赏与尊敬。他和他高超的狩猎本领将成为大家的话题焦点。那一夜将是布劳德之夜,奥佳的眼里将充满着不言而喻的爱恋和崇拜。

男人们将野牛的前后脚分别绑住。格洛德与德鲁格把他们两人的矛绑在一块儿,克罗哥和古夫也一样,如此做成两根牢靠的杆子。一根杆子穿过前腿,另一根穿过后腿。接着,布伦与布劳德走到硕大牛头的两侧,分别以单手抓住一只角,另一只手则握住自己的矛。准备就绪后,格洛德与德鲁格负责提起架在前腿的杆子,克罗哥和古夫则负责后腿。头目一声令下,六人同时往前拉,半拖半提地将这巨兽带离草原。回山洞所花的时间远比下山时还要漫长。尽管六个猎人身强力壮,还是费了九牛二虎之力,才将这头沉重的野牛拖离大草原,带回山麓丘陵。

等着他们回来的奥佳终于看到下方远处平原上出现了猎人返回的身影。当他们接近山脊时,等待着他们的族人纷纷走上前来,陪这些猎人走完回山洞前的最后一段路。他们走在猎人旁边,无声地欢欣鼓舞着。布劳德走在最前面,显示这头牛是他所杀的。空气中回荡着明显的兴奋,就连不明白发生了什么事的爱拉也跟着兴奋起来。

CHAPTER 6

第六章

"布伦,你配偶的儿子做得很好,这是一次干净利落的猎杀。"众猎人在洞穴前卸下那头巨兽时,祖格说道,"你有了一位令人感到骄傲的新猎人。"

"他展现了勇气,也显示了他手臂的强壮勇武。"布伦以肢体语言表示。他把手放在年轻人的肩上,眼里满是骄傲。热烈的称赞让布劳德心花怒放。

祖格和多夫赞叹地检视着这头壮硕的年轻公牛,怀想起当年追捕的兴奋和猎杀的快感,浑然忘记危险与挫折也是狩猎大型猎物的冒险过程中必然出现的一部分。这两位老人已经无法跟年轻一辈的男人出去打猎了,但不想被当成废物,所以也利用了这个早上在森林茂密的山坡上勘察各种小型猎物。

"我知道,你和多夫没让抛石索闲着,早在半路上我就闻到煮肉的味道了。"布伦继续说道,"定居新洞穴后,我们得找个地方好好练习。祖格,如果每个猎人都有你那种抛石索的本事,那对整个部落都有好处。不久之后,佛恩也得开始接受训练了。"

头目深知老一辈男人对供养族人的贡献,也希望族人知道这一点。出门狩猎的猎人不见得每次都会得手。有好几次,族人都是靠老一辈男人才有肉吃;而且,冬天下大雪时,难得吃到的新鲜肉类往往是靠抛石索猎回来的。这些新鲜肉类让族人在冬天得以换换口味，不必老是吃处理过的肉干，尤其是在冬天的尾声，当那些冷冻保存备用的秋末猎肉吃完时。

"虽然比不上那头年轻野牛，但我们抓到一些兔子、一只肥河狸。食物已准备好了，就等着你们来吃。"祖格以动作示意，"我注意到，不远处有块平坦的空地，可作为理想的练习场。"

自从配偶过世，祖格就一直和格洛德一起生活；他从布伦的猎人队退休后，依然努力练习，把抛石索的本事练得更精进了。对这个种族的男人来说，抛石索和流星锤是最难上手的武器。尽管他们微微内弯的手臂肌肉发达，骨头粗大，力量十分惊人，也能做像敲制燧石这类精细的工作。肘关节的发展演化，特别是肌肉与肌腱附着在骨头上的方式，让他们的手臂不只力大无穷，还极其灵活精巧。不过，有得必有失，肘关节的生成方式同时也限制了手臂的转动。他们的下臂无法三百六十度自由挥转，这一点则限制了他们的投掷能力。为了演化出力大无穷的手臂所付出的代价不是精巧操作的能力，而是以肘关节为支点的下臂灵活度。

他们所使用的矛不是那种可以投掷得很远的标枪，而是便于近距离刺击的长矛。只要知道如何让强健的肌肉稍作发挥，就可以学会使矛和使棒；但要学会使用抛石索或流星锤，则得花上好几年的时间专心练习。抛石索是一条具有弹性的皮革，两端窄，中间宽；使用时将两端抓在一块儿，让中间对折处形成杯状凹陷，再放入小圆石；然后将装入石子的抛石索高举过头，绕圈挥舞，增加小石头的动能，再顺势掷出。以抛石索投石需要技巧，而祖格就拥有将小石子精准地掷中目标的傲人本事。布伦要他训练年轻猎人使用这个武器，这让他很自豪。

当祖格、多夫以抛石索在山坡四处打猎时，女人已在同一个地区采集过食物了。烹煮食物发出的诱人香气让猎人食指大动，使他们意识到打猎真是一件让人容易肚子饿的工作。女人没让他们挨饿太久。

吃饱后，男人们心满意足地围坐休息，谈起这趟精彩狩猎的点点滴滴，作为茶余饭后的消遣，也让祖格、多夫分享他们的成就。布劳德因自己的新地位以及新社交伙伴的热诚祝贺而神采奕奕。他注意到，佛恩在看他，眼神毫不遮掩地流露出敬佩之情。在这个早上以前，布劳德和佛恩还是平起平坐的。自从古夫成年，佛恩就一直是布劳德在孩子圈里唯一的男伴。

布劳德想起自己也曾绕着刚打猎回来的猎人转，一如眼前的佛恩正在做的事。以后他再也不必受人冷落地躲在角落里，欣羡地看着男人们述说打猎的点点滴滴；再也不必听从母亲和其他女人的使唤去帮忙做家务。他现在是猎人，是男人。只差最后的典礼认证，他就是正式的男人。而他的成年礼跟山洞入住典礼一并举行将使这场成年礼特别令人难忘且有福气。

成年礼之后，他将是地位最低的男人，但他毫不介意。那终将改变，因为他的地位已注定。他是头目配偶的儿子，总有一天，头目的衣钵会传给他。佛恩有时很讨人厌，但现在布劳德可以不再计较。他朝这个四岁男孩走去，留意到他看见这位新科猎人朝自己走来时眼里的热切期待。

"佛恩，我想你年纪已够大了，"布劳德以手势表示道，态度有些自负，竭力想让自己更像个男子汉，"我会替你做根矛，你该开始接受打猎训练。"

佛恩高兴地扭来扭去，十分奉承而羡慕地望着这个刚刚获得猎人身份的年轻人。

"是的,"他用力点头称是,"我年纪已够大了,布劳德。"小孩以手势腼腆回应道。他指指布劳德手上沾着黑色凝结血液的长矛问:"我可以摸摸看吗?"矛尖上带着黑色血污。

布劳德将矛平放在男孩身前的地上。佛恩迟疑地伸出一根指头,触碰矛尖上的野牛血渍,这庞然巨兽现在已经躺在山洞前。"你会害怕吗,布劳德?"他问。

"布伦说,所有猎人第一次打猎都会紧张。"布劳德回答,不愿承认自己害怕。

"佛恩!你果然在这里!我早该想到的。你不是应该去帮奥佳捡柴吗?"阿葛瞪着从妇孺群中溜开的儿子说道。佛恩只好乖乖跟母亲离开,临走时还回头望了望他的新偶像。布伦一直看着他配偶的儿子,脸上满是赞许的表情。他想,不因对方还是个小孩就不理他,这正是好头目的表现。有朝一日,佛恩会成为猎人,而当布劳德成为头目时,佛恩会想起自己儿时曾受到布劳德和善的对待。

布劳德目送佛恩不情愿地跟着母亲离去。他想,就在昨天,娥布拉还跑来要他去帮忙做家事呢。他看着正在挖坑的女人们,有一股想溜开的冲动,以免让母亲看到,但他忽然发现奥佳正朝这个方向看来。"我母亲再不能命令我做事了,我不再是小孩,我是男人,她现在得听我的命令了。"布劳德想着,同时挺起胸膛,"她到底会不会服从我……奥佳在看着呢。"

"娥布拉!给我端碗水来!"他朝着女人们大摇大摆地走去,以傲慢的语气命令道。他还是觉得母亲可能会叫他去帮忙捡柴。严格来讲,在成年礼之前,他还不是男人。

娥布拉抬头看他，眼神里充满骄傲。那是她的小男孩，他把任务执行得这么漂亮；那是她的儿子，他已晋升到崇高的男人地位。她跳起身走到山洞附近的池边，捧着水迅速回来，得意地看着其他女人，仿佛在说："看我儿子！是不是优秀的男人？是不是勇敢的猎人？"

母亲的欣然服从和她脸上的骄傲使他卸下了心防，愿意以一声咕哝答谢。娥布拉的响应让他很高兴，几乎就像他转身离去时发现奥佳害羞地低垂着头，又以依依不舍的崇拜眼神追随着他那么高兴。

母亲的配偶和母亲在短短时间内相继去世，这让奥佳一直伤痛难平。她是这对配偶唯一的孩子，虽然是个女孩，却一直很受疼爱。她和头目家一起生活后，布伦的配偶对她很好。用餐时，奥佳和他们家的人一起坐着用餐；寻找洞穴期间，她走在娥布拉后面。但布伦让她害怕。他比她母亲的配偶更严厉，因为他肩负着重担。娥布拉主要关心的对象是布伦，迁徙时没人有太多时间理会这个失亲的女孩。然而，有天晚上，布劳德发现她一个人坐着，失落地望着火堆发呆。这个从未正眼瞧过她、快要成为男人的骄傲男孩竟在她身旁坐下，在她低声泣诉自己的哀伤时伸手搂着她，安慰她，让她感激万分。从那一刻起，奥佳只为一个目标而活——成为女人后，她希望能被许配给布劳德，当他的配偶。

傍晚的太阳仍旧暖洋洋的，空气显得十分凝滞，树叶一动也不动，连一丝微风也没有。只有在剩菜上飞舞萦绕的苍蝇的嗡嗡声，以及女人忙着挖掘烘烤坑所发出的声响，划破盛大典礼前令人难耐的寂静。伊札在她的水獭皮袋里翻找红色小皮袋，爱拉则坐在女巫医身旁。这个女孩成天都跟着她，但现在，伊札得和莫格乌尔一起举行一些仪式，好为明天洞穴入住典礼的重要任务做准备，因为典礼已经确定要举行了。她带着这个黄毛丫头往洞口附近正在挖深坑的那群女人走去。挖好的坑洞的内壁将铺上石头，然后升起大火烧上整夜。隔天早上再将已经剥皮并切割处理好的野牛肉以树叶包好，放进火烫的坑洞里，然后覆盖更多叶子，铺上一层土，在这石炉里焖烤，直到傍晚。

挖洞是个缓慢而枯燥的过程。先是以尖头挖掘棒挖松土壤，再以手捧起泥土，倒在皮斗篷上，接着将斗篷拉出洞外，把土倒掉。她们就这样一直重复这些动作。不过，洞挖好之后可以使用许久，只需要偶尔清除灰烬即可。当女人们挖洞时，奥佳与佛恩在乌卡的单身女儿奥芙拉的监督下负责捡木柴，并从溪里搬回石头。

当伊札牵着小女孩走近时，众女人停下手边的工作。"我得去见莫格乌尔。"伊札以手势表示。然后，她把爱拉轻轻推向人群。当伊札转身离去时，爱拉想跟着走，但伊札摇摇头，把她推回女人堆里，然后快速离开了。

这是爱拉进入这个部落以来第一次和伊札与克雷伯以外的人接触。没有伊札在身旁陪着，她觉得茫然与羞怯。她僵硬地站在原地动也不动，紧张地看着自己的脚，偶尔怯生生地抬眼偷瞄。这时，每个人都顾不得什么礼貌，直勾勾地盯着这个骨瘦如柴、有着古怪的扁脸和高耸的额头的长腿女孩瞧。她们一直对这女孩很好奇，这次终于有机会靠近看个仔细了。

最后，娥布拉打破了这个僵局："她可以去捡木柴。"头目的配偶以无声的肢体语言向奥芙拉示意，然后继续挖坑。这个年轻女人往一片有倒木的树林走去，奥佳与佛恩则在后面拖拖拉拉。奥芙拉不耐烦地挥手要这两个小孩赶快过去，然后也向爱拉挥手，要她过去。小女孩觉得自己知道这手势的意思，但不确定她要自己去做什么。奥芙拉再度挥手示意，然后转身走向树林，两个年纪与爱拉最相近的部落成员也不甘不愿地跟了上去。小女孩看他们逐渐走远，几经踌躇，终于还是跟了过去。

抵达树林后，爱拉站在旁边观察了一会儿：奥佳、佛恩开始捡拾干树枝，奥芙拉则用石斧劈砍着一根粗大的倒木。奥佳将捡到的木柴放在烘烤坑附近后，又回到树林里，打算将奥芙拉砍下的一截倒木拖回去。爱拉看她拖得很吃力，赶紧过去帮忙，弯腰提起这截倒木的一端。当两人抬着木头起身时，小女孩凝视着奥佳黝深的眼睛。有那么一会儿，两人就这么静止不动，你看我、我看你地互相打量着。

这两个女孩是如此截然不同，但又出奇类似。她们两人源自同一个远古祖先。这祖先的子孙在某个时期分道扬镳，各自生息繁衍，发展出截然不同却都高度发达的智慧。她们是同属智人的两个分支，曾经势均力敌，彼此间的差异并不大。但那些细微的差异最终造成了截然不同的命运。

爱拉与奥佳各提着倒木的一头，将它搬回柴火堆。当两人肩并肩走回去时，众女人再度停下了手边的工作，看着她们的身影。两个女孩其实差不多高，但较高的那个比矮的那个年长了将近一倍。其中一个身材单薄，手脚笔直，长了一头金发；另一个则矮壮结实，两腿内弯，肤色较深。众女人打量着她们的不同，但这两个小女孩就像其他小孩一样，很快就忘记了彼此的差异。两人合作使这个工作做起来轻松了一些，白天结束之前，她们已找到方法沟通，还替这个粗活儿加入了游戏成分。

那天傍晚，她们相约出来一起坐着用餐，对于能有个跟自己的体形相似的人做伴,她们都觉得很开心。看到奥佳接纳了爱拉,伊札感到很欣慰,所以直到天黑才去叫爱拉上床睡觉。不得不道别时,两个女孩依依不舍地看着对方,然后,奥佳转身回到娥布拉身旁,钻进兽皮被里。这时部落的男人与女人还是分开睡。直到进住山洞后,莫格乌尔的禁令才会取消。

清晨的第一道微光让伊札睁开了眼睛。她仍静静地躺着,聆听鸟儿此起彼伏的美妙歌声,或啁啾,或鸣啭,或叽叽喳喳,迎接这崭新的一天。她想,不久后,她睁开眼所看到的会是石壁。只要天气好,她就不讨厌睡在外面,但她盼望着石壁的保护。越来越清晰的思绪让她想起这天自己必须做的每件事,想着山洞入住典礼,心情越来越兴奋,于是她静静地起身。

克雷伯已经醒了。她很怀疑他到底有没有睡:他还是坐在昨晚他所坐的地方,盯着火堆安静冥想。她开始烧水,用薄荷、苜蓿和荨麻叶泡早茶。当她把早茶端给克雷伯时,爱拉已经醒来,坐在跛脚男人身旁。伊札将前一晚剩下的菜加热作为早餐,端给小孩。这一天,无论男男女女,都得等到仪式的盛宴上才能再度进食。

下午时分,几个火堆同时开始烹煮食物,香气四溢,弥漫着山洞周遭。从老家抢救出来的餐具和其他烹煮用具原本由女人打包带着,这时也已经取出使用。不渗水的篓子制作精美、编织紧密、质地细致、设计精巧,编织的方式与其他篓子稍有不同,可以用来舀取水池里的水,也可充当烹煮锅和容器;木碗的用途跟篓子类似。动物的肋骨可作为搅拌棒,又大又扁的动物骨盆和薄薄的原木横切片则是大大小小的盘子。有凹陷的颌骨和头骨可用来作为长柄勺、杯子和碗。以香脂将桦树皮黏合后，可以折成不同形状，有许多用途；有时还会在桦树皮上缠绕动物的肌腱，让它更坚固耐用。

火坑上方架着一个用皮革扎成的架子，架子上悬挂的兽皮里正烹煮着滚烫冒泡的美味肉汤。为了避免把汤煮干，煮汤的人得在旁边关照留意着。不过，只要架子的高度适当，火焰就烧不到兽皮锅，却仍具有加热效果。爱拉看着乌卡搅拌肉汤，汤里有野牛肉块和颈骨，还有野生洋葱、略带咸味的款冬以及其他调味植物。乌卡尝了尝味道，然后加入剥皮的蓟茎、蘑菇、百合的嫩芽和根、水芹菜、马利筋的嫩芽、尚未成熟的小薯蓣以及从另一座洞穴带来的蔓越橘，另外还准备了前一天路上所摘下的萱草花作为勾芡之用。

另外，她们将富含纤维而坚硬的香蒲老根捣碎，剔除了纤维，留下淀粉，倒入冷水篓子备用；接着将烘烤过的谷物粉和随身带着的蓝莓干加到淀粉上，揉成一块块扁平的深色无酵面包，放在火堆旁的热石头上烘烤。另一个锅里则煮着马齿苋叶、羊腿藜、嫩三叶草以及蒲公英叶，锅中还加了款冬调味。附近的一个火堆则在蒸煮调味酱料，里面有干燥的酸苹果，并掺入了野玫瑰花瓣和难得找到的蜂蜜。

看到祖格手里提着雷鸟从大草原上回来，伊札格外高兴。这种胖嘟嘟的鸟类身子重，飞不高，抛石索高手可以轻易打下它。而这也是克雷伯最爱的食物。在鸟的体内塞进香料植物和它们筑巢用的可食性野草，再以野葡萄叶裹起，放进铺着石头的小坑里焖烤，吃起来格外美味。她们还将野兔和仓鼠剥皮洗净，成串架在火热的煤块上烘烤。除此之外，还有一堆堆刚采的新鲜小野莓在阳光下艳红欲滴。

这些都是庆祝这桩盛事理应享有的美食佳肴。

爱拉觉得自己已经等不及了。她整天像只无头苍蝇似的在烹煮区附近闲晃。伊札和克雷伯大部分时间都不在，而且，就算伊札出现了，也忙得没空理她。奥佳正忙着和女人一起准备宴会食物，没有人有时间或意愿管这个女孩。忙坏了的女人不客气地斥责或推开她，她只好站到一边，以免碍事。

傍晚，斜长的影子横躺在山洞前的红土上，整个部落笼罩在充满期待的静寂中。人们围聚在烘烤野牛腰腿肉的大坑附近。娥布拉和乌卡开始清除坑口上方的热土，扫开几乎烧焦的蓬松叶子，接着，献祭用的野牛呈现在众人眼前，热气蒸腾，让人口水直流。牛肉已经焖得烂熟，几乎要从骨头上脱落，因此，提出坑口时得非常小心。身为头目的配偶，娥布拉担负着切肉与分配食物的责任。把第一份肉端给自己的儿子时，她的自豪之情溢于言表。

布劳德走上前接下自己应得的食物，毫不推辞或故作谦逊。所有男人都分到食物后，才轮到女人，然后是小孩，爱拉则是最后一个。但食物非常多，足供每个人吃饱，还能有剩。接下来，饥肠辘辘的族人个个埋头奋力进食，又是一片悄然无声。

这场盛宴大家吃得很悠闲，不时有人回去再剥些野牛肉，或再来一盘爱吃的菜。女人非常辛苦地准备了这场盛宴，她们得到的回报不只是族人满意的赞美，接下来好几天，她们都不必再料理吃的了。吃饱喝足后，大伙儿都回去稍作休息，为即将到来的漫漫长夜做好准备。

随着暮色逼近，树木的影子越拉越长，终至消失，四周变得灰蒙蒙的。慵懒的午后气氛微妙地转变成充满期待。在布伦的眼神示意下，众女人迅速清理盛宴的残肴，在洞口附近的待点燃柴堆周围就位。众人看似随意而站,其实有严谨的尊卑之分。女人们按地位高低依序站定,男人们也按照阶级高低就位。不过,莫格乌尔不见人影。

站在最前面的布伦转头向格洛德示意。格洛德庄严肃穆地上前,从原牛角里取出火红的煤块。这是从旧洞穴取出炭火点燃新洞穴的炭火这一过程以来最重要的一块炭火。传承不灭的火种象征部落的生生不息。在入口处点燃这堆火,则表示这洞将归他们所有,是他们的住所。

受到控制的火是人类的重要工具。天气寒冷时,火更是生活必备,即使是燃烧时的烟雾也有好处,光是闻到烟味就可以让人有安全感,仿佛置身家中。洞里生起火后,烟雾冉冉升起,飘到拱形的山洞顶壁,然后穿过裂隙,从洞口飘出。烟雾会将各种看不见的坏东西一起带出洞外,净化山洞,使洞里弥漫着他们的元精——人类的元精。

点火已经算是很有力的仪式了,足以净化山洞,表明山洞归他们所有。不过,某些仪式经常会跟这个仪式一起举行,因而几乎也被视为山洞入住典礼的一部分。其中一个仪式是让保护他们的图腾灵熟悉他们的新家,这部分通常由莫格乌尔私底下进行,现场只有男人。女人获准自行庆祝,这让伊札有理由为男人泡一种特别的饮料。

狩猎的成功已表示他们的图腾灵同意住进这个地方,盛宴则证明他们决定以这里为永久居所。不过,在某些时期,这个部落可能会出远门许久才回来。有时图腾灵也远行,但只要部落的成员带着护身囊,他们的图腾灵就能从山洞里追查出他们的所在,在族人需要他们时前来。

举行山洞入住典礼时,神灵一定在场,因此,可以一并举行其他典礼,而事实上也常常如此。任何典礼只要和新洞入住沾上边,意义就大为提升,并且可以强化部落与地盘的关系。每个典礼都有特定的传统仪式，但因所举行仪式的不同，典礼活动的特色也不同。

莫格乌尔通常会先请教布伦，以决定整个庆典要包含哪些部分。但实际内容并无硬性规定，取决于当时的需求。这一次的入住典礼上将一并举行布劳德的成年礼和某些孩子的图腾命名仪式，因为那是必须完成的事，且他们渴望取悦神灵。仪式时间的长短并不重要，典礼要举行多久都行。但如果遇到外患或陷入危险之类的紧急时刻，就只会进行点火仪式，好让洞穴归属于这个部落。

格洛德跪下，将未熄的炭火放在干火绒上，开始吹气，神情十分庄严肃穆，恰如其分地彰显着这个任务的重要性。部落众人全都倾身向前，焦急地等待着；直到火舌蹿起，吞卷枯枝，众人才都松了一口气。就在火堆稳定燃烧时，忽然，不知从哪儿冒出一个可怕的人影，他站得离火堆非常近，熊熊的火焰看似就要将他吞没。一张红得发亮的脸庞与一颗古怪的苍白头骨就好像在火焰中飘浮似的，任凭火舌跳跃吞卷，也毫发无伤。

爱拉一开始没发现这狰狞的身影，看见后，吓得倒抽了一口气。她感觉到伊札捏了一下她的手，要她放心。忽然，小女孩发现地面在矛柄的撞击下隐隐震动起来，沉闷地砰砰作响；多夫则在撞击声中寻找节奏点，配合着猛烈敲击碗状的大型木质乐器。就在这时，那位新科猎人一跃而出，跳到火堆前方，吓得小女孩连连倒退。

布劳德蹲下，眼睛凝视着远方。虽然这时已经没太阳了，但他还是举起双手做出遮阳状，其他猎人也同时跳入场内，和他一起重演猎杀野牛的场面。历经代代相传，他们十分熟悉手势与肢体语言的沟通方式，因此，这场哑剧演出非常生动逼真，将那场狩猎的紧张气氛淋漓重现了。就连那个五岁的外人也深深地被整出戏的戏剧张力所吸引，看得入迷。部落里的女人都能领会这场演出的微妙含意，整个身心也仿佛被带到了那炎热而尘土弥漫的草原上。她们能感受到震动大地的轰隆铁蹄声，能尝到令人窒息的烟尘，能分享猎杀的兴奋。对她们而言，能获准一窥猎人无比神圣的生活，那是极其难得的荣幸。

布劳德从一开始就掌握了舞蹈演出的节奏。野牛是他猎杀的，今晚是他的夜晚。他能感受到众人宛如亲临现场的感觉，能察觉到女人害怕得发抖，然后，他以更为狂野的动作响应着众人的情绪。布劳德演技精湛，身为众人目光的焦点时，这一本事更是发挥得淋漓尽致。他利用观众的情绪炒热气氛，重现最后一刺的情景时，女人那种欲仙欲死的浑身颤抖充满着性暗示。在火堆后面观看的莫格乌尔一样看得目瞪口呆。他常听男人谈起打猎的事，但只有在这些难得举行的典礼上，他才能像身临其境一般感受打猎的刺激。巫师绕到火堆前面，觉得这小伙子非常出色：他赢得了自己的图腾标记。或许他太过自负、目中无人，但这在此时并不为过。

最后，这年轻人向前一刺，正巧来到法术高强的巫师面前。此时，砰砰作响的击地节奏和间断穿插的木碗鼓乐音在达到最高潮后画下了休止符。老巫师和年轻猎人相视而立。莫格乌尔也知道如何扮演自己的角色。善于拿捏时机的巫师等待着观看猎舞的高昂情绪平息后众人心中升起期待的那一刻。他庞大沉重的不对称身躯裹在厚厚的熊皮里，在背后的火光的映衬下，显得轮廓分明。他那涂上赭土的红脸因为背光而显得阴沉，使他的五官变得模糊难辨，犹如具有邪恶独眼的恶魔。

只有毕剥作响的火、穿过树林沙沙作响的柔风、远处一只鬣狗不怀好意的叫声打破夜的寂静。布劳德气喘吁吁，双眼闪着光芒，这有一部分是因为费力跳舞，另一部分是因为现场的高昂情绪和他本身的骄傲，但其中更主要的原因是内心逐渐升起的令人不安的恐惧感。

他知道接下来要做什么，而那件事持续越久，他就越得努力地压抑心中的恐惧，以免全身发抖。现在是莫格乌尔将图腾刻在他身上的时候。他刻意不去想这件事，但临到头上，布劳德发现自己不只是怕痛。巫师身上散发着某种气息，使这年轻人的恐惧陡增。

他正站在灵界的门口，灵界里的东西远比巨大的野牛要可怕得多。野牛虽然庞然有力，但至少是有形世界里可见、可触摸得到的动物，是人类可以实地与之拼搏的动物。但不可见、更强大、能让大地震动的灵界力量跟野牛完全不同。布劳德一想起最近经历过的地震就忍不住发抖，得要努力压抑，才不致显露恐惧，不过其他族人也是一样。只有身为莫格乌尔的圣人才有勇气面对这个无形的世界；现在，这个眼底尽是恐惧的年轻人只希望这位众莫格乌尔中法力最强大的莫格乌尔能尽快把仪式完成。

仿佛是在回应布劳德无声的恳求似的，巫师举起手臂，凝视着弦月，然后以流畅的动作开始慷慨激昂的恳求。然而，他恳求的对象不是在场神迷忘我的族人，他动人的无声言语是说给缥缈虚幻但确实存在的灵界听的，他的动作有力地传达了他所要表达的想法。这位独臂男人运用各种微妙的身体姿势，运用带有细微差异的各种肢体动作，克服了自身语言上的障碍。他一只手臂的表达能力比大部分男人的健全双手还强。他表达完之后，族人知道周遭已包围着他们的图腾元精和众多不明的神灵，而布劳德的恐惧则变成了微微的颤抖。

然后，巫师迅速从外衣褶层里抽出一把锐利的石刀，高举过头，动作之突然，让某些人倒抽了一口气。接着，他将利刃迅速往下一挥，朝布劳德的胸膛疾刺而去，在即将刺入的当口却又蓦然停住，然后转动手臂疾速挥舞，在这年轻人身上割出两道向上弯曲、最后合于一点的血线，宛如犀牛的大弯角。

布劳德紧闭眼睛，刀子划破肌肤时，他毫无退缩。鲜血从伤口涌出、流下，胸膛上顿时出现数道红色细流。古夫出现在巫师身旁，捧着一个碗，碗里装着用野牛油与具有杀菌功能的榉树灰烬调制而成的油膏。莫格乌尔伸手蘸了些黑色油膏涂在布劳德的伤口上以止血。这些伤口愈合后会形成黑色疤痕，此后，凡是见到这个疤痕的人，都会知道布劳德已是男人，是永远受到神灵保护的男人，而那神灵正是性情难测、难以对付的"毛犀牛"神灵。

年轻人回到自己的位置，清楚地感受到自己成了目光的焦点，他乐在其中，因为最苦的事已经过去。他深信，自己的勇敢和狩猎本事、跳舞时扣人心弦的演出、在身上刻画图腾标记时的毫无退缩将是族中男女久久谈论不休的热门话题。他认为那说不定会成为传说，成为大家困居山洞的漫长寒冬期间一再传颂、在各部落大会上再度得到宣说的故事。他得意地想着："若不是因为我的表现，我们就不可能拥有这山洞；若不是因为我杀了野牛，我们就不会有这仪式，而且现在还在继续寻觅山洞。"布劳德渐渐觉得，新山洞和隆重的庆典全是拜他所赐。

爱拉既害怕又着迷地看着这仪式，当看到庞大笨重的可怕男人拿刀刺布劳德，让他鲜血直流时，她不由得全身颤抖。当伊扎领着她往那穿着熊皮斗篷的可怕巫师走去时，她踌躇不前，不知他要对她做什么。阿葛抱着奥娜，伊卡带着博格，也走近了莫格乌尔。看到两个女人站在伊扎和自己的前面，爱拉宽心了些。

这时，古夫提着一个编织紧密的篓子，篓子因经常盛放神圣的红赭土膏，已染成红色。赭土膏是以磨细的赭土加上动物脂肪加热调制而成，颜色十分浓艳。莫格乌尔的眼神越过眼前众女人的头顶，望向天上银色的月亮。他做出几个肢体动作，以沉默无声的正式语言恳请诸灵前来观察这几个保护图腾即将公之于世的小孩。然后，他用一只手指蘸了红膏，在男孩的屁股上画了一个螺旋图案，状似螺旋卷起的野猪尾巴。族人嘴里嘟哝着，做着手势议论纷纷，认为这图腾真是再恰当不过了。

"野猪灵，男孩博格交给你保护。"巫师以手语表示，同时取下系在腰带上的一只小皮袋，套在小男孩头上。

伊卡低头表示默许，含蓄地表示她很高兴。那是强壮而且令人尊敬的灵，她感受到了自己儿子的图腾内在的正直属性。等她走到一边后，巫师再度召请神灵，将手伸进古夫所提的红篓子里，用红膏在奥娜的臂上画了一个圈。

"猫头鹰之灵，"他以肢体动作示意道，"这女孩奥娜就交给你保护。"然后，莫格乌尔将她母亲做好的护身囊套在这小婴儿的脖子上。族人再度振臂交谈，表达对这女孩拥有强势图腾的看法，现场再度响起几乎无法察觉的细微咕哝声。阿葛非常高兴，因为女儿从此将受到完善的保护，只是这也意味着女儿日后的配偶得有个强势的图腾才行。她只希望女儿以后不致因没有男人匹配得起而没有小孩。

阿葛走到一旁后，伊札弯腰将爱拉抱起，这时，众人拼命挤到前面来，显露出极大的兴趣与好奇。这个女孩已不再害怕。靠近之后，她才知道那个脸上涂成红色的威严人物就是克雷伯。他看着她，眼神里流露着温柔。

教族人惊讶的是，巫师召唤神灵前来参加仪式的肢体动作竟然变了。那是婴儿出生后第七天他替婴儿命名时所用的肢体动作。这个古怪的女孩不只将揭露她的图腾,还将得到这个部落的接纳!莫格乌尔以指头蘸了红土膏,从她额头的中央,也就是洞熊族人的眉脊突起处往下画线,直到她小鼻子的鼻尖。

"这小孩名叫爱拉。"他缓慢而仔细地念出她的名字,好让族人和神灵能听懂。

伊札转身面对围观的众人。对于爱拉被接纳为部落成员,伊札吃惊的程度一如其他人,她感觉到自己的心跳加速了。她想:"这一定意味着她是我女儿,我的第一个孩子。婴儿受命名并被接纳为部落成员时向来是由母亲抱着的。自从我发现她,是不是刚好到了第七天?这我不太清楚,可能要问克雷伯,不过我猜应该就是这样。她一定是我的女儿,放眼望去,哪还有谁能当她的母亲?"

伊札像抱着婴儿似的抱着这个五岁大的女孩,族人鱼贯经过伊札身旁,每个人都复诵一次爱拉这个名字,只是念出来的发音准确程度不一。然后,伊札转身面对巫师。他往上看,再度召唤神灵聚集。族人充满期待地等着。莫格乌尔深知众人内心的急切,同时也很善于利用这种心理。他舀出一小撮红土膏,顺着爱拉腿上其中一道正在愈合的抓痕直接画上一条线,全程刻意放慢动作,拉长过程,吊足大家的胃口。

那代表什么?那是什么图腾?旁观的族人感到大惑不解。这位圣人再度蘸了红土膏,在另一道抓痕处画了第二条线。女孩感觉到伊札开始颤抖,其他人则屏气凝神,连呼吸声也听不到。画第三条线时,布伦已经一脸怒意,想吸引莫格乌尔的注意,但巫师避开了他的眼神。画下第四条线时,族人已经知道他画的是什么图腾,但不愿相信。毕竟那图腾画错了腿。莫格乌尔转过头，直视布伦，同时做出最后一个肢体动作。

"穴狮之灵，这女孩爱拉就交给你保护。"

这个正式的动作让众人再无疑问。当莫格乌尔将护身囊套上她的脖子时，众人振臂疾舞，议论纷纷。他们觉得既震惊又讶异。这是真的吗？女孩的图腾会是最强壮的男性图腾之一？穴狮？

克雷伯盯着他弟弟发怒的双眼，坚定而毫无妥协之意。两人陷在这无声的意志对峙中，僵持了一会儿。让女性受到如此强大的图腾灵保护，看起来是不合道理，但无论如何，莫格乌尔知道，以穴狮作为这女孩的图腾绝对是有凭有据，无可置疑。莫格乌尔只是强调了穴狮所做的事情罢了。布伦从没质疑过跛足兄长的启示，但这次，出于某种理由，他觉得着了这巫师的道。他极度不愿意接受这件事，但又不得不承认从未见过证据如此确凿的图腾。他是头一个转头避开眼神直视的人，心里非常不高兴。

让这个古怪的小孩加入部落已经够教人难以接受的了，而今她的图腾更是让人根本无从接受起。那不符常规，不合传统；布伦不希望秩序井然的部落里出现异类。他紧闭着嘴，意志坚决，绝不容许再有离经叛道的行为。这女孩要成为他部落的一员，就要遵守这个部落的规矩，不管什么穴狮不穴狮。

伊扎震惊不已。她压低怀中女孩的头表示接受。莫格乌尔既然如此决定，就一定没错。她知道爱拉的图腾很强，但穴狮？想到这里，她不禁忧心忡忡，女性怎么会以最强悍的大猫作为图腾？伊扎当场确信这女孩不会有配偶，进而更坚定了她教爱拉治病巫术、好让她可以靠自己保住地位的念头。克雷伯已在女巫医抱着她时替她命名，确认她成为部落成员,并揭示了她的图腾。如果这些征兆都无法让女孩成为她的女儿,那还有什么可以?出生不必然表示一定会得到接纳。伊札突然想起,如果一切顺利,那么不久之后她还会再抱着一个婴儿站在巫师面前。这么久以来都膝下无子的她不久后将有两个小孩。

整个部落闹成一团,众人的肢体动作和声音透着惊讶。伊札觉得不自在,回到自己的位置,尽量不去注意旁人惊讶的眼神。他们竭力克制着,避免盯着她和那女孩瞧,因为这样很不礼貌。有个男人却不只是盯着她们瞧。

布劳德脸色阴沉地瞪着小女孩,眼里的恨意让伊札害怕。她努力将这两人隔开,以免爱拉看到这傲慢的年轻人不怀好意的眼光。布劳德发现自己不再是目光的焦点,没有人再谈论他了。明明是靠他的勇武,这山洞才得以被图腾灵接受,成为部落的新家。但如今,他的勇武行径、他出神入化的舞蹈以及莫格乌尔在他的胸膛上刻图腾标记时他的坚忍和勇气全被遗忘了。涂在伤口上的杀菌药膏比伤口更让人疼痛。而今这疼痛还没消,但有谁注意到他多么勇敢地忍受着这些疼痛?

再没有人注意他。男孩的成年礼只是例行公事,即使是那些注定要成为头目的人也一样。相较于莫格乌尔对这个古怪女孩所做的前所未有、令人瞠目结舌的揭示,成年礼根本就不算什么。布劳德发现,大家想起了第一个发现山洞的人是她,他们说是这丑女孩找到了他们的新家!她的图腾是穴狮,那又怎样?布劳德发起了孩子脾气,愤愤不平地想着。她有猎杀野牛吗?这本来是属于他的夜晚,他本来应该是大家目光的焦点,是族人赞叹、崇拜的对象,但爱拉夺走了他的光彩。

他沉着脸瞪着那古怪的女孩,然而,当发现伊札跑向溪边营地时,他的注意力又回到了莫格乌尔身上。很快,再过一下子,他就可以参加男人的秘密仪式。不知道那会是什么光景，他只知道自己将初次体验窥探记忆原貌的滋味。那将是他晋身成为男人的最后一步。

在溪边附近的火堆旁，伊札迅速脱下外衣，拾起她早摆好的一只木碗和装了干燥的根的红袋子。她先去将木碗装满水，然后回到大火堆边。格洛德添了柴枝，火势更亮更旺了。

伊札的外衣底下藏着她今天稍早之前久久不见人影的部分原因。女巫医再度站到巫师面前时，除了护身囊和身上所画的红色条纹外，全身一丝不挂。肚子上的一圈条纹凸显了她的大腹便便。两边乳房也各画了一个圈圈，乳头处则各自拉出一道条纹，向后延伸，越过双肩，在腰背处接合成V字形。两边屁股也分别以红圈圈住。这些谜一般的象征符号只有莫格乌尔懂，它们除了用来保护男人，也可以保护她。让女人参加宗教仪式是件危险的事，但眼前的仪式不能没有她。

莫格乌尔裹着厚重的熊皮，站在火堆前直冒汗。伊札紧临着他站立，距离近到可以看到他脸上的汗珠。他做出一个极难察觉的手势，伊札赶忙捧起碗，转身面对族人。那是个古碗，历代以来只在这些特殊场合使用的古碗，是女巫医的祖先们悉心挑选了一截树干，耗费许多时间仔细挖空中央，削出碗状，再花更长的时间用沙子和圆石打磨，以木贼茎抛光而成的。因为多次在典礼上使用，作为饮用礼器，碗里已有一层浅白色的光泽。

伊札将干根塞进嘴里，靠粗大的牙齿和有力的上下颌慢慢咀嚼，将粗糙的纤维嚼烂，同时还得小心，不能把口水吞下肚。最后，她将嚼烂的糊状物吐进装了水的木碗里，搅拌了几下，直到碗里的液体呈乳白色为止。只有伊札家族的女巫医知道这种根的神秘功效。这植物虽不陌生，但较罕见，它的根部在刚摘下来时几乎没有麻醉功效，得将它晒干后放上至少两年的时间。吊起来晒干时，根部要垂挂在底下，而非像大部分药草植物那样根部朝上。只有女巫医可以制作这种饮料，但根据悠久的传统，只有男人可以喝。

将这植物的有效成分浓缩到根部的方法由女巫医家族代代相传，其中还伴随着一则古老的传说：据说，很久以前，只有女人懂得使用这种强力的药物，后来，与使用这种药物有关的典礼与仪式被男人偷走了，从此女人被禁止使用这种药物；不过，男人没办法偷走这种药物的调制秘诀。深知个中奥秘的女巫医再也不愿把这秘密告诉继承人以外的人。所以，除了伊札所属的这个古老的女巫医世家，其他女巫医也都不知道这药的调制方法。即使是现在这一刻，如果没有回报以等值或类似性质的物品，也没有人可以喝到这药饮。

饮料备妥后，伊札点了点头，古夫端着一碗曼陀罗茶走上前来。通常这茶是为男人泡的，但这次他是为女人而泡。伊札与古夫隆重庄严地交换了饮料，然后莫格乌尔率领众男人进入了小洞穴。

当男人离开后，伊札捧着曼陀罗茶让女人一一饮用。这位女巫医常用这药来麻醉、止痛或安眠；如果要用来制作给小孩用的镇静剂，则有不同的调制方法。这时候，只要确认小孩不会来烦人，而且安全无虞，女人们就可以完全放松，进行接下来的仪式了。她们难得有机会参加这么盛大的典礼。因此，伊札要女人们赶紧先去把孩子哄睡了再说。

没花多久的时间，女人们就陆续将睡眼惺忪的孩子哄上了床，然后回到火堆边。帮爱拉盖上兽皮被后，伊札走到刚刚多夫在猎舞中演奏的那个木碗乐器旁，开始以棍子敲打着缓慢而有规律的节奏，并且借交替敲打木碗的不同部位，改变着节奏和音调。

一开始，女人们还是静静地坐着，她们习惯在男人面前谨言慎行。渐渐地，她们意识到男人并不在场，在鼓声的感染之下，有些女人开始随着规律的节奏摆动身体。娥布拉第一个跳了起来，绕着伊札跳着复杂的舞步。女巫医敲击的节奏渐渐增强，更多女人随之亢奋起来。不久之后，所有女人都加入了头目配偶的舞蹈之中。

随着敲击的节奏越来越快、越来越繁复，平日温顺的女人开始脱掉外衣，狂乱而淫荡地舞动着。伊札停止了敲击，下场加入她们，她们丝毫没注意到。她们跳得忘我，随着自己内在的节奏而跳。她们的情感平日饱受压抑，如今在狂放的舞步里得到解放；紧张的情绪在毫无拘束的宣泄中得到纾解。也因为有这种宣泄，她们得以接受自己处处受限的人生。女人们尽情地旋转、跳跃、蹬踩着舞步，一直到天快亮时才停歇。精疲力竭的她们就地倒下睡了。

新的一天露出第一道曙光时，男人们开始离开洞穴。他们跨过凌乱躺着的女人的身体，找到睡觉的地方，很快就堕入无梦的睡乡。男人所宣泄的是狩猎时的紧张情绪。他们的典礼呈现着不同的风貌，更拘谨，更内敛，也更古老，但同样振奋人心。

当太阳从东方的山脊升起时，克雷伯一跛一跛地走出了山洞，环顾眼前横陈的身体。在某个难得的场合，他出于好奇，已见过女人的庆祝仪式。靠着深层的内在感知，这位睿智的老巫师知道她们需要纾解。他知道男人一直很想知道她们做了什么，怎会搞得如此疲累，但莫格乌尔从未告诉他们。如果男人得知女人的放荡表现，他们的反应大概就会跟女人得知她们刚强的配偶苦苦恳求不可见的神灵一样震惊。

莫格乌尔偶尔会想他能否将女人的心灵状态导回到最初。他们的记忆有所不同，但同样有能力记起古老的知识。她们有种族记忆吗？能和男人一起参加典礼吗？莫格乌尔感到怀疑，但完全不想一探究竟，以免惹恼神灵。如果让女人参加这类神圣典礼，这个部落就会完蛋。

克雷伯跛着脚走回营地，坐在自己的兽皮被上。他看到伊扎的兽皮被底下露出了几撮凌乱的柔细金发，这让他回想起自己从崩塌的旧山洞蹒跚逃出后所经历的种种事件。这古怪的小孩怎么会这么快就让他打从心底喜欢？布伦对她的那种潜在厌恶感让他觉得有点儿困扰，而布劳德那种不怀好意的眼神他也看到了。原本十分融洽的一群人出现这样的不和，这让典礼显得美中不足，也让他感到不安。

布劳德不会善罢甘休，克雷伯想着。毛犀牛作为这未来头目的图腾非常恰当。布劳德的确很勇敢，但也很固执，而且太过自负。前一刻他还表现得平和理性，甚至和蔼友善，但是下一刻就可能因为鸡毛蒜皮的小事而无端发怒。希望他不会对付这女孩才好。

别傻了！他骂自己。布伦配偶的儿子才不会让自己为了一个女孩子而恼火。他会成为头目，布伦也不会容许他这样。布劳德已是男人，他会懂得控制脾气。

这位跛脚老男人躺下来，他终于觉得累了。自地震以来，他一直心情紧绷，如今终于可以放松一下了。这山洞是他们的了，他们的图腾将在这个新家安稳地住下，大家醒来后就可以住进洞里。疲累的巫师打了个呵欠，伸展四肢，合上了眼。

CHAPTER 7

第七章

部落的人第一次走进新家时对宽敞的洞内空间感到敬畏，顿时鸦雀无声。不过他们很快就习惯了这个新洞，将旧洞和寻觅新住处时的焦虑全都抛在脑后，而且对新家的环境越熟悉，他们就越感到欢喜。他们开始回归炎热夏季的日常作息，也就是狩猎、采集以及贮存食物，为度过冰封、漫长的寒冬做准备。根据过往的经验，他们知道未来将会面对这样的寒冬。幸好山洞附近可供猎寻的食物非常丰富多样。

银鳟鱼在潺潺溪流的白色水花里忽隐忽现，只要有点儿耐心就可抓到。悬空的树根与岩石下方栖息着毫无戒心的鱼类。硕大的鲟鱼和鲑鱼在溪口附近徘徊，肚子里还可能藏着饱满而新鲜的黑色鱼子酱或淡粉红鱼卵。狰狞的鲶鱼和黑鳕在内陆海中穿梭。族人将动物的长毛捻成细绳，再以细绳编成围网，放入水中，另一群人下水将鱼赶往围网处，就可捞起一堆大鱼。他们经常走十多里路来到海边，很快就有许多海鱼被吊在冒烟的火堆上烘烤，然后被带回去做存粮。他们也会捕捉软体动物和甲壳动物，除了食用它们鲜美多汁的肉，也可以利用它们的甲壳制作勺子、汤匙、碗和杯具。水边的岩壁上有无数海鸟筑巢，他们会爬上嶙峋的峭壁捡拾鸟蛋；偶尔，靠着石头的精准一击，他们就有了塘鹅、鸥或大海雀之类的鸟肉可以打打牙祭。

在盛夏时节，他们采集了当季植物的根、肉质茎与嫩叶，以及南瓜、豆类、浆果、水果、坚果、谷物等。把草叶、香花以及香草植物晒干后可以泡茶和调味。另外，巨大的北方冰川带走了水汽，使海岸线后退，留下许多含盐沙块，将这些沙块带回洞里，可以供冬季进食时调味用。

猎人常常出去狩猎。附近的大草原上密布着禾本科与草本植物，树丛往往低矮而生长不良，却栖息着许多草食动物，例如巨鹿和硕大无朋的野牛。体形较大的巨鹿，它们头上的掌状大角可以长到三米多宽；庞大野牛的双角宽度也差不多。大草原马很少来到南边，但驴和中亚野驴则在这个半岛的开阔平原上悠然徜徉；它们壮硕结实的表亲——森林马则以独来独往或群聚成小家庭的方式生活在山洞附近。大草原上还栖息着群体规模较小、习性害羞、不容易被看见的赛加羚羊群。这种羚羊是山羊的远房表亲，生活于低海拔地区。

大草原与山麓丘陵之间的稀疏林地是原牛的栖息处。这种深褐黑色的古代野牛是现代温驯家牛的始祖，跟现代的热带犀牛有亲缘关系，但较适应温带森林气候的森林犀与偏爱在稀疏林地啃食青草的另一种犀牛，两者的地盘只有少许重叠。这两种犀牛鼻头的角短而直，行走时头部保持水平，与毛犀牛有所差别。毛犀牛跟猛犸象一样，都只在特定季节来到这里。它们的鼻头有着长长的向前突出的尖角，行走时头部低垂，以便扫除冬季草地上的雪；身体具有厚厚的皮下脂肪，外表覆着深红色长毛以及柔软的里毛，这些都是为了适应生活环境和寒冷气候而发展出来的。它们原本的栖地在北方寒冷干燥的冻原，也就是黄土冻原上。

只有地表有冰川时才会形成黄土冻原。辽阔的冰原上时时笼罩着低气压，吸走空气中的水汽，使得冰川边缘地带只有极少量的降雪，并且终年风吹不断。寒风从被冰川边缘压碎的石头上卷起含钙的细尘——也就是所谓的黄土——沉积在数百千米长的地面上。短暂的春天融化了稀疏的雪和永冻土的最上层，正好足以让快速生根的禾本科、草本植物发芽。它们快速生长，也快速干枯，形成直立的干草地，为数百万已适应这个大陆的冰冷气候的动物提供了上百万公顷的广阔的草料。

这个半岛上的大陆型草原只会在秋末引来这些毛茸茸的动物，因为夏季太热，冬季则积雪太深。其他动物则会在冬季迁徙到较寒冷但较干燥的黄土冻草原边缘，其中大部分会在夏季迁回。有灌木、树皮或地衣可啃食的森林动物冬季会留在长满林木的山坡地上。覆林山坡提供了遮蔽，也形成了障碍，使这些动物无法过着大型群体生活。

除了森林马与森林犀，森林里还有野猪和几种鹿，包括过着小群体生活的赤鹿，生性害羞、长着三叉角、独来独往、过着小团体生活的麂鹿，体形稍大、身上有浅黄褐色与白色斑点的黇鹿，以及一些麋鹿。

山区更高的地方栖息着日后被称为欧洲盘羊的大角羊，它们在险峻的山崖与陡峭的岩架上过活，以高山牧草为食。再往更高的山区走，有岩羚羊和被称为原羊的高地山羊，它们在峭壁间跳跃觅食。在高空翱翔的鸟儿为森林平添了歌声和色彩，偶尔也可以帮族人加菜。但人类更爱吃的是肥美而飞不高的雷鸟和大草原的柳雷鸟，以及秋天来到高山沼泽准备过冬的雁和绒鸭。猛禽则乘着上升气流扶摇直上，慵懒滑翔，搜寻下方丰茂的草原和林地里的猎物和腐肉。

山洞附近的山区里和大草原上住着许多小型动物，为族人提供了食物和毛皮。其中包括属于掠食者的水貂、水獭、狼獾、白鼬、貂、狐、紫貂、浣熊、獾、小型野猫，以及属于被掠食者的树松鼠、豪猪、野兔、兔、鼹鼠、麝鼠、河狸鼠、河狸、臭鼬、鼹鼠、田鼠、旅鼠、地松鼠、大跳鼠、巨仓鼠、鼠兔，还有一些从未命名而后来灭绝的动物。

大型肉食动物的猎杀捕食维持了食物链的平衡与稳定，让这地区的丰富猎物不致繁殖过度。这类动物包括狼和豺，猫科的猞猁、猎豹、虎、花豹以及栖息于山区的雪豹，还有体形比任何猫科动物都大上至少一倍的穴狮。肉食棕熊在山洞附近猎食，但它们的大个子近亲草食洞熊已在这里绝迹。还有就是无处不在的鬣狗。

这个地区丰饶得令人难以置信。人类只是生活在这寒冷的古老伊甸园上的无数种生命之一，而且无足轻重。生来脆弱的人类除了超大的脑部，没有胜过其他动物的天赋优势。他们是最弱的猎食者，没有尖牙，没有利爪，跑得不够快，跳得不够高、不够远。尽管如此，这种两足猎食者也已赢得其他四足竞争者的尊敬。长期毗邻而居之后，光是闻到人类的气味，就足以让许多更凶猛的四足猎食者自动避开。部落里经验老到的打猎高手，防守本事也一样高强。一旦族人的安全受到威胁，或者需要有天然的花纹装饰的冬季保暖大衣时，他们就会出动，潜行着跟踪浑然不觉的掠食动物。

这天阳光普照，散发着盛夏初临的温热。树木已萌发新叶，但叶色还很青嫩，等待着日后换上更深浓的绿装。慵懒的苍蝇绕着前几餐丢弃一地的残骨嗡嗡打转。海上吹来清新的微风，暗示着海中的生机盎然。在和风的吹拂下，翻飞的叶影正逐渐漫过山洞前落下日照的山坡。

找新家的危机已经解除，莫格乌尔的责任减轻。现在需要他的地方就是偶尔举行的狩猎典礼或驱除恶灵的仪式，或者在有人受伤、生病时，请善灵前来协助伊札施行治病巫术。猎人队已经出门了，带了几个女人同行，好些日子之后才会回来。随行的女人负责在捕获得猎物后将肉类加工处理。她们靠着温暖的太阳和大草原上无所不在的风，很快就能使切成薄长条的肉干燥；而晒干的肉类较易携带，也便于储藏。此外，她们会燃烧枯草与兽粪，以浓烟熏走丽蝇，以免它们在生肉里产卵，让肉腐败。回程时，女人们必须背负大部分的狩猎成果。

搬进山洞后，克雷伯几乎天天都跟爱拉待在一起，教她族里的语言。通过嘴巴说出基本的词语，洞熊族小孩通常觉得较棘手，她却学得很轻松，但他们复杂的肢体语言与手势，她就应付不来了。他努力想让她理解肢体动作的意思，但彼此的沟通方法没有共通基础，也没人可居间传译或解释。老人绞尽脑汁，就是想不出办法让她明白。爱拉同样觉得受挫。

她知道自己有些部分还没开窍，也非常渴望能使用更多方式来和他人沟通。她很清楚这个部落的人不是只懂得那些简单的发声字词，但她就是搞不懂他们还靠什么来沟通。问题在于她没"看过"手语。在她的眼中，手语是毫无章法的动作，不具有含义。她就是无法理解怎么用动作交谈，甚至从没想过可以用动作交谈，那完全超出了她的生活经验。

克雷伯已约略看出她的问题所在，却也觉得难以置信。他猜她一定是不明白动作可以具有意义。"爱拉！"克雷伯向女孩挥手叫道。两人沿粼粼溪水旁的小径走着，他想这一定是问题所在。如果不是这样，那就是她不够聪明，无法理解这种语言。不过，根据克雷伯的观察，虽然爱拉非我族类，他却不认为她很笨。她的确还是懂得一些简单的肢体动作。他推断，问题在于如何详细说明这些动作的含义。

两人所走的小径是先前许多人出去打猎、采集或捕鱼时沿途踩倒草丛或灌木而形成的开阔路线。这时，他们来到克雷伯很喜欢的一个地方,那是靠近一棵大栎树的开阔地带,栎树枝叶茂密,裸露着高高翘起的树根提供了凉快的现成座位,也让他便于歇脚,不必费力坐在地上。他用拐杖指着那棵树,开始上课。

"栎树。"爱拉迅速回答。克雷伯点头赞许,然后将拐杖指向溪水。

"水。"女孩说。

老人再度点头,然后用手做了一个动作,重念这个词:"流动的水,河。"他以肢体动作搭配口语说道。

"水?"女孩吞吞吐吐地说道,不懂他既已表示她说的话没错,为什么还要问她。她渐渐感到心慌,就跟以前一样,她知道他想得到更多响应,但她就是不懂他要什么。

克雷伯摇头表示她说得不对。同样的练习,他已跟这女孩反复进行了好多次。他指着她的脚,再来一次。

"脚。"爱拉说。

"没错。"巫师点头。他想,他得想办法让她不只听声音,还要看动作。他起身,牵起她的手,没拿拐杖,跟她走了几步路。他做了一个动作,说了"脚"这个字眼。他想要表达的是"移动的脚,走路"。她竖起耳朵仔细听,想听出自己是不是漏掉了什么。

"脚?"女孩发着抖说,心里明白这不是他想要的答案。"不,不,不!走路!双脚移动!"他再度说道,直直地看着她,肢体动作更大。他再次要她往前走,指着她的脚,希望她会懂。

爱拉感觉泪水涌上眼眶。"脚!脚!"她知道这么说没错,可他为何摇头表示不对?"真希望他不要继续在我面前那样挥手了。我哪里做错了?"

老人再次要她往前走,指着她的脚,以手势说出这个词。她停下来,看着他。他又做了一遍这个动作,动作夸张到几乎代表着别的意思,然后再说了"脚"这个字眼。他弯下腰,直直地看着她的脸,在她眼睛的正前方做出这个动作。动作,言语。动作,言语。

"他想干什么?我该做什么?"她想了解他的意思,想知道他努力想告诉她什么,"他为何一直挥舞手臂?"她想。

然后,她的脑海里闪现一丝灵光。他的手!他不断舞动着手。她有所迟疑地举起自己的手。

"没错,没错!这就对了!"克雷伯猛点头称是,几乎叫出来,"做这个手势!动!动脚!"他重复道。

她开始有所领会,看着他的动作,努力想模仿。"克雷伯说没错!那就是他想要的!这个动作!他要我同时做这个动作。"她想道。

她再度做出那个动作,同时嘴里说出"脚"这个字眼。虽然她还不理解其中的含义,但至少她知道克雷伯希望她说这个词时做出这个动作。克雷伯让她转过身,然后一跛一跛地走回那棵栎树。走动时,他再度指着她的脚,再度做出那个动作,同时说出"脚"这个字眼。

突然,她豁然开朗,明白了其中的关联。靠脚移动!走路!那就是他要表达的!不只是脚的意思。手部动作加上"脚"这个口语意味着"走路"。她的思绪翻腾着。她想起老是看到部落的人挥舞着手,脑海里出现伊扎与克雷伯两人站着互看对方,舞动手臂,嘴里说出某些字眼,然后又舞动手臂的画面。他们在交谈?他们是这样交谈的?他们很少开口讲话的原因就在这里?他们用手讲话?

克雷伯坐下。爱拉站在他前面,竭力压抑自己的兴奋。

"脚。"她说,同时指着自己的双脚。

"没错。"他点头，一脸惊奇。

她转身走开，再度走回他身边，做了那个动作，同时说："脚。"

"没错，没错！这就对了！就是这意思！"他说。她懂了！他觉得她懂了。

女孩停顿片刻，转身跑开，穿过林中小空地再跑回来。然后，她满怀期待，再度等在他面前，有些上气不接下气。

"跑。"他以操作表达，她则仔细看着。动作不同，跟前一个动作有点儿类似，但有所不同。

"跑。"她迟疑地模仿着他的动作。

她的确懂了！

克雷伯很兴奋。她的动作虽然拙劣，不像部落其他孩子那么灵巧，但已抓到要领了。他猛点头。爱拉扑上来抱住他，为彼此终于能相互理解而感到无比开心，几乎把他撞倒。

这位老巫师尴尬地转头张望，不敢正视爱拉。那几乎是本能反应。亲昵动作只能出现在自家火堆旁。但他知道这里只有他们两人。跛脚男人以轻柔的拥抱回应她，心中感到前所未有的温馨与满足。

一个全新的认知世界在爱拉眼前展开。她生来就有表演与模仿的天分，运用这种天赋，她开始认真模仿克雷伯的动作。但因为只有一只手，克雷伯的肢体语言并非正规手语，更多的细节得由伊札来教。她像婴儿一样从头学起，先学简单需求的表达。不过她学得比婴儿快得多。长期的沟通不良让她饱受挫折，她决心尽快弥补这个缺憾。

随着越懂越多，这个部落的生活顿时生动鲜明地呈现在她眼前。她经常出神地看着周遭的人们交谈，想了解他们在谈些什么。一开始，族人还会容忍她的视觉侵犯,把她当个小婴儿看待。但渐渐地,不以为然的目光朝她而来,表明不想忍受这种不礼貌的行为。盯着人看就是偷听人讲话,这很没礼貌。族里的习俗是,看到他人在私下交谈时,视线应该避开。仲夏的某个晚上,这问题终于严重到无法忽视的地步。

部落众人刚吃过晚餐,待在洞内,围聚在自家火堆旁。太阳已落到地平线以下,树叶在轻柔的晚风中沙沙作响,最后一道余晖勾勒出浓黑叶子分明的轮廓。洞口点着火,用以赶走恶灵、好奇的掠食者与夜晚的湿气,火堆散发出缕缕轻烟和起伏的热浪,洞外漆黑的树和灌木丛随着火焰无声的摇曳节奏一起高低起伏。在摇曳的火光中,山洞粗糙岩壁上的阴影也跟着舞动。

克雷伯摆放石头,圈出自己的地盘。爱拉坐在石圈内,盯着对面的布伦一家子瞧。布劳德心里不高兴,大肆运用他身为成年男子指使女人的特权,把气出在母亲和奥佳身上。对布劳德而言,这天一开始就不顺,而且越来越糟。打猎时的失手让他之前几小时的追踪与潜行全部白费。疾飞而出的石头只惊动了红狐,让它蹿入浓密的灌木丛中,他信誓旦旦答应要给奥佳的红狐毛皮也因此成了泡影。奥佳体谅宽恕的神情只会让他已受伤的自尊更加受挫。应该是他来宽恕她的无能才对,怎能让她宽恕他?

女人们忙了一天,尽管疲累,还是很努力想完成最后的家庭杂务。对于布劳德不断的干扰,娥布拉觉得很火大,于是以动作向布伦微微示意。头目向来非常能理解年轻男子的傲慢与专横。布劳德有权这么颐指气使,不过布伦觉得他应该更体谅女人。女人已这么忙、这么累,他还要事事麻烦她们,实在不应该。

"布劳德,别再烦女人,她们已够忙的了!"布伦以肢体动作发出无声的责备。这训斥让布劳德很没面子,特别是在奥佳面前,更何况还是布伦亲自发出的。布劳德跺着脚走到布伦火堆地盘的最外围,来到克雷伯的石圈边界附近,一脸气呼呼的神情,然后又看到爱拉正直勾勾地盯着他看。邻家地盘内这场隐约的家庭口角到底在吵什么,爱拉几乎看不懂,所以其实没什么要紧;让布劳德觉得不舒坦的是这个小不隆冬、容貌丑怪的外来小鬼头竟然看到他像个小孩似的挨骂。对他脆弱的自尊来说,这是要命的打击。他想,她竟然连把头转开的礼貌都不懂,好吧,不顾基本礼貌谁不会?一整天的挫折感爆发出来,布劳德故意不顾族里的礼节,恶狠狠地瞪着边界对面那个他讨厌的女孩。

克雷伯察觉到了布伦的火堆旁轻微的口角,就像他清楚地知道洞里每个人的动静。大部分时候,那就像背景噪声,他浑然不放在心上,但涉及爱拉的事,他则特别注意。他知道,布劳德一定是忍无可忍且满怀怨恨,才会不顾他从小所受的教导,直瞪着另一个男人的火堆地盘瞧。克雷伯心想,布劳德对这小女孩敌意太深。为了她好,是该教她点儿规矩了。

"爱拉!"克雷伯以严厉的语气命令道。她听到这语气,吓了一跳。"别看别人!"他以动作示意道。她感到疑惑。

"为什么不能看?"她问。

"别看,别盯着看,别人不喜欢。"他努力解释,察觉到布劳德的眼角瞅着这边。看到这女孩受到莫格乌尔的严厉斥责,布劳德甚至毫不掩饰他的幸灾乐祸之情。布劳德心想,巫师太宠这女孩了。如果她住在这里,他很快就会让她知道女生该有的德行。

"想学讲话。"爱拉以手语说,仍感到困惑,而且有些难过。

克雷伯深知她为何要看别人,但她终究得学习规矩。让布劳德看到她因盯着别人而受斥责，或许能稍稍缓和他的敌意。

"爱拉，别盯着人看！"克雷伯比着手势，表情严厉，"那不好。当男人讲话时，爱拉不要回嘴，那不好。爱拉别望着别人的火堆地盘。那不好，不好。懂吗？"

克雷伯的脸色很难看。他想表明他的意思。他注意到，布劳德起身，听布伦的召唤回去火堆边了，心情也明显变好了。

爱拉很难过。克雷伯从来没有对她这么疾言厉色过。她一直认为他对于自己努力学他们的语言感到很高兴；如今他告诉她，看别人讲话以便学到更多用语，不好。她既困惑又难过，眼眶涌出泪水，流下脸颊。

"伊札！"克雷伯叫道，带着忧心的神情，"来这里！爱拉的眼睛有问题。"洞熊族人只在东西跑进眼里、感冒或眼睛生病时眼睛才会出水。他从没见过人因为难过而流泪。伊札快步跑来。

"你看！她的眼睛在出水。或许有火星跑进了一只眼里。你最好瞧瞧。"他坚持道。

伊札也很担心。她撑开爱拉的眼皮，凑近了察看女孩的眼睛。"眼睛痛？"她问。女巫医没看到感染迹象。爱拉的眼睛似乎一点儿毛病也没有，只是出水。

"不，不痛。"爱拉吸着鼻子说。她不懂他们为什么这么关心自己的眼睛，但这也让她知道了，尽管克雷伯说她不好，他们还是关心她。"克雷伯为什么生气？伊札？"她呜咽着说。

"一定要知道，爱拉，"伊札严肃地看着女孩，解释道，"盯着人看很不礼貌。看着别的男人的火堆，看别人在火堆边说什么，不礼貌。爱拉一定要知道，当男人讲话时，女人要像这样眼睛看着下面。"伊札示范道,"男人说什么,女人就照做。别发问。只有小小孩和婴儿才会盯着人看。爱拉是大孩子。那会让人对爱拉生气。"

"克雷伯生气?不喜欢我?"她问,眼里又冒出泪水。

伊札仍很困惑这小孩的眼睛怎么又冒出水来,但也察觉到她很困惑。"克雷伯喜欢爱拉。伊札也喜欢。克雷伯教爱拉。除了讲话,还有其他的要学。得学会洞熊族的规矩。"女人说,同时抱起女孩。爱拉难过地大哭,伊札轻拥着爱拉,然后拿软皮擦干女孩肿胀湿润的双眼,再仔细检查了一下,确定没问题才放心。

"她的眼睛怎么了?"克雷伯问,"她生病了?"

"她以为你不喜欢她,以为你很气她。她必定因此而生病。或许她那种浅颜色的眼睛很脆弱,但我查不出有什么毛病,她也说眼睛不痛。我想,她的眼睛是因难过而出水,克雷伯。"伊札解释道。

"难过?因为觉得我不喜欢她,就这么难过?因为我不喜欢她,就会让她生病?让她眼睛出水?"

这个男人很震惊,简直无法相信会有这种事,心里五味杂陈。她有病?她看起来很健康,但没有人曾因为认为不受他喜欢而生病。除了伊札,没有人曾这么喜欢他。大家怕他,敬畏他,尊敬他,但没有人希望他喜欢他们,希望到眼睛出水的程度。或许伊札说得没错,或许她的眼睛很脆弱,但她的视力很好。他得想办法让她知道,要她懂得规矩是为了她好。如果她不懂洞熊族的规矩,布伦会赶她出去,这仍是他的权利。但这不表示他不喜欢她。"我喜欢她,"他在心里如此自我表白,"虽然她很古怪,但我非常喜欢她。"

爱拉拖着脚,慢慢走向跛脚的老男人,神情紧张地俯视着自己的脚。她站在他面前,然后往上看,圆滚滚的眼睛带着伤心,眼里仍噙着泪水。

"我不会再盯着人看了,"她以手语说道,"克雷伯不生气了?"

"不生气,"他以动作示意道,"我没生气,爱拉。你现在是这个部落的一分子,你属于我。你得学会语言,但也得学会洞熊族的规矩。懂吗?"

"我属于克雷伯?克雷伯喜欢我?"她问。

"没错,我喜欢你,爱拉。"

女孩破涕为笑,伸手抱住他,然后爬到这个身体畸形、形态丑陋的男子的大腿上,紧紧地依偎着他。

克雷伯向来对小孩感兴趣。身为莫格乌尔,他历来所揭示的小孩图腾鲜少不被小孩的母亲欣然接受。部落众人将莫格乌尔的本事归因于他的法力,但他真正的本事其实在于敏锐的观察力。从小孩出生起,他就了解他们,常看男人和女人搂抱、安慰他们。但这个老跛子从未体验过把小孩抱在怀里的乐趣。

小女孩哭累了,睡着了。和这可怕的巫师在一块儿让她觉得安心。在她心中,他已取代了某个男人的角色——那个只存在于她潜意识的某个角落,而她已不复记忆的男人。克雷伯看着大腿上古怪女孩平静安然的脸庞,内心升起一股深挚的疼爱。就算她是他的女儿,那爱也差不多就是这样了。

"伊札。"男人轻声叫唤。伊札把睡着的小孩从克雷伯身上抱下来,但在她接手之前,他还紧紧地抱了她一会儿。

"病使她疲倦。"伊札放下她后,他说,"明天务必要她休息,最好一早再检查一下她的眼睛。"

"是,克雷伯。"她点头。伊札喜欢她的跛脚手足,她比任何人都清楚，在他严峻的外表下有颗温柔的心。他终于找到了可以疼爱而且同样爱他的人，她为此高兴不已，对这女孩益发喜欢。

自小时候有记忆以来，伊札从没这么高兴过。只有一件事让她担心不已，也减低了她此时的兴致——她担心肚子里的小孩是个男孩。如果她生下男孩，那孩子就得由猎人抚养长大。她是布伦的手足，他们的母亲是上一任头目的配偶。如果布劳德发生不测，或他的配偶生不出男孩，而她生的是男孩，这个部落的头目职位就会落在她儿子身上。所以，一旦她生了男孩，布伦就得找个猎人来养她和这婴儿，或者布伦亲自养她。她每天请求自己的图腾让她生个女孩，但她忧心如故。

夏季一天天过去，在克雷伯耐心的教导和爱拉强烈的学习欲望下，渐渐地，这女孩不只学会了语言，也懂得了收养她的这个部落的习俗。她已经懂得转移视线，让洞熊族人保有最后的隐私。但这只是她必须辛苦学习的众多规矩中的第一项。更困难的是要学习克制她与生俱来的好奇心和澎湃的热情，以符合族人要求女性温顺的传统规范。

克雷伯和伊札也学到了新东西。他们发现，爱拉脸上装出怪样，也就是嘴唇往后拉，露出牙齿，且往往接着发出古怪的送气音时，就表示她很高兴，而非敌视。她的眼睛那叫人摸不着边的脆弱，她在伤心时眼睛就出水的脆弱，他们一直无法完全放心。伊札断定这种脆弱是浅色眼睛特有的毛病，但不解这是异族人一般的特性，还是只有爱拉的眼睛会出水。为求保险，伊札以某种清澈的液体洗了她的眼睛。这种液体取自生长在幽深树林里的蓝白色植物。这种状似死尸的植物缺乏叶绿素，从腐木和来自植物的物质汲取养分，表面似覆了一层蜡，一触碰就变黑。将其茎折断，会渗出凉凉的液体。除了这液体，伊札不知道还有什么更好的药能用来治眼睛痛或发炎，因此，女孩一哭，她就用这液体替她洗眼睛。

她不常哭。哭能让她很快受到注意，但爱拉努力压抑着不哭。哭不只会让她所爱的两个人不安，对部落里其他人来说还凸显了她的与众不同。她想融入群体，得到接纳。这个部落的人开始懂得接纳她，但对她的古怪仍怀着疑虑、猜忌。

爱拉也开始认识族人，接纳他们。男人虽对她很好奇，但囿于男人的尊严，小女孩再怎么不寻常，他们也不愿显出兴趣浓厚的样子。他们无视她的存在，而她也不理他们。男人里就属布伦对她最感兴趣，但她一看到布伦就怕。他很严肃，不像克雷伯那样会坦然接受她的主动和热情。她不知道，在族里其他人眼中，莫格乌尔远比布伦更冷漠、更令人生畏，因而，看到令人敬而远之的巫师和古怪的小女孩竟这么亲近，族人无不吃惊。她特别讨厌的人就是住在布伦火堆地盘里的那个年轻男人。布劳德看着她时，眼神总不友善。

她首先混熟的是部落里的女人。她较常跟她们在一块儿。除了待在克雷伯的石圈内或跟着女巫医一起去采集女巫医个人专用的植物时，她和伊札通常和族里的女性成员在一块儿。最初，爱拉只是跟在伊札后面四处走动，看着女人剥兽皮，加工处理兽皮，将兽皮卷成一卷，切成数截，一一摊开，做成皮腰带；看她们编织篓篮、垫子或渔网；看她们将木头挖成碗，采集野生食物，料理三餐，加工处理肉食和可食植物，以便贮存过冬；看她们听到男人的召唤后前去服侍。她们看出这女孩有心想学，因此，她们不只教她学语言，也开始教她这些有用的技能。

她没有洞熊族女人或小孩强壮（她的骨架较薄弱，不像洞熊族人粗大的骨架能撑住强有力的肌肉系统),但双手出奇地柔软灵巧。重活儿她做不来,但就小孩而言,她编篓子或切割同样宽度的皮带都做得很棒。她很快和伊卡混得很熟,伊卡和善的性情叫她很容易就喜欢上了。这女人看出爱拉对婴儿感兴趣,于是让爱拉抱着博格四处溜达。奥芙拉生性拘谨,但她和她母亲乌卡对爱拉特别和善。奥芙拉家中的年轻男人(乌卡的儿子、奥芙拉的手足)在山洞塌陷时丧命,这份丧失亲人之痛使她们特别同情爱拉丧失所有家人的痛苦。但爱拉没有玩伴。

她与奥佳初建的友谊在入住典礼后变得冷淡。奥佳在爱拉与布劳德之间左右为难。这个新成员虽然较年幼,却是可以和她分享女孩心思的人,而且两人有共同的遭遇,她对这个小孤儿有同是天涯沦落人的感慨。但布劳德厌恶她,这一点又是那么明显。为了这个她希望与之共结连理的男人,奥佳无奈地选择避开爱拉。除了一起干活,她们很少往来。爱拉几次向她示好都遭冷遇,只好死心,不再努力和她打交道。

爱拉不喜欢和佛恩玩。他年纪小她一岁,玩耍时却总是命令她,刻意模仿大人世界里男人对女人的作风,而这作风爱拉仍难以接受。她不从的话就会惹火男人和女人,特别是佛恩的母亲阿葛。她很自豪儿子开始学习"像个男人"的作风了,她同样很清楚,布劳德最痛恨的人就是爱拉。终有一天,布劳德会成为头目,届时如果她儿子仍得他的欢心,他说不定会选他当副头目。只要有机会提升儿子的地位,阿葛就绝不放过,甚至到了只要布劳德在附近,就找这女孩的碴儿的地步。只要发现爱拉和佛恩在一块儿,而布劳德在附近,她就立即叫儿子走开。

爱拉的沟通能力进步神速,特别是在族中女人协助的情况下。但有个特殊符号她是靠自己的观察学得的。她仍在观察别人(她还不懂得对周遭的人视而不见),但已不会那么大剌剌地看了。

有天下午,她看着伊卡和博格玩。伊卡对儿子做出一个动作,且重复了好几次。小宝宝的手胡乱挥舞,似乎在模仿这动作,她赶紧叫其他女人看,且称赞儿子。后来,爱拉看到佛恩跑来阿葛这儿用同样的动作跟她打招呼。就连奥芙拉开始和乌卡交谈时,也会做出这个动作。

那天晚上,她怯生生地走近伊札。当伊札往上看时,爱拉做出了同样的手势。伊札的眼睛睁得老大。

"克雷伯,"她说,"你什么时候教她叫我母亲的?"

"我没教她那个,伊札,"克雷伯回应道,"她想必是自己学来的。"

伊札转身面对女孩,问:"自己学来的?"

"是,母亲。"爱拉舞动着手,再次做出那个动作。她不大确定那个手语代表什么意思,但约略知道。她知道那是小孩对照顾他们的女人所做的动作。她理智上已不再想自己的母亲,但内心深处仍未忘记。伊札已取代了爱拉深爱而失去了的那个女人。

久久膝下无子的伊札激动莫名。"宝贝女儿,"伊札说,同时很罕见地不由自主地抱住她,"我的小孩。我从一开始就知道她是我女儿,克雷伯。我跟你说过,对不对?她是神灵送给我的,神灵的用意就是要她当我女儿,我很肯定。"

克雷伯未与她争辩。或许她说得没错。

那天晚上过后,小女孩的噩梦变少了,只偶尔发作。有两个梦会一再出现。一个是她躲在狭小的洞里,竭力想摆脱一只尖锐的巨掌;

另一个较模糊，较令人不安。梦中她感到天摇地动，地底深处传出轰鸣声，她为失去亲人而无限哀痛。她大叫，说着她越来越少讲的古怪语言，然后醒来，紧抱着伊札。初来时，她有时会不知不觉地说起自己的母语，但随着她越来越熟练地以洞熊族人的方式沟通，她只有在说梦话时才会讲出母语。又过了一段时间，她连说梦话也不说母语了，但是，每当从挥之不去的地动噩梦里醒来时，她总感到孤寂。

短暂、炎热的夏季过去，秋天的薄霜带来寒意，翠绿的森林染上一块块抢眼的猩红色和黄褐色。几场初雪暗示寒冬即将来临。季节性大雨冲刷掉初雪，也带走树枝鲜艳的彩衣。后来，树木、灌木丛光秃秃的树枝上只剩寥寥几片顽强的叶子仍附着其上，短暂出现的明亮阳光最后一次让人忆起夏日的炎热，接着，刺骨的寒风与严寒的天气降临，阻绝了大部分户外活动。

全部落的人都走到洞外享受阳光。洞前宽阔的空地上，女人正在扬谷，谷物收割自山下的大草原。冷冽的风吹来，地面上枯叶腾空飞舞，为犹自盘旋的夏日余威带来生机盎然的假象。女人利用阵阵劲吹的风将又宽又浅的篮子里的谷物抛向空中，让谷壳随风吹走，再承接住较重而不会飞走的籽。

爱拉双手捧着篮子，伊札在爱拉身后，身体前靠，双手抓着女孩的手，教她如何将谷物抛向空中，让壳和碎禾秆随风飘走，留下谷物。

爱拉感觉到伊札硬实、突出的肚子顶着她的背，感觉到这女人强烈收缩后突然停止动作。不久后，伊札离开众人，进入洞中，娥布拉、乌卡跟着进去了。男人停止交谈，盯着她们离去。爱拉带着疑惧瞥向他们，心想，这三个女人活儿没做完就离开，肯定会遭男人斥责。但男人未表示反对，这让她不解。爱拉决定赌一赌，跟着那些女人进去，心想，他们未必会生气。

洞里，伊札躺在她的毛皮被上，娥布拉、乌卡在她两侧。伊札大白天干吗躺下？爱拉心想，她病了吗？伊札看到女孩忧心的神情，示意要她放心，但爱拉忧心如故。看到养母因又一个收缩而露出紧张的表情时，她更觉忧心。

娥布拉、乌卡跟伊札谈日常琐事，谈贮存了哪些食物，谈天气的转变。但从她们的表情和姿态，爱拉能看出她们心怀忧虑。一定出了什么事，她确信。爱拉决定在查明原因之前绝不离开伊札，她在伊札的脚边坐下，等待。

快天黑时，伊卡走过来，臀上背着博格，然后阿葛带着她女儿奥娜也走过来了。这两个女人边哺乳，边坐着闲聊，替伊札加油打气。奥芙拉、奥佳挤到伊札床边，一脸忧心加好奇。乌卡的女儿奥芙拉还未许配给男人，但已是女人，她知道自己已能生孩子。奥佳不久后也要成为女人，两人对伊札接下来的生产过程都非常感兴趣。

阿芭走过去，在女儿阿葛旁边坐下。佛恩看到了，很好奇为什么所有女人全在莫格乌尔的火堆边。他慢悠悠地走过去，爬上阿葛的大腿，想看看发生了什么事，但奥娜还在吃奶，因此老女人阿芭抓起男孩，抱在自己的大腿上。他只看到女巫医在躺着休息，没什么有趣的事，于是又走开了。

不久后，这些女人开始离开，准备晚餐。乌卡留在伊札身边，娥布拉、奥佳忙着料理晚餐时，仍不断地悄悄瞥向这边。娥布拉替布伦、克雷伯端上食物，然后送食物给乌卡、伊札、爱拉。奥芙拉替母亲的配偶料理晚餐。当格洛德走去布伦的火堆边，和头目、克雷伯在一块儿时，奥芙拉和奥佳很快又回到伊札身边。她们在爱拉身旁坐下，不想错过任何事，而爱拉坐在原地，一直未起身。

伊札只喝了点儿茶，爱拉也不大饿。伊札没胃口，只吃了点儿东西，肚子绞痛让她吃不下东西。伊札怎么了？她为什么不起来弄克雷伯的晚餐？克雷伯为何没在这里祈求神灵让她康复？他为何和其他男人全待在布伦的火堆边？

伊札使劲地苦撑着。每隔一段时间，她就急喘几下，然后握着两个女人的手用力推。夜色降临，部落里的每个人都保持着警戒。男人们围在头目的火堆边，似乎在严肃地讨论什么；但偶尔的偷偷一瞥泄露了他们真正关心的事。女人们不时来探望，查看伊札的进度，有时留下一阵子。她们全都在等待，在女巫医辛苦生产的当儿一起加油打气，一起期待。

天已黑了好一段时间。突然，大家忙碌起来。娥布拉铺开兽皮，乌卡扶伊札起身，让她改成蹲坐的姿势。伊札呼吸困难，用力苦撑，痛得大叫。爱拉坐在奥芙拉、奥佳中间，全身颤抖。奥芙拉、奥佳感同身受，也跟着呻吟、紧张。伊札深呼吸，咬着牙使劲往下挤，小宝宝圆圆的头盖终于跟着喷出的水一起出现了。伊札再死命一挤，宝宝的头慢慢地整个儿出来了。接下来就比较容易了，湿答答的蠕动的小生命就此诞生。

最后一挤带出了一大块血淋淋的组织。伊札再度躺下，用力生产让她精疲力竭。娥布拉则抱起宝宝，用手指头从婴儿的嘴里掏出一团黏液，将新生儿放在伊札的肚子上。她重击婴儿的脚，婴儿张嘴，哇哇大哭，宣告伊札的第一个小孩降临人世。娥布拉在脐带上绑了一条染成红色的筋，将仍连在胎盘上的脐带咬掉，然后提起婴儿给伊扎看。她起身走回自己的火堆,准备告诉配偶,巫医生产顺利,并告知婴儿的性别。她坐到布伦前面,低下头,布伦轻拍她的肩膀,她随之抬头。

CHAPTER 8

第八章

"很遗憾,"娥布拉做出这种情形下常有的悲伤动作,说道,"伊札生的是女孩。"

但布伦不觉得这该难过,反倒觉得如释重负,只是他绝不愿承认这种真实心情。由巫师抚养他的手足,这安排运作很顺当,头目无意改变,特别是在爱拉加入部落之后。莫格乌尔训练这个新成员非常出色,比他预想的还要好得多。爱拉开始懂得和人交谈了,懂得言行要遵守洞熊族的习俗。克雷伯不只如释重负,还喜不自胜。他有生以来第一次感受到身处温馨、和乐的家庭的喜悦,伊札生出女婴,表示这个家庭将不致被拆散。

搬进新洞穴以来,伊札首度感到心无挂碍,平和自在。她很高兴自己这么大一把年纪生产顺利。她帮人接生无数,其中许多妇女生产时比她困难得多。有几个妇女差点儿难产而死,有一些真的死掉了,还有许多婴儿来不及见到人世。她觉得,婴儿的头那么大,怎么可能挤得出产道?她担心生产过程,但更让她担心的是婴儿的性别。这种对未来的惴惴不安让这个洞熊族人几乎无法承受。

伊札躺回毛皮上休息。乌卡用长条的柔软的兔毛皮将婴儿包住,放在她母亲的臂弯里。爱拉仍在原地看着伊札,渴望知道这是怎么回事。伊札看到她,示意她过来。

"来这里，爱拉。想不想看宝宝？"

爱拉怯生生地靠近。"想。"她点头。伊札拉开包覆的毛皮，让女孩看婴儿。

娇小的婴儿和伊札就像一个模子刻出来的，头上长有稀疏的褐色柔毛，后脑上骨质的球形突出物因为还没长出浓密的头发，更显鲜明。宝宝的头比大人的稍圆，但仍是长的，额头从尚未完全发育的眉脊陡然往后倾。爱拉伸手摸新生儿柔软的脸颊，婴儿出于本能转向触摸的方向，发出小小的吸吮声。

"长得很漂亮。"爱拉以动作示意道，眼里满是惊奇，惊奇于眼前所见的奇迹。婴儿挥舞着紧握的小拳头，这时，爱拉问："她想说话，伊札？"

"还不会说，但很快就会学，你得帮忙教她。"伊札回答。

"噢，我会，我会教她说话，就像你和克雷伯教我一样。"

"我知道你会，爱拉。"初为人母的伊札说毕，再度替宝宝盖上毛皮。

当伊札休息时，女孩陪在一旁照料着。娥布拉用生产前铺在地上的兽皮将胞衣包起，藏在不起眼的角落里，伊札可以出去时会将它带到外面，埋在只有她知道的地方。如果生出的是死产儿，就会将之连同胞衣一起埋葬，届时没有人会提及这次生产的事，母亲本人也不会公开表露哀伤，但内心隐隐的感伤与同情得过一段时日才会平复。

如果生下的是活胎但畸形，或者部落头目断定新生儿因其他原因无法予以接纳，母亲要做的事就比较麻烦。她得将新生儿带走，予以埋掉，或丢弃野地，任风吹雨打、动物掠食。畸形婴儿鲜少有幸活下，如果是女婴，更是几乎没有活命的机会；如果新生儿是男婴，特别是头一胎，且母亲的配偶想要这小孩，那么，男婴可在头目的许可下待在母亲身边七天，以考验其生存能力。任何小孩，只要活过七天，依照具有法律效力的洞熊族传统，就得予以命名，并接纳其成为部落的一员。

克雷伯初生下来的头几天就处于这种命运未卜的境地。他母亲差点儿因他难产而死。她的配偶是头目，这新生男婴能否获准活下来完全取决于头目的一念之间。男婴畸形的头和不动的四肢早早表明了难产所带来的伤害，但头目下决定时主要考虑的是婴儿的母亲，而非婴儿。她太虚弱，流了太多血，濒临死亡边缘。她无法亲自处理这男婴，因为太虚弱，做不到。如果做母亲的做不到或死掉了，这事就落在女巫医身上，但克雷伯的母亲就是这个部落的女巫医。因此，克雷伯就被留在他母亲身边，只是大家都认为他不可能存活。

母亲迟迟未泌乳，他在极艰困的环境下挣扎求生。就在这时，有个同在哺育婴儿的妇女同情这个可怜的小家伙，让克雷伯吸到了第一口维持他生命的养分。莫格乌尔，最神圣的圣人，整个洞熊族里最有本事、法力最强大的巫师，就在这岌岌可危的情况下展开其一生。

话说回来，跛脚男人和他弟弟走近伊札和婴儿。爱拉看到布伦咄咄逼人的手势示意，便迅速起身走开，从远处斜睨着。伊札坐起身，解开包覆着婴儿的毛皮，往上捧给布伦，小心地不和眼前的两个男人对视。两个男人检视婴儿，同样小心地不和伊札对视。婴儿离开母亲温暖的身边，接触了洞里寒冷的空气，号啕大哭。

"这小孩正常。"布伦以肢体语言严肃宣布，"她可以留在母亲身边，如果活到命名日，就会被接纳为部落的一员。"

伊札其实不担心布伦会不要这小孩，但听到头目这番正式的宣布，她还是如释重负。眼下，她只担心一件事。她希望女儿不会因母亲没有配偶而招致噩运。伊札想，毕竟自己怀孕时配偶还活着，而且克雷伯犹如她的配偶，至少他供养着她们。伊札不再想这件事了。

接下来七天，伊札将被隔离，除了为舒展四肢、埋葬胎盘而不得不出去外，其他时候都得幽居在克雷伯的火堆地盘内。独居期间，除了与她共享一个火堆的人，部落里没有人正式承认伊札的婴儿的存在，但其他女人会带食物给他们，以让伊札专心休养。这让她们能短暂地探望，非正式地瞧瞧新生儿。过了这七天，伊札所受的女人诅咒将减轻，直到她不再流血为止。她对外的往来将只限于女人，一如她月经期间。

伊札忙着哺乳、照料自己的小孩，觉得休养够了，就调整克雷伯石圈地盘内的食物区、烹煮区、睡觉区、她的药物存放区。克雷伯在洞内的地盘这时已变成三个女性和他共享。

莫格乌尔在部落阶层体系里占有独一无二的地位，因而他的地盘所在的位置非常优越：靠近洞口而得以享受到夏日的阳光，但又不会太近，不致正当冬季寒风的风口。他的火堆地盘还有一个特色，教伊札特别为克雷伯感到庆幸——一块岩石露头从边壁伸出，提供额外的挡风。即使有挡风屏障，即使洞口附近时时烧着火，寒风仍常灌进遮蔽较少的地方。这个老人的风湿和关节炎每到冬天就大为恶化，洞里的寒冷潮湿更会加重其病情。伊札已选好不受风的角落作为克雷伯的睡觉地点，那是条浅沟，浅沟里铺了压实的禾秆、草，再铺上了他的毛皮被。

男人要担负的工作不多，除了打猎，构筑挡风屏障也是其一，做法是将数根杆子插入洞口的地里，将兽皮摊开，固定在杆子上，遮住洞口。还有一个工作是以从溪里捡来的小石头铺砌洞口附近的地面，以免洞口因下雨、融雪而泥泞不堪。洞里个别火堆附近的地面是光秃秃的泥土地，火堆四周散置着编织成的垫子，供坐或摆放食物之用。

克雷伯的床附近还有两条浅沟塞了禾秆，铺了毛皮。每条浅沟最上层的毛皮也是睡在该处者起床后温暖的外穿斗篷。除了克雷伯的熊皮，还有伊札的赛加羚羊皮和取自一只雪豹的新白毛皮。那只雪豹一直潜伏在山洞附近，但它的出没处应该位于更高海拔的山区。古夫猎杀了这只豹，将毛皮送给了克雷伯。

部落里有许多人身穿象征自身保护图腾之动物的毛皮，或者佩戴该动物的一根角或一颗牙。克雷伯认为雪豹皮配爱拉很恰当。雪豹虽非她的图腾，但与其图腾类似，且他知道要猎人潜行猎杀穴狮，不大可能。这种巨大的猫科动物很少远离大草原，对于覆林山坡上的山洞里的部落几无威胁。若非有充分理由，他们也不想猎杀这庞然的肉食动物。伊札早趁着还未阵痛，替女孩加工处理过这张兽皮，然后制了新鞋。女孩很高兴，找各种借口想出去，以便能穿上新鞋。

伊札正在泡土荆芥茶，以促进奶水分泌，纾解子宫缩回原状时的痛性痉挛。今年更早之前，心知小孩就要降生，她采集了这狭长的叶子和淡绿色小花，并晒干。她瞥向洞口，寻找爱拉。女人刚换下经期时和生产后所穿的吸血皮带，想到邻近树林里将已吸了血污的皮带埋掉。她想找女孩帮她看着睡觉的小宝宝。

但爱拉不在山洞附近，远在溪岸寻找圆的小石头。伊札说过希望趁溪水冰封之前多找些烹煮用的石头，爱拉心想，若能找些石头回来，定能讨她欢心。女孩跪在溪边石岸上，寻找大小适合的石头。她往上瞧，注意到灌木丛底下有一小块白色毛皮。她拨开无叶的灌木丛，看到一只半大不小的兔子侧躺着，一只腿断掉了，血已干硬结块。

这只受伤的动物渴得发喘，动弹不得。女孩伸出手，触摸它柔暖的毛皮，它则瞪着紧张的眼睛看着女孩。一只刚学会猎杀的幼狼抓到这只兔子，但兔子奋力逃脱了。幼狼正想再扑向猎物，就听到母狼嗥叫召唤。幼狼其实不饿，便转身以中跨步奔向紧急呼叫的母狼。兔子则蹿向灌木丛，一动不动，躲藏起来。待觉得安全了，兔子想跳走，却跳不起来，只能躺在流水边，因口渴而奄奄一息，差不多要脱水而死了。

爱拉提起这只还有体温的毛茸茸的动物，抱在怀里。她抱过裹着柔软兔毛皮的伊札的新生儿，抱着这只兔子感觉就像抱着那婴儿一般。她坐在地上，如轻摇婴儿般轻摇兔子，然后发现兔子流血了，一只腿异常弯折。女孩心想："可怜的小家伙，腿受伤了。伊札或许能治好它，她治好过我的腿。"于是她忘了要捡拾烹煮用的石头，站起身，带着受伤的动物回到洞里。

当爱拉走进来时，伊札正在打盹儿，听到她的脚步声，醒了过来。女孩将兔子捧上前给女巫医，让她看兔子的伤。伊札有时可怜小动物，会替它们急救上药，但从未带受伤的小动物回洞里。

"爱拉，动物不属于这个洞。"伊札比画道。

爱拉的满心期待落空，紧抱着兔子，难过地低下头，转头打算离开，但眼眶里开始涌出泪水。

伊札能看出来小女孩很失望。"好吧，既然你带来了，我就看看也无妨。"她说。爱拉展露欢颜，将受伤的兔子捧给伊札。

"这动物很渴，拿些水来给它。"伊札以手语示意。爱拉赶紧从大水袋里倒出清水，端来一杯快满的水。伊札劈出长条木头，充当固定腿的夹板。刚割下来的皮带放在地上，准备用来绑住夹板。

"提着那水袋去多汲些水回来,爱拉,水快用完了;接下来我们要煮些热水,用来清洗伤口。"伊札指示道,爱拉则忙着拨旺火,将一些石头放进火里。爱拉抓起水袋往池边跑,回来时,这只小动物已因喝水而苏醒,正在吃伊札给它的籽、谷子。

稍后,克雷伯回来了,看到爱拉抱着兔子,伊札在喂宝宝吃奶,他大为吃惊。他看到兔子的腿上上了夹板,又看到伊札以眼神示意:"我还能怎么办?"女孩专心地抚弄着她的活玩偶,伊札、克雷伯以无声的肢体语言交谈。

"她怎么会带兔子进洞?"克雷伯问。

"它受伤了,她把它带来让我治疗。她不知道我们不带动物进家里。但她的想法没错,我想,她有女巫医的本性。克雷伯,"伊札停顿了一下,"我想跟你谈谈她的事。她长得不漂亮,你也知道。"

克雷伯往爱拉的方向瞥了一眼。"她讨人喜欢,但你说得没错,她不漂亮。"他坦承,"不过,这和那只兔子有什么关系?"

"她以后配对的机会有多大?凡是图腾够强、压制得住她的男人都不会想要她。男人可以挑自己想要的女人。她成为女人后会有什么遭遇?她如果没有配偶,就没有地位。"

"我想过这个问题,但该怎么办?"

"她如果是女巫医,就会有自己的地位,"伊札建议,"而且她就像是我的女儿。"

"但她不是你的家族出身,伊札。她不是你亲生的。你的亲生女儿会继承你的衣钵。"

"我知道我现在有一个女儿,但我为何不能也训练爱拉?你替她命名时,难道不是由我抱着她的?难道你没有同时宣布她的图腾?那就使她成为我的女儿，不是吗？她受到接纳，现在是洞熊族的一员，不是吗？"伊札急切地说，生怕克雷伯给她否定的回应，"我认为她有女巫医的天赋，克雷伯。她表现出了这方面的兴趣，在我行使治病巫术时，她总是问东问西。"

"她比我见过的任何人还爱发问，"克雷伯插话道，"什么事都问。得让她知道，问这么多问题不礼貌。"他又说。

"但看看她，克雷伯。她看到受伤的动物就想救。那正是女巫医不折不扣的表征。"

克雷伯默默地想着事情。"受接纳成为洞熊族的一员并未改变她本来的身份，伊札。她是异族所生，怎么有办法将你所拥有的知识全学会？你知道她没有那些记忆。"

"但她学得很快，你也看到的。你看她学讲话学得多快。她学到的东西之多，保证让你大吃一惊。而且她轻轻触摸那只兔子，就把它搞定了。我上夹板时，她抓着兔子，它似乎很信任她。"伊札俯身向前，"我们都已不再年轻，克雷伯。我们进了灵界后，她怎么办？难道你要她像个累赘一般遭人从一个火堆地盘转送到另一个火堆地盘，永远是地位最低下的女人吗？"

克雷伯也一直在担心这件事，但想不出解决办法，因而索性不想了。"你真的认为有办法训练她，伊札？"他问，仍心怀疑问。

"可以从那只兔子开始，让她来照顾它，我来教她怎么做。我有把握她能学会，克雷伯，即使她没有那些记忆。我可以教她。伤、病的项目并不多，她够年轻，学得会，她不需有她们的记忆。"

"这件事我得想想，伊札。"克雷伯说。

女孩正抱着兔子轻摇,且低声哼唱,哄它睡。她看到伊札、克雷伯在交谈,想起常看到克雷伯做出某些肢体动作,召唤神灵前来帮伊札以巫术治病。她把这毛茸茸的小动物带给巫师。

"克雷伯,你可不可以请神灵前来让这只兔子复原?"她把兔子放在他脚边,以动作示意道。

莫格乌尔看着她认真的表情。他从未召请神灵帮忙救治动物,觉得这件事有点儿愚蠢,但不忍心回绝。他瞧了瞧四周,快速挥舞了几下。

"这下它一定会好转。"爱拉以动作示意,神情笃定。然后,看到伊札喂完奶了,她又问道:"我可不可以抱宝宝,母亲?"兔子温暖而惹人爱怜,就像个小婴儿,但终究不是婴儿。

"好。"伊札说,"小心抱,就像我这样抱她。"

爱拉轻摇小女婴,对着她低声哼唱,就像先前对兔子一般。"你要给她取什么名字,克雷伯?"她问。

伊札也很想知道,但一直不敢问。她们生活在克雷伯的火堆边,靠他供养,凡是生下来挂在他火堆名下的小孩,取名都是他的权利。

"我还没决定,还有,你得懂得不要问那么多问题,爱拉。"克雷伯训斥道,但很高兴她那么信赖他的巫术,即使这巫术用在兔子身上。他转向伊札,又说:"这动物留在这里,直到腿伤复原,我想无害。它是无害的动物。"

伊札以手语表示认同,心里涌起一股喜悦的暖流。她知道,即使克雷伯未明白表示同意,她若开始训练爱拉,他也不会反对。伊札真正想知道的是他不会阻止。

"她的喉咙是怎么发出那种声音的?真奇怪。"伊札听着爱拉哼唱,转移话题问道,"不难听,但很特别。"

"那是洞熊族和异族的另一个差异，"克雷伯以动作示意，神情就像是将某个人生至理传授给景仰他的学生一般，"就像没有记忆或她过去常发出的奇怪声音那些差异。自从学会正确讲话，她已不大发出那些声音了。"

奥芙拉带着晚餐来到克雷伯的火堆边。她的惊讶不下于克雷伯见到那只兔子时的。伊札让这个年轻女人抱着她的小婴儿，而奥芙拉看到爱拉抱起兔子，像摇婴儿一般轻摇兔子时，她更是吃惊。她斜着眼看了看克雷伯，想看看他的反应，结果他似乎未注意到这件事。她迫不及待地想告诉自己的母亲。怎么会有人把动物当小孩来养？这女孩说不定脑子有问题。她认为那动物是人？

不久后，布伦信步走过来，示意想跟克雷伯说话。克雷伯早料到会如此。两人一起走向入口的烧火处，离开两人的火堆。

"莫格乌尔。"头目首先吞吞吐吐地说道。

"是。"

"我一直在想，莫格乌尔，是时候举行配对典礼了。我已决定把奥芙拉许配给古夫，德鲁格已同意要阿葛和她的小孩，且愿意让阿芭也跟他一起生活。"布伦说，不大知道该怎么提起克雷伯的火堆边出现兔子的事。

"我想知道你打算让他们什么时候配对。"克雷伯响应道，心知布伦想谈什么，但未主动提起。

"我想等一阵子。这时正是狩猎的好时期，我禁不起两名猎人行动受限的损失。你想什么时候最好？"布伦竭力不去盯着克雷伯的石圈地盘看，但就是会不由得望向那边。看到头目这番窘样，克雷伯反倒觉得很乐。

"我不久后要替伊札的小孩命名，可以那时候举行。"克雷伯提议。

"我来告诉他们。"布伦说。他以一只脚为重心站着，然后又换另一只脚为重心，抬头看高拱状的洞顶，低头看地上，往山洞里面瞧，又往洞外瞧瞧，左顾右盼，就是不正眼看抱着兔子的爱拉。基于礼貌，他会避免盯着别的男人的火堆地盘瞧，但要了解那只兔子，他显然得违反这个规矩。他竭力想找个不致突兀的方法来切入这个话题。克雷伯等着。

"你的火堆边怎么有只兔子？"布伦以很快的动作示意道。他处于不利地位，且知道这一点。克雷伯不慌不忙地转身，瞧着自己的地盘里的人。伊札清楚地知道怎么回事。她忙着照顾自己的婴儿，希望不要卷入。爱拉——问题的根源，浑然未察觉到眼前的整个情势。

"那动物无害，布伦。"克雷伯回避道。

"但洞里怎么会有只动物？"头目反驳。

"爱拉带它进来的。它的腿受伤了，她想让伊札治。"克雷伯说，仿佛这件事一点儿也不稀奇。

"没有人把动物带进山洞过。"布伦说，为自己找不到更有力的理由反对而沮丧。

"但那有什么伤害？它不会待太久，腿伤一好就会走。"克雷伯回道，理直而气和。

只要克雷伯决意留它，布伦就想不出充分的理由非要他赶走那动物不可。它位于克雷伯的火堆地盘内；并没有习俗禁止动物待在洞里，只是过去没有这种事罢了。但那并非真正教他苦恼的地方。他知道问题其实在爱拉。自伊札捡到这个女孩，就发生了许多跟她有关的不寻常的事。凡是跟她有关的事，样样都是前所未有，而她还只是个小孩。

等她年长一些,不知还会带给他什么麻烦事。布伦没有经验,也没有整套的规则来处理她。但他也不知道该怎么把自己的疑虑告诉克雷伯。克雷伯察觉到弟弟的不安,努力想给他另一个理由,好让兔子能留在他的火堆边。

"布伦,主办各部落大会的部落总会在洞里养一只小洞熊。"巫师提醒他。

"但那不一样,那是乌尔苏斯,那是为了熊节。洞熊早在人类之前就住在洞里,但兔子不住洞里。"

"但幼熊也是被带进洞里的动物。"

布伦未回应。克雷伯的解释似乎不无道理,但究竟为什么那女孩得把兔子带进洞?若不是她,就绝不会有这种问题。布伦觉得自己的反对就像堕入了流沙,变得很无力。他把这件事暂时搁下。

命名典礼前一天,天气寒冷但阳光普照。下了几场小阵雪,克雷伯的骨头近来一直发痛。他确信风暴就要来临。趁着还未降下大雪,他想好好享受这最后几个晴朗日子,于是沿着溪水边的小径行走。爱拉同行,试穿她的新鞋子。伊札把欧洲古代野牛的皮切割成约略呈圆形的两张皮,并加工处理过皮上留下的柔软底毛,用多余的脂肪摩擦过以防水,借此制成了这双鞋子。她像制作小皮袋那般在边缘处穿了数个孔,穿上筋,包着女孩的脚踝束紧,毛皮面在内以便保暖。

爱拉很高兴有这双新鞋,在克雷伯身边昂首阔步时脚提得老高。她在外衣外面罩上雪豹毛皮,头上罩着毛茸茸而柔软的兔皮,毛皮在内,盖住耳朵,兔脚处的毛皮下拉,在下巴下面打结。她急跑向前,又跑回来,走在老人旁边,配合他拖着脚行走的速度,放慢自己兴奋的步伐。两人无语而自得，有一会儿，各自沉浸在思绪中。

克雷伯在想该替伊札的小孩取什么名字。他爱他的手足，希望挑个她喜欢的名字。不能取她配偶那一方的名字，他想。一想到曾是她配偶的那个男人，就勾起他不好的回忆。她配偶加诸她的酷罚让克雷伯生气，但他的思绪飞到更远的过去。他想起那个男人在他还小时对他的嘲弄，因他无法打猎而称他是"娘们儿"。克雷伯猜，他完全是因为害怕莫格乌尔的法力，才不再嘲弄的。他想，伊札生了个女孩，真是教人高兴；若生的是男孩，就让她配偶太光彩了。

自从这个经常惹他不快的男人不在世上后，克雷伯就觉得自己火堆旁的生活实在愉快，而且是他怎么也想象不到的愉快。身为这个小小家庭的大家长，负责照顾、供养她们，他感受到一股从未有过的男子汉气概。他察觉到其他男人对他有了另一种尊敬，且因为每次打猎所得他都能分到一部分，他开始对他们打猎的事更感兴趣。过去他比较关心狩猎典礼，如今他还有几张嘴嗷嗷待哺。

他想着伊札对他的用心和关爱，想着她为他烹煮，照顾他，预先考虑到他的需求而予以满足，他自忖道，伊札现在肯定也比较快乐。她只差那么一点点就等于是他的配偶了，这是他有生以来最接近于拥有配偶的一刻。爱拉总是能带来欢笑。两人的根本差异让他一直觉得跟她在一块儿兴味盎然，训练她就和任何天生的导师面对聪明、有心学习但不寻常的弟子那样充满挑战。那个新生儿也令他着迷。经过几次尝试，当伊札把小宝宝放在他大腿上时，他终于不再紧张了。看着她的双手胡乱挥舞，茫然的眼神似乎在专注地看着什么，他不禁想，这么娇小、未发育的个体竟会长成落落大方的姑娘，真是不可思议。

他想，伊札的女巫医世家因她而有了传承，而那个世家所享有的地位绝对是实至名归。他和伊札的母亲曾是洞熊族里最著名的女巫医之一。其他部落的人有时会来请她治病，可以的话带病人前来，或者带药回去。伊札的名望和母亲不相上下，而伊札的女儿日后的成就很有可能和她一样高。伊札守住了女巫医世家古老而杰出的传统，理当有此名望。

克雷伯想着伊札的家世，想起他们母亲的母亲。她对他一向和善温柔，布伦出生后，她比他母亲还要照顾他。她也以医术高明著称，甚至如伊札治好爱拉一样，治好了那个出身异族的男人。可惜伊札无缘认识她，克雷伯沉吟道。然后，他停止思索。

"是了！我要以她的名字替这小宝宝命名。"他想，为这个好主意感到心喜。

婴儿的名字决定后，他转而将心思放在配对典礼上。他想着那个尽职辅佐他的年轻男子。古夫个性温文、严肃，克雷伯喜欢他。古夫的原牛图腾应该够强，足以压制奥芙拉的河狸图腾。奥芙拉工作卖力，很少惹人骂。她会是他的好配偶。她为他生小孩，理所当然；古夫猎术高明，她跟着他不愁吃穿。成为莫格乌尔，因职责在身而无法出去打猎时，他会得到应有的一份食物。

古夫会是法力高强的莫格乌尔吗？克雷伯感到疑惑，摇摇头。他很喜欢这个助手，但也知道古夫绝不会具备自己拥有的本事。跛脚让他无法从事打猎、求偶之类的正常活动，但也让他有时间专注于将他令人敬畏的心灵感应天赋发展成闻名遐迩的法力。他为什么是独一无二的莫格乌尔，原因就在此。在各部落大会——最神圣无上的典礼上，就是由他来主导其他所有莫格乌尔的心思的。他达到了与自己部落之男人的心思合体并存的境界，但比起灵魂的合一，也就是与其他巫师之受过训练的心思合而为一，那算不了什么。他想着下一次的各部落大会，尽管那还有好多年才会举行。各部落大会每七年举行一次，上一次是在洞穴塌陷前的那个夏季举行的。如果能活到下次大会举行，那将是他最后一次参加，他突然了悟。

克雷伯把思绪转回到配对典礼上，德鲁格、阿葛也将在这次典礼上结为连理。德鲁格是有经验的猎人，许久以前就已展露他的狩猎本事。他制作工具的本事更是厉害。他和他已死配偶的儿子一样温文、严肃，他和古夫拥有同样的图腾。他们在其他方面也非常相似，克雷伯确信是德鲁格的图腾灵创造了古夫。可惜德鲁格的配偶受召去了下一个世界，他想。德鲁格与前配偶的恩爱大概不可能重现于他与阿葛身上。但两人都需要新配偶，而且，事实表明，阿葛比德鲁格的第一个配偶还能生。两人配对再合理不过。

一只兔子穿越小径，克雷伯与爱拉受惊，中断了思绪。那只兔子让爱拉想起了洞里的兔子，让她重拾自己一直在思索的东西——伊札的宝宝。

"克雷伯，宝宝是怎么跑进伊札的身体里的？"女孩问。

"女人吞进男人的图腾灵，"克雷伯以动作随意答道，仍沉浸在自己的思绪中，"那个灵与女人的图腾灵搏斗。男人的图腾灵如果打败了女人的图腾灵，就留下自己的一部分，展开新生命。"

爱拉看看四周，惊讶于灵的无所不在。她什么灵都没看到，但既然克雷伯说他们存在，她就相信没错。

"任何男人的图腾灵都可以进入女人的身体？"她又问。

"没错，但只有较强的灵能打败女人的图腾灵。女人配偶的图腾常会请另一个灵来帮忙，于是，另一个灵可能获准留下他的元精。通常，女人配偶的灵最卖力:他是最接近女人的灵,但往往需要援手。男孩的图腾若与母亲配偶的图腾一样,表示他会有好运。"克雷伯用心解释道。

"只有女人会生小孩?"她问,对这个主题益发感兴趣。

"没错。"他点头。

"女人要有配偶后才会生小孩?"

"不,有时她在婚配前就会吞下灵。但如果在小孩出生前她仍没有配偶,那么小孩就可能不祥。"

"我能生小孩吗?"她又兴致勃勃地问道。

克雷伯想着她强大的图腾。那图腾的生命力太强,即使有另一个灵帮忙,也不可能打败他。但她不久后终会了解这一点,他想。

"你年纪还不够大。"他回避道。

"我什么时候够大?"

"你成为女人的时候。"

"我什么时候成为女人?"

克雷伯开始想到她的问题大概会没完没了。"你的图腾灵第一次与另一个灵搏斗时,你会流血。那表示他受了伤。与你的图腾灵搏斗的灵会留下部分元精,让你的身体处于完备状态。你的胸部会长大,还有其他一些改变。那之后,你的图腾灵会定期与其他灵搏斗。该流血而没流血时,就表示你所吞下的灵已打败你的图腾灵,新生命已经开始。"

"但什么时候我才会是女人?"

"或许经历过八九次的四季循环后。大部分女孩那时就成为女人,有些则早在七岁就是。"他答道。

"但那要经过多久？"她一心要弄个清楚。

很有耐心的老巫师一声叹息。"来，我看看能不能让你搞懂。"他说，同时拾起一根枯枝，从皮袋里拿出一把燧石刀。他不确定能让她懂，但或许可以让她不再发问。

对洞熊族的人来说，数目是抽象而难以理解的东西。大部分人所理解的数目不超过三，即你、我、另一人。那无关乎智力。例如，部落里二十二名成员有一人失踪，布伦立即就知道是谁。他只要想想每个成员，且在不知不觉间很快就能做到这一点。但将个别成员转化为"一个"这个概念只有少数人能理解。于是，"这个人是一个，另一个时候那个人也是一个，怎么会这样？他们是不同的人？"就成为克雷伯通常会被问到的第一个问题。

洞熊族人之欠缺整合与理解抽象概念的能力也可见于他们生活的其他领域。他们替万物都取了名。他们知道栎、柳、松，却没有类属概念来涵盖它们，他们没有"树"这个字眼。每种土，每种石头，乃至不同形态的雪，都各有名字指称。洞熊族人倚赖其丰富的记忆和扩充记忆的能力，几乎只要记住就不会忘记。他们的语言，内容繁杂多样，但几无抽象概念。概念这东西与他们的本性、他们的习俗、他们所发展出的生活方式格格不入。他们倚赖"各部落大会"记录下必须弄清数目的少数事物，包括前后各部落大会的间隔、部落成员的年纪、配对典礼后隔离的时间、新生儿的头七天。他最神奇的法力，有一部分就表现在能做这些事上。

克雷伯坐下，将枯枝紧紧地夹在脚和岩石之间。"伊札说，她认为你的年纪比佛恩还大些，"克雷伯开始解释，"佛恩已活过出生年、步行年、哺育年、断奶年。"他解释道，同时每说一个年，就在枯枝上划出一道刻痕,"你的话,我要再多划一道,这就是你现在的年纪。如果我伸出手,用手指盖住每道刻痕,一只手就能将它们全盖住,懂吗?"

爱拉专心地看着刻痕,伸出手指,然后笑逐颜开。"我就是这么多岁!"她说,同时张开五指给他看。"但我要多久才会有小孩?"她问,对生小孩比对计数有兴趣得多。

克雷伯大吃一惊。这女孩怎么这么快就弄懂了这个观念?她甚至问都没问刻痕和手指有什么关系,或刻痕、手指和岁数有什么关系。想当初,他重复比画了好几次,古夫才弄懂。克雷伯又划了三道刻痕,将三根手指放在其上。由于只有一只手,他学习时特别困难。爱拉看着自己的另一只手,立即伸出三根手指,弯下拇指、食指。

"等我长到这么多岁时?"她问,再度伸出八根手指。克雷伯点头称是。她的下一个动作完全出乎他的意料,那概念他花了好几年才弄懂。她放下一只手,只伸出三根指头。

"再经过这么多年,我就大得可以生小孩了。"她以手势示意,神情笃定,对自己的扣除结果很有自信。老巫师惊讶不已。像她这个年纪的小孩子竟能如此轻易地推算出这个结论,实在不可思议。他瞠目结舌,差点儿忘了修正这个预测。

"这大概是最早能生育的年纪。到了这个年纪未必能生,也可能到了就能生,"他说,同时在枯枝上又划了两道,"或者要再等更多年,说不准。"

爱拉微皱眉头,伸出食指,然后是拇指。"再更多年的话,要怎么知道?"她问。

克雷伯带着怀疑的眼光看她。他们开始进入连他也觉得棘手的领域。他开始后悔起了这个头。布伦若知道这女孩有这么强的法力——

只有莫格乌尔才可以拥有的法力——大概会皱眉头。但他的好奇心已经给挑起了。她能理解这么高深的知识?

"你伸出两只手,盖住所有刻痕。"他教导道。她用手指头小心地盖住所有刻痕后,克雷伯又划了一道,将自己的小指盖上去。"这一道刻痕由我的小指盖着。在考虑过第一双手之后,你得考虑别人的第一根指头,然后是那人的下一根指头,懂吗?"他以动作示意,仔细地看着她。

女孩几乎未眨眼。她看着自己的双手,然后看着他的手,接着做出鬼脸,也就是克雷伯所了解的表示她很高兴的鬼脸。她点头如捣蒜,表示她真的懂了。然后,她的理解出现惊人的跃进,连克雷伯也几乎无法理解的跃进。

"在那之后,再算另一人的两只手,然后是又一人的两只手,对不对?"她问。

这种冲击实在太大,他觉得一阵晕眩。克雷伯费了很大的工夫才能算到二十。超过二十的数目就以"许多"这个无限大的字眼模糊称之。爱拉轻易就理解的这个概念,他曾经难得几次在深思冥想后勉强窥到了一点儿皮毛。他几乎是事后才想到要点头。他猛然理解到女孩和他心智上的差距,这让他大为震惊。他勉力保持镇定。

"告诉我,这叫什么?"他拿起用来刻痕的枯枝问道,以改变话题。爱拉盯着它,努力想。

"柳,"她说,"我猜。"

"没错。"克雷伯答道。他把手搭在她肩上,直直地盯着她的双眼。"爱拉,这些事,你最好一样也别跟任何人提。"他说,手摸着枯枝上的刻痕。

"好的,克雷伯。"她回答,察觉到他非常看重这件事。她已经比伊札之外的任何人都更能理解他的动作和表情了。

"该回去了。"他说。他想一个人思考。

"非得回去?"她恳求,"现在外面还很舒服。"

"没错,我们得回去。"他说,拄着拐杖撑起身子,"而且,爱拉,男人已决定的事,就不该再质疑。"他婉言斥责。

"好吧,克雷伯。"她回答,照着她已学到的规矩,低头表示默然同意。两人朝山洞往回走,她走在他旁边,一语不发,但不久后终究压不住年少的雀跃,她又跑到前头,然后跑回来,拿起枯枝、石头,将它们的名字一一告诉克雷伯,如果想不起来,就问他。他心不在焉地回答,内心的纷乱教他难以注意眼前的事。

清晨的第一道阳光驱散了洞里的漆黑,清冷干燥的空气显示就要下雪了。伊札躺在床上,看着山洞熟悉的轮廓随着日益明亮的光线在上方逐渐成形,变得清晰。这是她女儿命名、受接纳为部落的一员的日子,是她女儿被确认为活着且能养活之人的日子。她期盼摆脱不得不从的幽居日子,但在停止流血之前,她仍然只能与部落里的女人往来。

初经来时,女孩得和全部落的人隔离,独自度过初经期。如果那是在冬天,这少女就得独自待在洞内后方特别拨出来的地区内,但到了春天仍得独自一人度过一个经期。初经少女年幼,无防身武器,习惯于受到全部落的保护,习惯于和全部落在一块儿,要她们独自生活是既可怕又危险的。那是个考验,通过考验即表示女孩成为女人,有点儿类似于男孩子第一次杀死猎物的考验,但她们回来时没有典礼庆祝。虽有火防御肉食动物,一去不回的少女却不乏其例,族人通常会在日后出去打猎或采集食物时发现其遗骸。少女的母亲每天可以去探望女儿一次，带去食物和鼓励。但如果少女失踪或遇害，那么她的母亲至少要再等几天才能提起这件事。

神灵在女人体内为制造生命而奋力搏斗，对男人而言，这场战争玄奥难解。女人流血时，她图腾的元精很强。该元精战胜、打败男人的基本成分，排出无法致孕的元精。如果女人在这期间看着男人，那男人的灵可能会给卷进这场败仗里。这就是女人的图腾必须弱于男人的图腾的原因——即使是弱图腾，也能借由栖居在女人体内的生命力变强。女人利用那股生命力，创造新生命的是她们。

在有形世界里，男人比女人高大强壮，也有力得多，但在不可见力量的可怕世界里，女人具有更大的潜在力量。女人较弱小的身子让男人得以宰制女人，而男人深信，身子弱小是为了抵消她们潜在的强大力量，以取得平衡。男人还深信，绝不能让女人将其潜力全部展现出来，否则将失衡。女人不准完整参与部落的精神活动，以让她们无从知道生命力所赋予她们的力量。

年轻男子在其成年礼上则获告诫，男人的秘密仪礼若让女人看到，即使只是瞬间的一瞥，也可能带来一些严重的后果。他们还获告知，传说，在过去，向灵界代为说情的巫术掌控在女人手中。后来，男人从女人身上夺走了巫术，但未夺走她们的潜在力量。许多年轻男子了解这些可能的后果后，对女人的看法从此改观。他们自认为，身为男人，任重而道远。女人得受到保护、供养、完全掌控，否则有形力量与精神力量的脆弱平衡将遭打破，洞熊族将走上灭绝之路。

月经期间，女人的精神力量更为强大，因而必须予以隔离。她得和女人在一块儿，不准触碰男人会吃的任何食物，只能做些不重要的工作，例如捡拾柴枝或加工处理只给女人穿的兽皮。男人不承认她的存在，完全视她如无物，甚至也不斥责她。男人若不小心看到她，得当她是隐形的一般，视而不见。

这似乎是严酷的刑罚。这种女人诅咒类似死咒——洞熊族里有人犯了重罪所受的最重刑罚。只有头目能命令莫格乌尔召唤恶灵下死咒。这会危及该巫师和该部落，但莫格乌尔不能拒绝。一旦受诅咒，该罪犯就既不能同部落的任何人讲话，也不能让任何人见到。他遭冷落、放逐，不再存于世上，仿佛死去了一般。配偶、家人哀痛他的死亡，不分给他食物。有些人离开部落，从此再未见到。大部分人只是不吃不喝，乖乖地承受他们也深信不疑的诅咒。

偶尔，死咒的施行只在一定时间内，即使如此，往往还是要人命，因为受罚者在诅咒期间被断绝饮食。但如果受罚者能熬过有限的诅咒期，就可以回到部落里，享有成员应有的权利，甚至恢复原来的地位。他已还清他对集体的亏欠，他的罪行就此遭遗忘。但犯罪很少发生，这类刑罚很少施行。女人诅咒使女人遭到局部隔离和暂时放逐，但大部分女人乐见因此而暂时摆脱男人无穷无尽的要求和监视的目光。

伊札满心期待命名典礼后可以和更多人往来。她厌倦于终日只能待在克雷伯的火堆石圈内。在冬雪来临前的最后几天，她看着从洞口泻进的明亮阳光，眼神里充满渴望。她焦急地等待克雷伯示意，宣布他已准备好，全部落的人都已就位。命名礼往往在早餐前、太阳升起后不久举行，那时，众图腾整夜守护部落后仍在附近。看到克雷伯示意，她赶紧跑去加入他们，站在莫格乌尔面前，看着地下，同时揭开盖住婴儿的兽皮。她高举婴儿，巫师从她的头上望出去，做出肢体动作，召唤神灵前来参加这场典礼。然后，他急速地挥舞手臂，开始命名礼。

他伸手在古夫所捧的碗里蘸了红赭土膏，从婴儿的双眉脊交会处往下到鼻尖处画了一道。

"乌芭，这女孩名叫乌芭。"莫格乌尔说。寒风疾吹过阳光照拂着的山洞入口处，扫过一丝不挂的婴儿身上，婴儿发出健康的号哭，盖过族人赞赏的低语。

"乌芭。"伊札重复道，抱着她发抖的宝宝。莫格乌尔以伊札母亲的母亲之名替她女儿命了名。她想，这名字取得真好，以此弥补自己无缘认识已故的乌芭的遗憾。部落成员鱼贯经过，每个人复诵这个名字，以让自己和自己的图腾熟悉这个新成员。伊札小心地低着头，以免不小心看到前来跟她女儿打招呼的任何男人。然后，她替婴儿裹上暖暖的兔皮，放进自己的外衣内，紧贴着肌肤。她开始哺乳，婴儿的哭声也戛然而止。伊札走回女人堆中自己的位置，空出位置给配对仪式。

在这次典礼上，且只有在这次典礼上，涂抹的圣膏才以黄赭土为原料。古夫将盛了黄色油膏的碗端给莫格乌尔，莫格乌尔将其牢牢地夹在残臂的腋下。身为配对当事人，古夫不能当巫师助手。他在圣人面前站定，等格洛德牵出他配偶的女儿。乌卡看着，心情既骄傲又难过，骄傲的是女儿有了好配偶，难过的是要看着她离开自家的火堆地盘了。奥芙拉穿上新外衣，低头看着脚，紧跟在格洛德后面走上前，但娇羞地垂着的脸上散发着喜悦。她显然很喜欢自己获许配的对象，在古夫面前盘腿坐下，眼睛看着下方。

莫格乌尔以无声的正式肢体语言再度跟神灵讲话，然后以中指蘸了碗里暗黄褐色的膏，在古夫的图腾标记上画上奥芙拉的图腾标记，象征两人之灵的结合。他再蘸取油膏，将古夫的标记画在她的图腾标记上，画时顺着疤痕的轮廓把她的标记弄模糊，借此表示他的支配地位。

"古夫的图腾原牛之灵,你的标记已征服奥芙拉的图腾河狸之灵,"莫格乌尔以肢体动作示意,"愿乌尔苏斯让这件事永不改变。古夫,你接受这个女人吗?"

古夫轻拍奥芙拉的肩膀,示意她随他走进洞里,前往以小漂砾新圈出来的古夫的火堆地盘,以此回应莫格乌尔。奥芙拉迅速起身,跟着她的新配偶走去。她别无选择,没有人会问她是否接受这个男人。这对配偶将受隔离,幽居于该火堆旁达十四天,在这期间,两人分开睡。隔离期结束时,众男人会在小洞穴里举行典礼,巩固这一结合。

在洞熊族里,配对是十足的精神活动,首先向全部落的人宣告,但以只有男人参加的秘密仪式作结。在这个原始社会里,性就和吃饭、睡觉一样自然、无拘。借由观察大人,小孩学到性事,一如学到其他技能和习俗。他们从小就玩性交游戏,一如他们模仿大人的其他作为。进入青春期而尚未亲手猎杀猎物的男孩处于小孩、大人之间的过渡状态。这个时期的男孩偶尔会破坏女孩的处女膜,但如果女孩落红,男孩会有些害怕,迅速地甩下女孩跑开。

男人随时可以找任何女人泄欲,唯一的例外是自己的女性手足,长久以来都是如此。一般来讲,基于尊重另一个男人的资产,男女婚配后会保持某种程度的忠贞。但洞熊族人认为,男人坐怀不乱比上了自己血缘最亲的女人还教人瞧不起。女人看上哪个男人时,很喜欢做出娇羞、含蓄而带挑逗意味的动作勾引该男人。对洞熊族人而言,新生命是由无所不在的众图腾的元精形成的,性交和生子这两者之间没有任何关系。

接着举行了德鲁格、阿葛的配对礼。这对配偶将有一段时间不能与部落里的人往来,但该火堆地盘的其他成员除外。住在德鲁格火堆地盘里的其他人可以随意来去该火堆地盘。第二对配偶进洞后,众女人围聚在伊札和其小宝宝身边。

"伊札,她实在完美。"娥布拉兴奋地说道,"老实说,知道你在久未怀孕后终于怀孕了,我还真有点儿担心。"

"众神灵保护我。"伊札以动作示意道,"强图腾一旦屈从,就会协助创造出健康的小孩。"

"我原来担心那女孩的图腾可能有不良影响。她看起来那么不一样,她的图腾那么强,搞不好会让你生出畸形儿。"阿芭说道。

"爱拉是福星,带给我好运。"伊札立即反驳,同时留意爱拉是否注意到了。女孩紧待在附近,正看着抱着伊札的宝宝的奥佳,眼神里带着骄傲,仿佛乌芭是自己的女儿。她未察觉到阿芭的话,但伊札不喜欢这类想法四处传播。"她不是已带给我们所有人好运?"

"但你没有好运到生个男孩。"阿芭不死心,坚持自己的观点。

"我本来就希望生女孩,阿芭。"伊札说。

"伊札!这种事你怎么能说出来!"女人们大为震惊。她们很少坦承较喜欢女孩。

"我不觉得这有什么好大惊小怪的。"乌卡跳出来替伊札说话,"生个儿子,照顾他,哺育他,养大他;然后,一旦长大成人,他就走了。他不是在打猎时丧命,就是死于其他方式。有一半男孩在还是年轻男子时就丧命了。至少奥芙拉还可以多活几年。"

这位母亲在洞穴塌陷时失去了儿子,她们都很难过她的遭遇,也都知道她非常哀痛。娥布拉巧妙地转移了话题。

"不知道我们会在这个新洞穴里待几个冬天。"

"打猎一直很有收获,且我们已采集了那么多东西贮存起来,储备的食物很多。猎人今天要出去，大概是最后一次。希望贮存处有足够的空间将食物全冷冻起来。"伊卡说，"他们看起来越来越不耐烦了，我们最好去替他们料理些吃的。"

这些女人不甘不愿地离开伊札和婴儿，前去准备早餐。爱拉在伊札的身旁坐下，伊札伸手环抱住她，另一只手抱着宝宝。伊札心情愉快，愉快能在清冷、晴朗的初冬里待在外面；愉快生下了小孩，健康的小孩，且是个女孩；愉快住进了这个山洞，且克雷伯已决定养她；愉快有这个身子瘦弱、白肤金发的古怪女孩在身旁。她看看乌芭，又看看爱拉。女人心想："我的女儿，她们都是我的女儿。大家知道乌芭将会是女巫医，但爱拉也会是女巫医。我打定主意要这么做，谁晓得，说不定有一天她会是伟大的女巫医。"

# CHAPTER 9

第九章

"干轻雪之灵娶粒雪之灵为妻之后，粒雪之灵生下浑身发亮的冰山。冰山住在遥远的北方，他日渐长大，横跨陆地，挡住太阳灵发出的热力，害得大地寸草不生。因此，太阳灵非常气冰山。太阳灵决定除掉冰山，这件事被粒雪之灵的手足风暴云之灵知道了。到了夏天，太阳威力最强的时候，风暴云之灵来和太阳战斗，想挽救冰山的性命。"

爱拉坐着看多夫叙述这个耳熟能详的传说，乌芭坐在她的大腿上。这个故事她已记得滚瓜烂熟，但仍看得入迷。那是她最爱的故事，百看不厌。但她怀里一岁半大、正在学步的宝宝对爱拉长长的金发更感兴趣，胖乎乎的小手紧紧地攥着她的头发玩。爱拉的手忙着解开乌芭的拳头，救出自己的头发，视线却一刻也没离开站在火堆旁的那个老人。全部落的人都在认真地观赏他以扣人心弦的无声动作重述这则故事。

"有时候，太阳占上风，骄阳照在坚硬寒冷的冰上，把冰融化，让冰山元气大失。但在更多日子里，风暴云遮住了太阳的脸，使他的热力无法融化冰山太多地方。夏天，冰山挨饿，日渐消瘦；但冬天，他母亲会带来她配偶所给的养分，把儿子喂得饱饱的，他就会恢复健康的模样。每年夏天，太阳努力要摧毁冰山，但风暴云让太阳无法将冰山在前一个冬天发育的部分全融掉。每年冬季降临时，冰山的身子总是比前一个冬天更高大；他一年一年长大，往外扩张，覆盖更多土地。

"随着他越长越大,天气变得酷寒。风怒号,雪飞落,冰山悄悄地逼近人居住的地方。洞熊族人冷得发抖,大家紧紧地靠在一起,窝在火边,雪落在他们身上。"

风呼啸着穿过洞外片叶不剩的秃树,替这个故事添加音效,爱拉的背脊感到一阵心有戚戚的颤抖。

"洞熊族人不知所措:'图腾灵为什么不再保护我们?我们做了什么,让他们生我们的气?'莫格乌尔决定亲自出去找神灵,跟他们谈谈。他出去了很久,许多人等他回来,等得焦躁不安,特别是年轻人。

"其中,杜尔克最没耐心。'莫格乌尔不可能回来了,'他说,'我们的图腾不喜欢这寒冷的天气,已经离开了,我们也该走了。'

"'我们不能离开家园,'头目说话了,'这里是洞熊族人自古以来居住的地方,是我们祖先的家,是我们图腾灵的家。他们没有离开。他们是在生我们的气,但我们若没有栖身之所,就带他们离开熟悉的家,那只会让他们更不高兴。我们不能离开,不能带他们走。我们能去哪里?'

"'我们的图腾灵已经离开了,'杜尔克继续争辩,'如果我们找到更好的地方,那他们或许会回来。我们可以往南走,朝着秋天鸟避寒飞走的方向,走到太阳国度的东边。我们可以去冰山没法儿施威的地方。冰山移动得很慢,我们可以跑得跟风一样快,他绝对跟不上。如果待在这里,我们会冻死。'

"'不,我们得等莫格乌尔。他一定会回来告诉我们该怎么办。'头目命令道。但杜尔克不听他的忠告。他不断游说、争辩,有些人动摇了,决定跟杜尔克离开。

"'别走,'其他人恳求,'留下来,等莫格乌尔回来再说。'

"杜尔克不为所动。'莫格乌尔找不到神灵的,他永远不会回来了。我们现在要走了,跟我们一起去找新家园吧,到冰山活不了的地方。'

"'不,'他们回答,'我们要等。'

"做母亲的和她们的配偶为离去的年轻男女伤心,认为他们劫数难逃。他们一直等莫格乌尔,但等了许多天,莫格乌尔还是没回来。他们开始动摇了,怀疑是不是早该跟杜尔克走。

"然后,有一天,洞熊族人看到一个奇怪的动物走近,那动物竟然不怕火!大家又惊讶又害怕,盯着这从没见过的怪物。那动物越走越近,他们才发现那根本不是动物,而是莫格乌尔!他披着洞熊的毛皮,终于回来了。他把从'大洞熊之灵乌尔苏斯'那儿听到的话告诉洞熊族人。

"乌尔苏斯要人住在山洞里,穿动物的毛皮,夏天打猎、采集食物,把食物贮存起来,冬天没法儿打猎时才有东西吃。从此,洞熊族人时时谨记乌尔苏斯的教导。无论冰山再怎么发威,都不能把人赶离家园了。冰山发出再多的寒气与白雪,人也不离开、不退缩。

"最后,冰山屈服了。他生着闷气,不愿再和太阳搏斗。风暴云很生气,因为冰山不愿再战,不愿再帮他。冰山决定离开,回到他北方的故乡,寒气也跟着他离去。太阳欣喜若狂,乘胜追击,直追到他北方的故乡。冰山无处躲避太阳的热力,终于被摧毁了。有好多好多年,没有冬天,只有漫长的夏日。

"但粒雪死了儿子,非常悲痛,渐渐地虚弱下去。干轻雪希望她再生个儿子,就请风暴云之灵来帮忙。风暴云同情手足的遭遇,帮干轻雪带养分给她,让她变健壮。他再度遮住太阳,干轻雪则在附近盘旋,撒出他的灵,让粒雪吞下去,她终于又生出一个冰山来。但是,人们谨记乌尔苏斯的教导,冰山再也无法将洞熊族人赶离家园了。

"至于杜尔克和跟他一起离开的人下场如何呢?有人说他们被狼、狮子吃掉了,有人说他们被大水淹死了。还有人说,当他们抵达太阳的国度时,太阳因为杜尔克一行人想要他的土地而大发雷霆,从空中射出一团火球,吞噬了他们。他们消失了,再也没有人见过他们。"

"你看吧,佛恩,"爱拉看到阿葛这么告诫儿子,每当看完杜尔克的故事,阿葛总是这么说,"你一定得时时注意母亲,注意德鲁格、布伦、莫格乌尔,绝不能不听话,绝不能离开部落,不然你也会失踪。"

"克雷伯,"爱拉向坐在身旁的巫师说,"你想,杜尔克他们会不会找到新地方住了?他是失踪了,但没有人看到他死,对不对?他可能还活着,对不对?"

"没有人看见他失踪,爱拉,但只有两三个男人是很难打猎的。或许夏天他们能猎到不少小动物,但猎大型动物就难得多、危险得多,而要过冬就需要贮存够多的大型猎物。而且,在抵达太阳国度之前,他们得挨过好多个冬天。图腾需要栖身之所。居无定所、四处流浪的人,图腾大概会弃之而去。你不会希望你的图腾离你而去,对不对?"

爱拉不觉把手伸向自己的护身囊。"但我孤单一人、无家可归的时候,我的图腾也没有遗弃我。"

"那是因为他在考验你。他替你找到了安身的家,记得吗?穴狮是强大的图腾,爱拉。是他选中你的,他之所以会保护你,完全是因为他选中了你。但凡是图腾,都会比较高兴有家可住。如果你时时注意他,他就会帮助你。他会告诉你怎样最好。"

"我要怎么知道,克雷伯?"爱拉问,"我从来没见过穴狮之灵。你怎么知道图腾在告诉你事情?"

"你看不到你图腾的灵,因为他是你的一部分,在你的身体里。但他会告诉你。你得学会理解。如果你要做决定,他会帮你。如果你做了正确的抉择,他会给你信号。"

"什么样的信号?"

"那很难说。通常是很特别、不寻常的事,可能是你从未见过的石头或形状特殊、对你有意义的根。你得学会用心、头脑去了解,而非用眼睛、耳朵,然后你就会领悟。只有你能了解你的图腾,没有人能告诉你该如何了解。但时候到了,你会发现图腾留给你的信号。记得把它放入护身囊,那会带给你好运。"

"克雷伯,你的护身囊里有你的图腾给的信号?"女孩以手势示意,盯着挂在巫师脖子上藏着东西的小皮囊。她让扭动的宝宝站起来走向伊札。

"没错,"他点头,"有一个是获选为巫师助手时我得到的洞熊牙齿。这牙齿不是在熊的颌骨里,而是躺在我脚边的石头上。我坐下时并未发现。这颗牙齿很健康,没有蛀,没有磨损。那是乌尔苏斯发出的信号,表示我已做出正确的决定。"

"我的图腾也会给我信号吗?"

"没有人知道。或许在你有重大决定需要下的时候吧。只要有护身囊,让图腾能找到你,时候到了,你就会知道。千万小心,别丢了护身囊,爱拉。那是你的图腾被宣布的时候给你的,你的灵得到他的确认,护身囊里就装着灵的一部分。没有护身囊,你的图腾灵出远门后就找不到路回来。他会迷路,在灵界里找自己的家。如果护身囊掉了而不赶快找回来,你就会死掉。"

爱拉听得毛骨悚然,摸了摸用坚韧的皮带挂在自己脖子上的小皮囊，不知道什么时候会得到自己图腾的信号。"你觉得，当杜尔克决定离开部落去寻找太阳国度的时候，他的图腾有给他信号吗？"

"没人知道，爱拉。传说没提到这个。"

"我觉得，杜尔克很勇敢，敢出去找新家园。"

"他或许勇敢，但很蠢，"克雷伯答道，"他离开部落和祖先的家，冒这么大的险，是为了什么？为了找个不一样的地方，不甘于死守在一个地方。有些年轻人认为杜尔克很勇敢，但等到年纪更大、懂得的事更多的时候，就会明白了。"

"我喜欢他，因为他不一样。"爱拉说，"这是我最喜欢的传说。"

爱拉看到女人们起身去准备晚餐，就跳起来跟在她们后面。女孩走后，克雷伯不禁摇头。每当他认为爱拉已真正理解、接受了洞熊族的习俗时，她就会说出或做出让他大吃一惊的事。并不是她犯了错或做了不该做的事，而是她的行为完全不符洞熊族的作风。这个传说的用意本来在于让人了解不遵守传统是多么大谬不然的事，爱拉却反倒赞赏故事中那个鲁莽躁进、妄想变革的年轻人。她有可能甩掉她那与洞熊族格格不入的想法吗？他怀疑。但是克雷伯承认，她学得很快。

照习俗，洞熊族女孩七八岁时就得娴熟妇女的技能，许多女孩在这时候成年，接着就有了配偶。当他们发现爱拉时，她孤零零一个人，几乎饿死，不知道怎么觅食。但是，这一年多来，她不只学会了如何找食物，还懂得了如何料理、保存食物。她还学会了其他许多重要的技能，即使不像经验丰富的妇女那么老到，至少也和某些年轻女人一样灵巧。

她会剥兽皮，加工后做成外衣、斗篷和各种用途的小皮袋。她可以将长长一卷的兽皮裁切成数条等宽的皮带。她拿动物的筋、长毛或粗硬的树皮、树根做成绳索，绳索按照不同的用途有粗有细，有的坚韧，有的精致。她用粗叶、根、树皮编织而成的篓子、垫子、网子都非常出色。她能以小块燧石打磨成粗糙的石斧，或从石块上敲下边缘锐利的薄片，当作刀子或刮削器，本事之高，连德鲁格也佩服。她也会把横切的木头挖凿成碗，表面磨得光亮平滑。她也学会了用两手夹住削尖的枯枝，对着另一根木头钻，直到闷燃的热煤块冒出火，继而点燃干火绒生火。这比两个人轮流做用力钻动削尖的枯枝的单调苦差事要难得多。更让人吃惊的是，她似乎靠着本能，再加上耳濡目染，学会了伊札的医学知识。克雷伯心想，伊札说得没错，她学东西根本不需要那些记忆。

爱拉正将薯蓣切片，放进皮锅里煮。把腐坏的地方切掉后，每块薯蓣可以吃的部分剩得不多。冬天，他们将食物贮存在山洞深处，那里干燥凉爽，但在冬末，蔬菜就开始腐烂。好几天前，爱拉注意到，冰封的溪面出现涓涓流水，表示溪水不久后就要破冰而出，她便开始幻想那即将降临的季节。她盼望春天早点儿来临，盼望春天带来的新绿，盼望切开枫树皮后渗出的甜美树汁。她想象着把枫树汁放进大皮锅里慢慢熬煮，煮成黏稠的糖浆，或结晶成糖，存放在桦树皮制的容器里。桦树也分泌甜汁，但没枫树汁那么甜。

漫漫长冬，被困在洞里，她觉得不耐烦、无聊，有这种心情的可不止她一个。那天稍早，风转向为南风，吹了好一阵子，从海上带来温暖的空气。三角形洞口顶端垂下来的长长冰柱在南风的吹拂下融化滴水。接着，气温又降低了，风又转向了，再度吹起冰冷狂暴的东风，闪闪发亮的冰柱再度冻结，一整个冬天在不断长大的尖冰锥变得更长更粗。但暖风的气息让每个人想到，冬季即将结束。

女人们边聊边干活儿，双手在料理食物的同时也忙着比画，快速地用手语聊天。冬末时节，存粮变少，她们把食物凑在一块儿煮，不过各家仍分开吃饭，除了特殊场合。冬季，他们经常大开宴席，纾解困居山洞的无聊。但随着冬季渐近尾声，盛宴的菜色也变差了。他们的食物还够，暴风雪过后，猎人会赶在下一场暴风雪来临前辛苦地猎回小型猎物或年老的鹿，让族人吃点儿难得的新鲜兽肉。就算没有新鲜的肉，他们也照样能活得好好的，因为贮存的干粮很多。女人们仍沉醉在说故事的气氛中，阿芭说起一个女人的故事。

"……那小孩是畸形。他母亲按照头目的指示带小孩去丢掉，但她不忍心让小孩自生自灭，于是背着他爬到高高的树上，把他绑在连猫科动物也抓不到的最高的树枝上。她一走，小孩就大哭。到了晚上，那孩子肚子饿，哭声大得像狼嚎一样，吵得要命，没人睡得着。他日以继夜地哭，头目对这个母亲气得要命，但只要孩子哭，母亲就知道他还活着。

"命名礼那天，一大清早，这位母亲就再度爬上那棵树。她儿子不只还活着，也没有畸形了！他变得很正常，而且非常健康。头目不希望她儿子待在部落里，但既然这婴儿还活着，照规矩就得替他取名字，让他成为部落的一分子。后来，这男孩成为头目，对母亲当年把他放在安全无虞的地方时时感恩在心。即使有了配偶，他还是每次都把狩猎所得的肉分给她一份。他从没打过她、骂过她，总是对她很尊敬。"阿芭最后说道。

"什么样的婴儿出生后一连几天没吃奶还能活？"奥佳问，看着她已经睡着的健康的儿子布拉克，"如果这个母亲的配偶不是头目或日后会成为头目的男人，她儿子怎么能成为头目？"

奥佳以自己刚出生的儿子为豪，布劳德更自豪两人配对后配偶就这么快生出儿子。就连布伦在宝宝身边也卸下了他不苟言笑的威严。他抱着布拉克时眼神都变温和了。头目这个职位因为这个婴儿的降生而不致断绝。

"奥佳，如果你没生布拉克，谁会是下一个头目？"奥芙拉问，"如果你没生儿子，只生了女儿，会怎么样？或许那个母亲被许配给副头目，而头目出了意外。"她有些嫉妒这个比自己年轻的女人。奥芙拉已是女人，但还没有小孩，而且和古夫结为配偶比奥佳和布劳德早一步。

"总之，天生畸形的婴儿怎么可能突然变得正常而健康？"奥佳反驳。

"我猜，这个故事是某个生下畸形儿但盼望儿子正常的女人编出来的。"伊札说。

"但这是古老传说，伊札，历代相传的传说。或许很久以前有这样的事，但现在不可能。谁知道呢？"阿芭说，替自己的故事辩护。

"阿芭，或许很久以前有些事不一样，但我认为奥佳说得没错。一生下来就畸形的婴儿不会突然变正常，也不可能在没人喂奶的情形下挨到命名礼那天。不过，这是古老的故事，谁晓得，或许里面有一部分是真的。"伊札不情愿地承认道。

食物准备好了，伊札将食物端到克雷伯的火堆地盘，爱拉抱起咿呀乱叫、还在学步的婴儿跟在伊札后面。最近伊札瘦了，没以前那么壮，乌芭大部分时间由爱拉带。两个女孩产生了特殊的情感，爱拉走到哪儿，乌芭就跟到哪儿，爱拉似乎也不觉得烦。

吃完饭后，乌芭去母亲那儿要奶吃，不久就开始闹脾气。伊札一直咳嗽，乌芭更不耐烦。最后，伊札把哇哇大哭的孩子推给爱拉。

"带这小鬼出去,看奥佳或阿葛愿不愿意喂她奶。"伊札以手势示意,一脸气恼,频频干咳。

"你还好吧,伊札?"爱拉担心地问。

"我已经很老了,老得照顾不来这么小的小孩。我快分泌不出奶水了,就这样。乌芭很饿。上一次是阿葛喂的她,但我想,她已喂过奥娜吃奶,大概没剩多少奶水了。奥佳说她乳汁过剩,今晚把这小鬼带去给她。"伊札注意到克雷伯正紧盯着她,当爱拉把小孩带去给奥佳时,她把头转向一边。

爱拉走近布劳德的火堆时非常留意走路的方式,规规矩矩地低着头。她知道,一丁点儿差错就会惹这个年轻男人发火。她深信他在找理由痛骂她或打她一顿,她可不想因为自己做错事,惹得他要她把乌芭带走。奥佳很喜欢喂伊札的女儿吃奶,但布劳德在旁边盯着,爱拉和奥佳没有交谈。乌芭吃饱后,爱拉带她回来,坐下来抱着她轻摇,低声哼唱哄她睡觉。这婴儿每次听到她哼唱就会安静下来。爱拉早忘记自己刚来时讲的语言了,但抱着乌芭时还是会低声哼唱。

"我是脾气暴躁的老女人,"当爱拉放下乌芭时,伊札对她说,"我年纪很大才生下小孩,已经快分泌不出奶水了,而乌芭还不到断奶的年纪,甚至还没过学步年,但也没办法。明天我会教你做宝宝吃的特殊食物。如果自己还应付得来,我不想把乌芭交给别的女人。"

"把乌芭交给别的女人!你怎么可以把乌芭交给别人,她该和我们在一块儿!"

"爱拉,我也不想抛弃她,但她得吃饱,而从我身上她吃不饱。我们不能老是在我奶水不够时把她带给别人喂。奥佳的小孩还小,她才有那么多乳汁,但布拉克在慢慢长大,她的奶水量也会配合他的需求变少。就像阿葛，她没有多余的奶水了，除非她还有一个宝宝要常常喂。"伊札解释道。

"真希望我可以喂她吃奶！"

"爱拉，你也许和成年女人差不多高，但还不是女人。短期内你也不会出现成为女人的迹象。只有女人才能当妈妈，只有妈妈才能泌乳。我们要开始给乌芭吃正规的食物，看她能不能吃，但首先你得知道该怎么做。婴儿的食物得特别调制，进她嘴里的每样东西都必须是软的：她的乳牙还不太能咀嚼。谷物得磨得非常细再煮，干肉得碾成粗粉，加水煮成糊，生肉得把筋剔掉，蔬菜得先嚼烂。栎实还有剩吗？"

"上次我煮时还有一堆，但很多被老鼠、松鼠偷吃了，还有一些烂掉了。"爱拉说。

"找一找，有多少算多少。我们要把会苦的部分滤掉，把剩下的磨碎加进肉里。薯蓣对她也很好。你知道那些小蚌壳在哪儿吗？要够小，小到能放进她嘴里：她要学用蚌壳舀东西吃。冬天就要过去了，真是太好了，春天会为我们带来更多食物。"

伊札在女孩认真的脸上看到了专注而忧心的神情。她不止一次感谢爱拉的热心帮忙，特别是在这个冬天。她想，爱拉是不是上天在她怀孕时特地送来给她的？好让她在这么大一把年纪生小孩时有这个女孩当婴儿的继母。伊札之所以一身疲态，不只是因为年纪大。她不理会自己日渐衰退的健康，从不说胸痛或剧咳后有时会吐血，但她知道，克雷伯已察觉到，她的病情远比她透露的严重得多。他也老了，伊札心想。这个冬天他也很难挨。他在那个小洞里坐了太久，只有一根火把替他保暖。

老巫师那浓密蓬乱的长发日渐花白，关节炎再加上跛脚，每次走路都是痛苦的磨难。多年来，他因为只有单手，习惯用牙齿代替手拿东西，牙齿不堪磨损，已经开始发痛。不过，克雷伯很久以前就懂得忍痛了，毫无怨尤。他的心仍像以往那么强健，那么敏锐。他担心伊札的身体，他看着她和爱拉讨论如何制作婴儿食品，发现伊札结实的身躯竟瘦了一大圈。她面容瘦削，双眼深陷，突出的眉脊变得更加明显。她的手臂变细了，头发灰白了，最让他担心的是，她咳个不停。冬天的消逝令人欣慰，他想，她需要温暖和阳光。

冬天终于放开对大地的掌控，春日越来越暖，带来滂沱大雨。在山洞所处的海拔高度，冰雪早已融化，从远方的高山上冲下来的浮冰漂浮在高涨的溪水里。冰雪融化形成径流，把洞前潮湿的土壤变成一摊湿滑的烂泥，一踩下去就渗出水来。地下水往洞里渗，靠着入口处铺的石头，山洞才保持着相当的干燥。

但这摊吸水的烂泥无法打消族人出洞的念头。历经长冬困居洞内的他们一拥而出，迎接初暖的阳光和柔和的海风。在雪完全融化之前，他们赤脚嘎吱嘎吱地走在寒冷的烂泥地上，或穿着湿透的鞋吃力地行走，鞋子即使多抹一层油也挡不住水分。比起冰冷的冬天，伊札在日益暖和的春日更忙于治疗感冒的病人。

随着春意渐浓，太阳吸干大地的水分，部落的生活步调也加快了。他们用讲故事、闲聊、做器具和武器以及其他静态活动来消磨迟滞沉寂的冬天，如今，春天到来了，他们的生活变得忙碌热闹。女人出去采集初发的青绿嫩枝和幼芽，男人活动筋骨，练习打猎技巧，准备展开新季节到来后的第一场大狩猎。

乌芭很喜欢新的食物，只在习惯作祟或想依偎母亲得到安全感时才要奶吸。伊札较少咳嗽了，但身子还是很虚，体力很差，无法走太远。克雷伯再度拖着蹒跚的步伐和爱拉沿溪散步。四季里，爱拉最爱春天。

伊札大部分时间得待在山洞附近，于是爱拉开始到山坡上寻找植物，补充伊札的药材。伊札不放心她一个人出去，但其他女人都忙着采集食物，而且药草不像食用植物那样总长在同一个地方。一开始，伊札让爱拉背着乌芭，三人一起出去，想在入门阶段教她辨识常见植物、认识新植物，让她日后知道去哪里找。但是，出门几趟之后，伊札就累得吃不消了，最后不得已，只好让爱拉自己去。

爱拉觉得一个人去找植物很快乐，自由自在，不必承受族人紧盯的目光。当女人聚在一起工作时，她也常和她们在一块儿；但只要可以，她总是会尽快完成自己的工作，这样才有时间独自到林子里搜寻。她不只带认识的植物回来，也带回不熟悉的，好请教伊札那是什么。

布伦没有公开反对，他知道，总得有人帮伊札找植物，让她行使治病的巫术。他也注意到了伊札的病情。但爱拉热衷于单独出门，这让他不安。洞熊族女人不喜欢独来独往。伊札出去寻找特殊植物时，心里总是犹豫害怕，如果一个人去，会尽快回来。爱拉从不逃避她的职责，循规蹈矩，她的所作所为并没有能让布伦觉得不对的地方。毋宁说是某种感觉让布伦一直对她不放心，他觉得她的态度、作风、想法虽无不对，但就是与众不同。这女孩每次回来，外衣的褶层和采集篓里都塞满了植物，而只要采集工作缺不了她，布伦就没理由反对。

偶尔，爱拉带回来的不只有植物，她那让众人吃惊的特殊作风已经变成习惯了。虽然见怪不怪，但看到她竟然带着受伤或病重的动物回山洞，打算治好它们，大家还是不免侧目。乌芭出生后不久爱拉发现的那只兔子只是日后许多动物进洞的开端。她对动物很有一套：它们似乎感受得到她想救它们。先例既开，布伦就不想再更改。只有一次，她带了只幼狼回来，遭到拒绝。肉食动物是猎人的竞争对手，两者水火不容，绝不能敌友不分。猎人常常跟踪猎物，甚至是受伤的猎物，跟到已可上前猎杀的距离，然而，就在紧要关头，动作更快的肉食动物硬是把猎物抢走了。对于日后可能抢走部落猎物的动物，布伦不愿让她救。

有一次，当爱拉跪着挖草根时，一只兔子跳出灌木丛嗅她的脚，它的一只后腿有点儿变形。她一动也不动，缓缓地伸手轻抚兔子。"你是我的那只乌芭兔吗？"她想。"你已经长成强壮的大公兔咯。那次差点儿丧命的教训有没有让你提高警觉？要知道，你也该提防人哟。"她轻抚兔子柔软的毛皮，继续自言自语，"一不小心你就可能被人抓了烤来吃。"突然，不知什么东西吓到了这只兔子，它猛地跳起来，笔直往前蹿，又一个腾空后转冲回原来的地方。

"你跑得这么快，谁抓得到你！你那样转身是怎么办到的？"兔子迅速后退，她比着手势大笑起来。突然，她意识到这是长久以来她第一次大笑。和部落的人在一起时她很少笑，一笑总会惹来不以为然的目光。这天，她发现了许多有趣的事。

"爱拉，这块野樱桃树皮老了，没有用处了。"某天清早，伊扎示意道，"你今天出去时，看能不能弄些新鲜的回来。西边的溪流对岸林子里那块空地附近有片樱桃林。你知道我说的地方吗？取些内皮回来，一年里树皮就这时候质量最好。"

"好，母亲，我知道在哪里。"她回答。

那是个美丽的春日清晨。最后一批番红花开着紫色、白色的花朵，倚靠在长寿花高大优雅的根茎旁，初开的长寿花颜色艳黄。一片新长出来的稀疏绿草刚从潮湿的土里冒出小叶，为林中空地、圆丘的褐色土壤染上了水彩般的丰绿。初芽从灌木、乔木的枝上迸出，奋力重现新生，为光秃的树枝装点了点点绿意。褪色柳褪下假冒的毛皮，染白了其他植物的末梢。柔和的太阳鼓舞大地重现生机。

一离开部落的视线范围，爱拉就立即抛开规矩的步伐和端庄的姿态，爱怎么走就怎么走。她滑下缓坡，跑上另一道坡，自由自在地活动，不自觉地微笑起来。她一派悠闲地扫视身旁的植物，看不出其实她的脑子一刻也没停着，已将植物全在脑海中分类归档，供日后参考。

走过去年秋天她采商陆紫浆果的洼地时，她想："又有新的商陆长出来了，回头我要挖些根，伊札说商陆根可以治克雷伯的风湿。希望新鲜的樱桃树皮能治伊札的咳嗽。她的身体越来越好了，但还是很瘦。乌芭长得那么大、那么重，伊札不该再抱她了。如果可以的话，下次我带乌芭一起来。很高兴不必把她送给奥佳，她已经开始讲话了。等她再大些，我们就可以一起出来，一定很有意思。看看那些褪色柳，是幼苗的时候摸起来十足像披了毛皮，真是好玩，但长大后就变成了绿色。今天的天空真蓝，风里可以闻到海的味道，不晓得什么时候要去捕鱼。水应该很快就暖得可以游泳了。不知道为什么其他人都不喜欢游泳。海水咸咸的，不像溪水，但泡在海水里，我觉得身体变得很轻。实在等不及大家去捕鱼时再去海边啦。我最喜欢吃海鱼，不过也喜欢鸟蛋。我喜欢爬上峭壁找鸟蛋，在高高的峭壁上，风吹得很舒服。有只松鼠！它爬上那棵树了！真希望我也能爬上树。"

爱拉在山坡上的树林里闲逛，直到上午十点左右才突然想起来时间很晚了，她赶紧往林中空地走去，找伊札要的樱桃树皮。快到空地时,她听到有人的声音,仔细一看,原来是族里的男人聚在空地上。她想离开,但又想起樱桃树皮还没采,站着犹豫了一会儿。她想:"这些男人若看到我在附近,肯定会不高兴。布伦可能会生气,从此不再让我一个人出来。但是,伊札需要樱桃树皮啊。也许他们不会待太久。反正我也很想知道他们在干什么。"她悄悄地靠近,躲在大树后,从纠结光秃的灌木丛里偷看。

男人们正在练习使用武器,为狩猎做准备。她想起看过他们制作新矛。把细直柔韧的小树砍下,削掉树枝,将一端放进火里烧焦后,用坚实的燧石刮削器削尖。烧过以后,木质会变硬,不易碎裂磨损。她想起有一次她摸木矛引起的轩然大波,仍忍不住吓得往后缩。

女性不准摸武器,大人这么告诫她,甚至连制作武器的工具都不能碰。但爱拉看不出用来裁切皮革制作抛石索的刀和用来裁切皮革制作斗篷的刀有什么不同。被她摸过、受了冒犯的新木矛已经被烧掉了,制作那支矛的猎人暴跳如雷,克雷伯、伊札也训了她很长时间,要她了解这种行径是多么令人深恶痛绝。女人全都吓坏了,心想她怎么会有这种念头,布伦毫无掩饰的怒容说明了他对这件事的看法。但最教她无法忍受的是大家交相斥责她时布劳德脸上那得意的邪恶表情。他肯定是在幸灾乐祸。

女孩从灌木丛后面盯着空地练习场上的男人,觉得不安。除了矛,这些男人还有其他武器。大部分男人在练习使用抛石索和流星锤,只有多夫、格洛德、克罗哥在另一头讨论矛与棍的优劣。佛恩也跟来了,布伦已决定开始教他使抛石索,祖格正向他解释基本技巧。

佛恩五岁时,大人就偶尔带他到练习场了。他通常是拿他的迷你矛来练习的,将矛刺进软土或腐树里,摸索操控这武器的技巧。他总是很高兴能一起来,而且这回大人要开始教他更困难的环索投石本事了。地上插着一根杆子,不远处有一堆光滑的小圆石,是从小径旁的溪里捡来的。

祖格教佛恩抓住抛石索的两端,然后将小圆石放进长长的皮带中央较宽的凹处。这条抛石索很旧了,磨损得很厉害,祖格本来打算丢掉的,后来布伦要他教佛恩用抛石索,祖格心想,若把它截短点儿配合佛恩的身高,还可以用,于是留了下来。

爱拉看着看着,不知不觉着了迷。她专注地看着祖格的解说和示范,专心的程度一如那男孩。佛恩第一次试掷,抛石索缠成一团,石头掉了下来。这武器的窍门在于不断地甩动,利用离心力掷出石头,但对他而言,甩的动作很难上手。他每次都挥得不够快,石头无法停留在皮带的凹处,不断掉下来。

布劳德站在一旁看。佛恩是他的徒弟,对他景仰有加。男孩随时带在身旁、连睡觉也不离身的那根小矛就是布劳德做给他的。教佛恩如何握矛,当他如平辈、一起讨论平衡拿捏和刺击要领的也是布劳德。但现在,佛恩把景仰的对象转成了这位年纪较大的猎人,布劳德觉得自己的地位被取代了。他原本希望由自己来教这男孩所有技能的,当布伦要祖格教男孩使用抛石索时,他很生气。佛恩又试掷了好几次,都失败了,布劳德便打断了这场教学。

"佛恩,我来教你怎么做。"布劳德示意道,不理会那老人。

祖格后退几步,对这个傲慢的年轻人投以犀利的眼神。大家全停下手边的活动,看着他们,布伦则怒目而视。布伦不喜欢布劳德对部落里最厉害的射手如此傲慢。他已经命令祖格而非布劳德训练这个男孩了。布伦想，关心男孩无妨，但布劳德关心得太过火了。佛恩应该跟最厉害的人学，而布劳德心知肚明，抛石索并非自己最擅长的武器。他得明白，一个好头目必须善用每个人的本事。祖格最有本事，当其他人出去打猎时，他有时间教这男孩。布劳德越来越自大，他太骄傲了。如果他做事还是这么欠考虑，他怎么能给他高阶的职位？他必须了解，他之所以如此重要，并非只是因为他以后会成为头目。

布劳德从男孩手上接过抛石索，捡起一颗石头塞进抛石索的凹处，往杆子狠狠地抛去，结果石头距标杆还有一段距离就落地了。这是部落的男人使抛石索最常见的难题。他们的手臂关节有先天限制，手臂无法三百六十度活动，得想办法弥补这个限制。没打中目标的布劳德很生气，觉得有些难堪。他又捡起一颗石头，迅速掷出，想证明他做得到，他知道大家都在看。这条抛石索比他惯用的短，这回石头大幅度偏左，而且仍距标杆有一段距离。

"你是在教佛恩，还是想自己也来学学，布劳德？"祖格语带揶揄，"我可以把杆子移近点儿。"

布劳德不喜欢被祖格嘲笑，他大言不惭，挑起了众人的注意，竟屡屡失手，因此恼羞成怒。但他按捺怒气，又抛了一颗石头，结果这次矫枉过正，把石头远远地丢到标杆后方去了。

"如果你愿意等我教完这男孩，我很乐意也教教你，"祖格的语气流露着浓浓的嘲讽意味，"你看起来像是会用的样子。"骄傲的老男人觉得一肚子怨气终于纾解了。

"用这种又烂又旧的抛石索，佛恩怎么学得起来？"布劳德不甘受辱，突然发火，很不屑地把抛石索丢在地上，"用这根破烂的老东西，没人丢得出石头。佛恩，我来替你做一根新的抛石索。用老头子用过的抛石索,你别想学得成。他连打猎都不行了。"

这下祖格发火了。退出现役猎人的行列一直深深地打击着他的自尊,为了保有一丝尊严,祖格努力练习抛石索,把这个难使的武器练得炉火纯青。祖格以前是副头目,就像他配偶的儿子一样,他的自尊特别脆弱。

"当个老男人,总比自认是男人的男孩要好。"祖格反驳,伸手去拿布劳德脚边的抛石索。

这番话侮辱了布劳德的男人尊严,超过了他容忍的限度,情势再无转圜的余地。他再也按捺不住,出手推了老人一把。祖格毫无防备,重心不稳,猛地摔倒。他坐在地上,双腿叉得开开的,眼睛睁得老大,往上看,满脸惊讶。他怎么也想不到竟会发生这种事。

洞熊族猎人从不动手攻击其他猎人,这种惩罚只留给听不懂含蓄责备的女人。年轻男人旺盛的精力会在有人监督的角力、奔跑、刺矛竞技,或可提升猎技的抛石索练习、流星锤比赛中发泄掉。洞熊族是靠合作生存的,狩猎和自我克制的能力是衡量成为男人与否的指标。面对自己的鲁莽,布劳德吃惊的程度几乎和祖格差不多,他一意识到自己干了什么好事,就立刻窘得涨红了脸。

"布劳德!"头目大吼,他已在爆发的边缘。布劳德一抬头,就不禁后退了好几步,他从未见过布伦这么生气。头目走近他,每一步都威严沉稳,手势干净利落且忍着怒气。

"这种幼稚的脾气不可原谅!要不是你已是最低阶的猎人,我会要你好看。到底是谁要你干预这男孩的学习?我是叫你还是祖格去训练佛恩?"头目的眼里闪现怒火,"你说自己是猎人?你连当男人都不够格!佛恩克制情绪的能力比你强。女人都比你懂得自我克制。你是未来的头目，你以后要这样领导众男人？你连自己都管不住，还指望能管住整个部落？对你的未来别那么笃定，布劳德。祖格说得没错，你自认为是男人，其实是小孩。"

布劳德羞得无地自容。他从未这么丢脸过，而且是在众猎人面前，在佛恩面前。他想跑开躲起来，觉得这耻辱大家永远不会忘记。他宁可面对猛冲而来的穴狮，也不愿面对布伦的怒火。布伦很少发火，很少不得不发火。这位头目以他不怒而威的威严、高明的领导力、临事不乱的自制力领导着全族。光靠他锐利的目光，就足以让部落所有人乖乖听话。布劳德低下头。

布伦看了一下太阳，示意大家离开。看着布伦毫不留情的斥责，其他猎人都很不自在，知道可以离开，全松了一口气。头目快步走回山洞里，他们跟在后面。布劳德殿后，脸还是通红的。

爱拉蹲在原地不动，几乎不敢呼吸。这一幕把她吓呆了。她知道她亲眼见到的事情是任何女人都绝对不准看到的。布劳德绝不可能在女人面前被这样严厉地斥责。不管男人碰上什么令人恼火的事，只要有女人在场，就都会保持他们坚不可破的同志情谊，不会撕破脸。这一幕让这个女孩见到了男人的另一面，她从不知道的另一面。她一直以为他们是可以为所欲为、不受拘束、不受惩罚的宰制者，其实并非如此。他们也要遵守命令，也可能遭到斥责。似乎只有布伦一人是全能而至高无上的统治者。她不知道布伦受到的约束远比其他人来得多，包括洞熊族的传统习俗、宰制自然且深不可测的神灵以及他自身的责任感。

爱拉担心男人会回来，在他们离开练习场许久后仍不敢出来。最后，她从树后面走出来，心里仍忐忑不安。她刚刚看穿了部落男人的本质,这本质的深层含义她不完全懂,但有一点她知道:她看到布劳德和女人一样顺服,这让她很高兴。她早就讨厌这个傲慢的年轻人,他毫无怜悯之心,老找她的碴儿,她犯了一点儿小错就斥责她,有时她甚至不知道那是不是真的错了。他动不动就发火,常拿她当出气筒。她再怎么努力,似乎也无法让他高兴。

爱拉穿过林中空地,想着刚刚发生的事。接近标杆时,她看到布劳德愤而丢下的抛石索还在地上,那些男人忘了拿就离开了。她盯着它,不敢碰,那是武器。一想到如果自己做了什么错事,让布伦像对布劳德那样对自己发火,她就不禁浑身打战。她来回思索刚刚目睹的整件事,再看看那条松垮的皮带。她想起祖格对佛恩的教导,佛恩怎么学都学不会。真有这么难吗?如果祖格教她,她行吗?

她被自己这种离经叛道的念头吓了一大跳,然后四下张望,看附近有没有人,担心如果被人看到,连自己的心思也会被识破。她又想起来,就连布劳德也做不到。她想起布劳德竭力要打中标杆的模样以及他失手后祖格不屑的手势,脸上顿时闪过一丝微笑。

如果她能做到而他做不到,他岂不是要气炸了?想到自己有比布劳德更行的地方,她得意起来。她再度环顾四周,面带疑惧地看着地上的抛石索,俯身把它捡起来,觉得这老旧武器的皮革很柔韧。她突然想到,如果她被人发现拿抛石索,肯定难逃处罚。想到此,她差点儿把它丢下,连忙望向空地另一头男人离开的方向。她的目光落在那一小堆石头上。

"不知道我行不行。噢,布伦会发火,不知道他会怎么罚我。而克雷伯会说我很不乖,光是摸抛石索就已经很不乖了。摸一条皮革有什么好不乖的?只因为那是用来丢石头的?布伦会打我吗?布劳德肯定会。他会很高兴我摸了它,因为这样他就可以顺理成章地打我一顿。如果他知道了我见到的事,会不会发飙?他们一定会很生气,但如果我试一试抛石索,他们还会气到哪儿去?反正已经不乖了。我能不能用石头打到那根杆子?"

女孩想试用抛石索,又知道那是被禁止的事,犹豫不决了好久。这么做不对,她知道那不对。但她想试投看看。再多一件不乖的事,有什么差别?没有人会知道,这里除了自己,没有别人。她再度心虚地瞧瞧四周,然后走向石堆。

爱拉抓起一颗石头,努力回想祖格教的方法。她小心地将皮革两端用一只手握紧,皮革环松垮垮地垂下。她觉得自己笨手笨脚的,不太知道该怎么把石头放进磨损得很厉害的凹处。一动手甩,石头就掉下来,她试了好多次还是一样。她集中心思回想祖格的示范,又试了一次。这次差点儿带着石头挥起来了,但抛石索还是垂下来,石头掉到地上。

她又试了一次,终于让抛石索甩了起来,把圆石抛到好几步外。她雀跃极了,拿起一颗石头再试。接下来几次她都没甩成,但很快就成功地抛出了第二颗石头。接下来又是几次失败,然后又抛出了一颗石头,虽然仍偏离标杆,但离目标比较近了。她开始抓到诀窍。

整堆石头都丢完后,她把石头捡回来堆成一堆,一一抛出,然后再全部捡回来练。到了第四轮抛掷时,她已经可以抛出大部分石头,很少掉下来了。爱拉看地上,还剩三颗石头。她捡起一颗塞入抛石索,挥臂一甩,抛出石头。石头不偏不倚地击中标杆,发出"当"的一声然后弹开。她高兴得跳起来,开心得要命。

她办到了!她打中杆子了!其实那完全是运气,是歪打正着,但她还是非常高兴。接下来，石头飞偏了，远远地飞到了杆子后面，最后一颗石头在几步外就落了下来。但她已打中一次，她有把握再打中一次。

她再把石头捡在一块儿，发现太阳已经快落到西边的地平线了，她突然想起得替伊札采集野生樱桃树皮。"怎么这么晚了？"她想，"我整个下午都在这里？伊札一定很担心，克雷伯也是。"她连忙将抛石索塞进外衣褶层里，冲到樱桃树边用燧石刀割下外层树皮，刮下几张薄薄的长条内树皮。然后，她放足狂奔跑回山洞，只在靠近溪流时放慢脚步，恢复女性应有的拘谨步态。她担心出去这么久会挨骂，不想再给任何人更多生气的理由。

"爱拉！你去哪里了？我担心死了，以为你被野兽攻击了。我还打算请克雷伯说服布伦前去找你呢。"伊札一看到她，劈头就骂。

"我在四处看有哪些植物已开始生长，一直往下走到了林中空地那边，"爱拉觉得很内疚，"我不知道已经这么晚了。"她说的是实话，但没说出全部，"这是你要的樱桃树皮。去年长出商陆的地方现在又冒出商陆了。你不是告诉过我，它的根对克雷伯的风湿有用？"

"没错，但要先把根浸水，用这水涂抹患处可以减轻疼痛。商陆的浆果可泡茶，浆果的汁可以治增生的组织和肿块。"女巫医不由得开始回答她的问题，然后停下来，"爱拉，你在拿治疗的问题引我离开正题。你知道不该出去这么久，让我这么担心。"伊札示意道。知道女孩平安无事，她已经不生气了，但她要爱拉清楚明白绝不能再一个人出去这么久。每次爱拉出去，伊札都很担心。

"下次我不会在没跟你说的情况下出去太久，伊札。我只是没注意到已经这么晚了。"

当两人走进山洞时，整天在找爱拉的乌芭看到爱拉，立刻迈开粗短的弯腿跑了过来，却在跑到她面前时绊倒了。爱拉忙在乌芭落地前把她扶住，举起来在空中把她转过来抱着。"我什么时候可以带乌芭一起去，伊札？我不会去太久，我可以开始教她些东西。"

"她太小，听不懂的，她才刚开始学说话。"伊札说，但看到她们在一块儿这么快乐，她又说，"只要不走得太远，偶尔可以带她一起去。"

"耶，太好了！"爱拉一手抱着婴儿，一手搂住伊札。她把小女孩凌空举起来，开心地大笑，乌芭看着她，眼里满是崇拜。"会很好玩哦，乌芭！"她放下乌芭，说，"母亲肯让你跟我一起去了！"

"这孩子是怎么了？"伊札心想，"好久没看她这么兴奋了。今天空中必定有奇怪的神灵。首先是男人早早就回来了，然后没像往常一样坐在一起聊天，反倒回到各自的火堆，对女人几乎不看一眼。我没看到他们有谁挨骂了。就连布劳德也对我还不错。然后是爱拉在外头待了一整天，回来浑身是劲，见人就抱。真搞不懂是怎么回事。"

CHAPTER 10

第十章

"嗯？你要做什么？"祖格不耐烦地示意道。那是初夏时节，天气异常炎热。祖格在大太阳下用钝刮削器处理一大张正在晒干的鹿皮，口渴得难受。他不想被打扰，尤其是被这个扁脸的丑女孩打断工作。她刚刚在他的身旁坐下，低着头等他搭理。

祖格轻拍她的肩膀，她端庄地抬起头，示意道："祖格要不要喝杯水？"接着，爱拉以跟猎人应有的说话方式说道，"这女孩在泉水边看到这位猎人在大太阳下工作。这女孩心想这位猎人大概会口渴，并无意打扰。"她递上桦树皮杯子，拿出用山羊胃做的、正滴着水的凉水袋。

祖格咕哝着答应，看着她将凉水倒进给他的杯子，被她的体贴周到吓了一跳，但表面上装得若无其事。他一直忙得没心思告诉女人他想喝水，他也不想起身，因为鹿皮就快干了，他得继续处理，这样成品才能如他所希望的那么柔韧有弹性。他注视着女孩，看她将水袋放在附近的阴凉处，然后拿出一捆粗草和浸过水的树根，准备编织篓子。

自从他和儿子格洛德的配偶乌卡一起住，乌卡对他总是毕恭毕敬，有求必应，毫不迟疑，但她很少像他死去的配偶那样体贴，在他没开口前就先想到并满足他的需求。乌卡关注的重心在格洛德，祖格很怀念配偶那种全心奉献、无微不至的关怀。祖格的目光偶尔瞥向坐在附近的那个女孩,她沉静地专心工作。莫格乌尔把她调教得很好,他想。他拉紧、刮擦潮湿的鹿皮,爱拉用眼角余光瞅着他,但他没注意到。

那天晚上,这个老男人独自坐在山洞前,凝视远方。猎人们已经出发,乌卡和另外两个女人跟他们一起去了,祖格在古夫的火堆地盘和奥芙拉用了晚餐。看着奥芙拉如今长大成人且有了配偶,祖格想起似乎不久前她还是乌卡怀里的婴儿,不禁感叹岁月催人老,他已经没有体力跟男人一起去打猎了。晚餐后不久,他就离开了古夫的火堆。就在陷入千思万绪时,他看见那女孩捧着一只柳条碗走了过来。

"这女孩采的覆盆子多得吃不完,"她在祖格搭理后说道,"为了避免浪费,不知这位猎人是否还吃得下?"

祖格欣然接下她递上的碗,欣喜之情溢于言表。当祖格享用甜美多汁的浆果时,爱拉照规矩静静地坐在稍远处。他吃完后把碗还给她,她立即离开了。看着她的背影,他想:"不知道布劳德为什么说她没大没小。除了长得特别丑,我看不出她有什么地方不对劲。"

隔天,当祖格干活儿时,爱拉再度替他从凉泉里端水来,然后在附近摆起她做采集篓的材料。不久后,当祖格替柔软的鹿皮涂完油脂时,莫格乌尔一拐一拐地走了过来。

"在大太阳下整治兽皮很热。"他以动作示意道。

"我正在替男人做新的抛石索,我也答应了要替佛恩做条新的。抛石索的皮革必须非常有弹性,得一边让皮干燥,一边处理,使油脂完全吸收进去。在太阳下做这件事最理想。"

"猎人拿到的时候肯定会很高兴。"莫格乌尔说,"说到抛石索,大家都知道你是行家。我看过你教佛恩,他很幸运能有你来教,这门技艺很难上手。制作抛石索的手艺一定也很难。"

听到巫师的赞美，祖格露出笑颜。"明天我会把这块皮裁切开。我知道男人们需要的尺寸，再按照佛恩的身高另外裁一条给他。抛石索得配合手臂的长短，才能抛得又准又有力。"

"几天前你打回来的分给莫格乌尔的雷鸟，伊札和爱拉正在料理。伊札正在教女孩用我喜欢的方式烹调。今晚要不要到莫格乌尔的火堆地盘用餐？是爱拉要我来问你的，我很欢迎你来一起享用。有时男人喜欢跟男人聊天，而我的火堆地盘里只有女性。"

"祖格愿意和莫格乌尔共进晚餐。"老人回道，脸上明显露出欣喜的表情。

一起吃饭是很平常的，往往是两家一起用餐，特别是两家有亲戚关系的话。但莫格乌尔很少邀人到他的火堆地盘。拥有自己的地盘对他而言是相当新鲜的事，跟女人一起生活怡然自得，他乐在其中。但他从小就和祖格是朋友，一向喜欢他，尊敬他。祖格脸上的欣喜让莫格乌尔觉得应该更早邀请他。他很高兴爱拉的这项提议，毕竟祖格送了雷鸟给他。

伊札不习惯外人来自家的火堆。她既担心焦虑，又拿出了比平常更高明的厨艺来。她对香料植物的熟悉除了运用在医药上，也运用在调味上。她知道如何利用少许香料和完美的搭配来增加食物的美味。这顿晚餐非常可口，爱拉服侍得特别周到，而且不会让人觉得被打扰了，莫格乌尔对她们两人很满意。两个男人吃饱后，爱拉送上以洋甘菊和薄荷冲泡的精致茶饮，伊札认为这种茶有助消化。两个女性随侍在侧，在他们开口前就想到并满足了他们的需求，还有个咯咯笑的胖婴儿在他们的大腿上爬，扯他们的胡子玩，让他们仿佛回到了年轻时代。两个老人怡然地享受着这一切，聊起过去的时光。祖格很感激，有点儿嫉妒老巫师能享受这样的天伦之乐,莫格乌尔则觉得此刻的人生再美好不过了。

隔天,祖格在鹿皮上量尺寸,制作佛恩的新抛石索,爱拉在旁边看。老人解释裁下来的长条皮带为何要往两端渐渐收窄,为何不能太长也不能太短,爱拉仔细聆听。她看到祖格将一颗一直浸在水里的圆石头放在皮带环中央,将皮带撑成了杯状。当她递上一碗水时,他已经裁好了几条抛石索,正在收拾碎料。

"这些剩料祖格有其他用途吗?这皮看起来真软。"她示意道。

女孩善解人意又崇拜他,祖格不由得喜欢跟她交谈。"这些废料我没有其他用处,你想要吗?"

"女孩很感激。我想,其中有些废料还够大,可以用。"她低头示意道。

隔天,祖格很怀念有爱拉在他旁边干活儿,拿水给他喝。但他的活儿已经做完,武器都做好了。他看到她背着新编的采集篓往林子里走去,手上拿着挖掘棒。她肯定是要去替伊札采集植物,祖格想。他完全搞不懂布劳德那个家伙。他不大喜欢那个年轻男人:先前上课时布劳德攻击他的事他还记忆犹新。他干吗老是找她的碴儿?这女孩工作卖力,待人有礼,让莫格乌尔大有面子。莫格乌尔何其幸运,有她和伊札。祖格想起和这位伟大的巫师一起用餐的愉快夜晚,虽然没提起,但他记得是爱拉请莫格乌尔邀他去共进晚餐的。他看着直腿的高挑女孩离开,心想,可惜她这么丑,哪天哪个男人要了她,肯定很有福气。

爱拉用祖格的废料自己做了一条抛石索,替换那条已经坏掉的旧抛石索。她始终担心事迹败露，所以决定找个远离山洞的地方练一练。她沿着山洞附近的那条溪往上游走，奋力穿过森林中浓密的矮树丛，沿着支流的小溪往山上爬。

小溪的上游是一道瀑布，从陡峭的石壁上泻下，挡住她的去路。瀑布被凸起的峭岩分成数股细流，在山岩上激起水花，四周水汽氤氲。岩块表面长着浓密的柔软青苔，让锯齿状的轮廓比较柔和。水在瀑布底部聚成一个冒着泡沫的水潭，然后继续往下流，注入更大的溪里。这面石壁形成一道与溪水平行的障碍，但爱拉沿着石壁基部朝山洞的方向往回走，发现那里的坡度虽然陡，但还爬得上去。爬到石壁顶上，地形平坦，她继续往前走，接着到小溪上游，再度沿着小溪往更上游走。

松树和云杉是较高海拔的主要植物，树上披着潮湿的灰绿色地衣。松鼠急蹿上这些高树，疾奔过下方色彩斑驳的苔藓草皮。苔藓一路覆盖泥土、石头、倒木，连绵成片，色彩从浅黄到深绿都有。前方，她看到明亮的阳光从常绿树林的枝叶间泻下。她沿着小溪越往上行，树木越稀疏，混杂着生长不良、变成矮灌木丛的落叶树。突然，眼前豁然开朗，出现了一小片空地。她走出林子，空地另一端是高耸的灰褐色岩石，表面稀疏地覆盖着攀缘植物。

小溪蜿蜒地流过这片草地的一侧，源头是岩壁上喷出的涌泉，泉水附近有一大丛榛树紧贴着岩石生长。这条山脉密布着地下裂缝和斜槽，冰川径流流入地面之后，再以清澈、发亮的泉水的姿态现身。

爱拉越过这片高山草地，畅饮冰冷的泉水，然后停下来仔细打量两三粒一串的榛果，榛果包着多刺的绿皮，还没成熟。她摘下一串，剥掉外皮，咬开软壳，露出发亮、半熟的白色果肉。她比较喜欢还没熟的榛果，这味道让她胃口大开，她又摘了好几串放进篓子里。

刚才抵达时，她发现这片浓密的树丛后面有个黝黑的地方。她小心翼翼地推开树枝，原来浓密的榛树丛后面别有洞天，竟是个小洞穴。她用力拨开灌木丛往里瞧，人跨进去后树枝立刻弹回了原处。阳光在一面洞壁上打出斑驳的光影，微微照亮了洞内。这个小洞穴约三点六米深，约一点八米宽。如果她往上伸直手，几乎可以碰到入口顶端。洞的顶壁往内缓缓下降到约一半的位置，接着陡降，连着洞后部的干土地。

那只是山壁上的一个小洞，但小女孩在里面活动绰绰有余。她看到洞里有一堆腐烂的坚果，接近洞口处有一些松鼠的排泄物，于是判定这个洞穴没有更大型的动物住过。爱拉高兴得手舞足蹈绕圈子，这个发现实在太棒了。这洞穴似乎是专为她而设的。

她走出洞，朝空地另一头瞧了瞧，爬上光秃秃的岩石，小心地攀上蜿蜒于露头上的狭窄岩架。前方远处，两丘夹峙的隙缝中，可以看到波光粼粼的内陆海。眺望下方，细长的银带般的溪流旁有个小小的人影，她几乎就在部落山洞的正上方。她爬下山岩，绕着林中空地的边缘走。

"这地方太完美了，"她想，"我可以在这里练抛石索，附近有水可以喝，如果下雨还可以进洞躲雨。我也可以把抛石索藏在洞里，不必担心克雷伯或伊札会发现。这里甚至还有榛果，我可以带些回去过冬。男人几乎不会爬到这么高的地方来打猎，这里将是我专属的地方。"她跑过空地到溪边挑选光滑的小圆石，开始试用她的新抛石索。

一有机会，爱拉就爬上她的秘密基地练习。她发现，另有一条路线可到她的山上小草地，虽然比较陡，但路线较直，途中常吓到正在吃草的野绵羊、岩羚羊或害羞的鹿。但这些常造访此地的动物不久就习惯了她的存在,她来的时候,它们就移到林中草地的另一头。

随着技巧日趋熟练,抛石击杆变得没有挑战性,她开始设立更难的标靶。祖格教佛恩时她在旁边看,暗自记下祖格的意见和技巧,自己练习时再拿出来运用。对她而言,这是个很有趣的游戏,比较自己和佛恩的进步情形就更有趣了。抛石索并非佛恩最喜欢的武器,他觉得那比较像是老人家使的。他对矛更感兴趣,那是猎人的拿手武器,他已经成功地猎杀了一些跑得慢的小型动物及蛇、豪猪等。他没有像爱拉那么用心学习抛石索,对他来说,抛石索比较难学。知道自己比那男孩棒,她觉得很骄傲,很有成就感,平日的态度也有了微妙的转变。而这转变,布劳德察觉到了。

女性应该温顺服从,含蓄谦恭。当布劳德走近时,她却完全不退缩,让这个盛气凌人的年轻男子觉得很受冒犯,觉得男性尊严受到了威胁。他盯着她,想看看她有什么不一样;他动不动就打她,只为了看她的眼里闪现一丝惧意,或让她畏缩。

面对他,爱拉竭力响应得中规中矩,他要她做什么,她总是会尽快去做。她不知道自己的步伐带着不羁,那是她在森林、原野里流浪后不经意残留的习气;她不知道自己的举止带着骄傲,那是她学会一项困难的本领而且学得比别人出色后散发的气质;她也不知道她的神态透露出越来越强的自信。她不知道他为何特别爱找她的麻烦。布劳德自己也不知道她为什么这么惹他讨厌,原因很难说清楚。而她无法改变自己的作风,就像她无法改变自己眼睛的颜色一样。

布劳德之所以讨厌她,虽有一部分是因为他成年礼时的光彩被她抢去了,但真正的症结在于她不是洞熊族人。她所属的种族无数代以来都没有给女人灌输要绝对服从男人的信念。她属于"异族",一个更新、更年轻、更有活力、敢于创新的人种。洞熊族满脑子几乎都是记忆,这种脑子衍生出僵化的传统,束缚了他们的进步,但"异族"不受这种传统的束缚。她的脑子遵循着不同的发展路径,她高而饱满的额头有能前瞻思考的大脑额叶,使她可以从另一种角度理解事物。她能接受新事物,根据自己的意思改造新事物,并从新事物里演绎出洞熊族人想不到的道理。照着自然演化的规则,她的种族注定要取代这即将灭绝的古老种族。

在无意识的内心深处,布劳德感受到了两个种族消长的命运。爱拉不只威胁他的男性尊严,也威胁到他的生存。他之痛恨她,代表着旧之痛恨新,传统之痛恨创造,垂死者之痛恨存活者。布劳德的种族太静态了,一成不变。他们的发展已到极限,没有成长空间。爱拉是大自然的新实验的一部分,虽然她努力以部落女人的言行为榜样,但那只是表面行为,只是为了生存而装出来的行为。她已经找到方法避开这个格格不入的环境,满足内心深处想要尽情发挥自我的需求。虽然她想方设法地取悦这个专横的年轻男人,但反叛的念头已在内心燃起。

在一个特别让人难受的早上,爱拉走到池边喝水。男人们聚在洞前空地的另一端,计划着下一次的出猎。她很高兴他们要出去打猎,那代表布劳德将有一阵子在外头。她拿着杯子坐在平静的池水边,出神地想着事情。"他为什么老是对我这么凶?为什么老找我的麻烦?我和其他人一样卖力工作,他要我做的我全做了。这样苦苦逼我有什么好处?其他男人没有一个像他那样老找我的碴儿,真希望他放过我。"

"哎哟!"她突然被布劳德重重地打了一拳,不由得大叫起来。

每个人都停下来看她,然后迅速转开目光。像她那样快成年的女孩,不可以只因为被男人打就叫得这么大声。她转身朝向打她的人,不好意思得满脸通红。

"你只会坐着发呆,什么都不做,懒虫!"布劳德以手势示意道,"我要你去替我们端茶,你装作没看见。为什么我得告诉你不让一次你才会去做?"

一股怒气涌上心头,爱拉的脸涨得更红了。她为自己忍不住大叫而羞愧,为在整个部落的人面前失态而觉得丢脸,为布劳德造成这一切而对他怒不可遏。她站起身,但不是像平常那样迅速地跳起以听候指示,而是缓慢、傲慢地站起来,冷冷地瞪了布劳德一眼,才走开去取茶。旁观的族人都倒抽了一口气。她怎么敢这么放肆?

布劳德勃然大怒,跳起来追上去,把她翻转过来一拳打向她的脸。她应声倒地,他狠狠地补上一拳又一拳。她缩着身子用手臂保护自己,强忍着不哭叫出声,默默地承受他的殴打。布劳德非常意外,他见她不哭不求饶,越打越气,想逼她哭出来。他已经情绪失控了,一记记重拳如雨点落在她身上,她却咬紧牙根,忍着痛苦顽强抵抗,就是不让他称心如意。没多久,她即使想哭也哭不出来了。

透过蒙眬血红的视线,她隐约感觉到布劳德不再打她了。她感觉被伊札扶了起来。她蹒跚地走进洞,身子重重地靠在伊札身上,几乎不省人事,一会儿麻木得没有知觉,一会儿知觉恢复了,阵阵剧痛传遍全身。接着,她隐约感觉到凉凉的膏药好舒服,感觉到伊札扶起她的头让她喝苦药汤,然后她在药物的作用下沉沉地睡着了。

醒来的时候,黎明前微弱的光线勉强照出洞内熟悉的轮廓,火堆里将熄的煤块发出黯淡的火光,没什么照明效果。她想起床,身上每块肌肉、每根骨头却不让她移动身子。她忍不住发出呻吟,不一会儿,伊札就来到了她的身边。伊札的眼神传达了她的心情，满是对这女孩的哀伤和关心。她从没见过有谁被打得这么惨。就连她配偶揍她时也没这么惨。她确信，当初若没有人阻止，爱拉肯定会被布劳德活活打死。伊札从没料到会这样，再也不希望看见这样的景象。

爱拉想起那件事，心中充满恐惧与痛恨。她知道自己不该那么傲慢，但没理由就得受这顿毒打。她到底是为什么让他如此暴怒？

布伦非常生气，无声冷峻的怒意让部落的每个人都蹑手蹑脚地走路，尽量避开他。他不赞同爱拉的无礼，但布劳德的反应让他震惊。他有权惩罚那女孩，但惩罚得太过火了。甚至头目要他住手，他都置之不理，布伦不得不硬将他拉开。更糟的是，他失控是因为一个女孩。他竟因为一个女孩子而发怒失控，实在有失男子汉的气度。

上次在练习场训过布劳德之后，布伦已经认定绝不能让这个年轻男人再度失控。但就在刚才，布劳德又发了一顿脾气，比上次还糟糕，上次只是因为他幼稚。布劳德已经有成年男子的强壮体格了，发这样的火更教人看不下去。布伦第一次认真怀疑布劳德的智慧是否够格当他的接班人。这个刚毅坚忍的男人为此感到痛心，他所不想坦承的痛心。布劳德不只是他配偶的小孩，不只是他的宝贝儿子。布伦确信，是自己的灵创造了他，自己爱他更甚于自己的生命。布劳德这么不成材，教他非常愧疚。这一定是他的错，一定是他在哪个地方没做好，没把他养好、教好，太宠他了。

布伦过了好几天才跟布劳德讲话，他想给他时间好好反省。这期间，布劳德都处于紧张不安的状态，几乎没离开他的火堆地盘。当布伦终于示意他过去时，他几乎是如释重负，但跟在布伦后面时，他又惊恐得心扑通扑通直跳。这世上他最怕的就是布伦发怒，布伦这次没发作，才更让他了解了事情的严重性。

布伦以简单的肢体语言和无声的语调将内心的想法一五一十地告诉了布劳德。他把布劳德出错的责任归咎于自己，这让年轻男人感到前所未有的羞愧。听了这番话，他才懂布伦对他的爱和布伦内心的痛苦，而且布伦是以他从不知道的方式爱着他的。在这一刻，布伦不是布劳德一向敬畏的自负的头目，而是爱他、对他深深失望的男人。布劳德悔恨万分。

然后，布劳德看到布伦的眼神里满是决绝无情。这件事让布伦几乎伤透了心，但部落的利益必须摆在最前头。

"再失控发火，布劳德，只要再有一点儿这种表现，你就不再是我配偶的儿子。继我之后出任头目是你的权利，但为了不将这个部落交付给一个无法控制自己的人，我会先声明与你断绝关系，让你受到死咒。"头目继续说道，脸上毫无表情，"除非我看到你已是男人的迹象，否则你不可能继任头目。我会观察你，也会观察其他猎人。我不只得确认你不会再随便发脾气，还得知道你是个男人，布劳德。如果我不得不选择其他人为头目，到时你的地位将会是最低阶，永远是最低阶。我说得够清楚了吗？"

布劳德不敢相信。声明断绝关系？死咒？选别人为头目？永远是地位最低的男人？他不可能这么说。但布伦紧闭的嘴巴、冷酷坚决的表情教他无法怀疑。

"是，布伦。"布劳德点头，面如死灰。

"这件事我们都别跟人说。这样的改变，他们会很难接受，我不想引起不必要的忧心。但别怀疑，我说到就会做到。头目必须时时把部落的利益摆在自身利益前面，那是你必须学的第一件事。自制是当头目的根本条件，原因就在此。部落的存亡是头目的责任。头目比女人还不自由，布劳德。他得做许多自己未必想做的事。有必要的话，他甚至得和自己配偶的儿子断绝关系。懂吗？"

"懂。"布劳德回答。他其实不确定自己真的懂。头目怎么会比女人还不自由？头目想做什么就做什么，可以命令每个人，男人女人都一样。

"去吧，布劳德，我想一个人静静。"

爱拉在床上躺了好几天才能起身，又过了一阵子，她浑身上下的淡紫色瘀青才转成淡黄色，最后终于完全消失。一开始，她害怕得不敢走近布劳德，一看到他就立即躲开。但随着最后的疼痛消失，她发现了他的转变。他不再找她的麻烦，不再纠缠她，反倒刻意避开她。忘记疼痛后，她开始觉得这顿打挨得还算值得。自从那件事之后，她明白布劳德已经完全不理她了。

没有他时时骚扰，爱拉的生活自在多了。一直到压力消失，她才意识到过去自己竟然承受着这么大的压力。虽然生活仍和其他女人一样有局限，但她觉得比较自由了。她走起路来神采奕奕，双手恣意摆动，头抬得老高，兴奋起来就又跑又跳，甚至大笑出声。她的一举一动充分地流露着她自由自在的心境。伊札知道她很快乐，但她的行为太奇怪了，引来了很多不以为然的目光。她只是太雀跃了，但那不得体。

布劳德避开她，全部落的人也都看得出来，大家私下议论纷纷，揣测原因。好几回，爱拉不经意看到别人用手语交谈，她把看到的话拼凑出一个结论：是布伦警告布劳德，如果再打她就会有严重的后果，布劳德才这么收敛。就算她挑衅他，这年轻男人也视而不见，因此爱拉深信自己的想法没错。她本来只是有些不谨慎，没那么压抑本性，但后来她会刻意做出隐隐带着傲慢的举动。她完全没有表现出会惹来毒打的放肆不敬，而是在小地方使诡计惹火他。她痛恨他，想要报复，而且觉得一切有布伦罩着。

这是个小部落，虽然他千方百计地避开她，但在部落的正常互动中，总有些时候布劳德得吩咐她事情。她总是迟迟才回应。如果她以为没人注意，还会挑眉盯着他，做出只有她做得出的鬼脸，看他拼命忍着怒气。如果有别人在，特别是布伦在，她就很小心，她不想惹毛头目。但随着夏日一天天过去，她开始瞧不起布劳德的怒气，越来越公然违抗他的要求。

只有无意间看到他怀恨的眼神时，她才会怀疑自己这么做是否明智。他的眼神极其怨毒，几乎像是一记重拳打在她身上。布劳德把自己的地位岌岌可危完全归咎于她。若不是她那么傲慢，他不会那么生气。若不是因为她，他不会时时担心死咒临头。不论他怎么控制自己，她那副得意雀跃的样子都让他怒火攻心。她的行为极不得体，这太明显了，为什么其他男人都看不出来？为什么他们放任她这样无礼而不惩罚？他比以往更恨她，但只要布伦在场，他便小心地不流露出来。

两人的交锋转入地下，但交手更加激烈，女孩的动作也不像她以为的那样看不出来。其实整个部落的人都能看出他们之间的紧张关系，不解布伦为何放任不管。男人听头目的命令行事，不敢插手，甚至让女孩享有他们自己平常都没有的自由。整个部落所有男人、女人都为此惶惶不安。

布伦看不下去爱拉的行为。她自认别人看不出的诡计他全看在眼里，他也不喜欢布劳德任由她百般戏弄而无计可施。任何人都不容许傲慢犯上，特别是女性。看到女孩违抗男人的要求，他非常震惊。洞熊族里没有女人会有这种念头。她们自足于已有的地位，她们的地位不是后天造成的，而是与生俱来的状态。她们凭着深深的直觉了解自己对洞熊族延续的重要性。男人学不会她们的技艺，一如女人学不会打猎。女人的脑海里没有打猎的记忆。女人怎么会努力去改变与生俱来的状态，难道她会想要停止吃和呼吸吗？若非布伦已百分之百确知她是女子，从她的行为他大概会认为她是男子。但她已学到女人的技能，甚至表现出理解伊札巫术的天资。

布伦虽然苦恼，却按捺着不干预，他看得出，布劳德在竭力自制。爱拉的挑衅反倒可以帮布劳德锻炼心性，掌控脾气，而掌控脾气是日后成为头目的基本条件。布伦一直在认真考虑找个新的接班人，但还是同情配偶儿子的处境。布劳德打起猎来天不怕地不怕，布伦很为他的勇敢而自豪。如果他能学会改正自己那明显的缺点，布伦认为他会是优秀的头目。

爱拉对自己周遭的紧张气氛不太有感觉。那年夏天是她有生以来过得最快乐的时期。因为变得比以前自由了，她更常独自四处乱跑，采集香料植物，练习抛石索。任何要求她做的杂活儿她都不逃避——其实也逃不掉——但帮伊札采回所需植物这项工作让她可以顺理成章地外出。伊札的咳嗽随着炎夏到来而消退，但体力一直未能百分之百恢复。克雷伯、伊札都担心爱拉。伊札认为不能再这样下去了，于是决定跟女孩一起出去采集植物，趁机跟她谈谈。

"乌芭，来，母亲准备好了。"爱拉抱起正在学步的小孩，用斗篷牢牢地固定在自己的臀上。三人走下山坡，越过西边的溪流，循着兽径穿越林子。这条野兽踩出的小路因为偶尔有人走，已经变得比较宽。

来到开阔草地时,伊札停下看看四周,然后朝一片花丛走去。黄色的花朵非常艳丽,长在高茎上,就像紫菀。

"这是土木香,爱拉,"伊札说,"通常生长在原野和开阔地,叶子很大,末端收尖呈椭圆形,叶面是深绿色的,叶背有一层茸毛,你瞧。"伊札跪着,手拿一片叶子,解释道,"叶子的主脉很粗,多肉。"伊札扯断叶子给她看。

"是,母亲,我知道。"

"用到的部位是根,这种植物的根每年都会发芽。最好的根是在第二年夏末或秋天采集的,那时的根平滑而硬实。把根切成细块,用手抓大约满把,在小骨杯里加水熬煮到剩半杯多,放凉以后喝,一天两杯,可以化痰,对吐血的肺病特别管用,对排汗、利尿也很有帮助。"伊札用挖掘棒掘土让根露出来,坐在地上解释,手快速地比画着,"根也可以晒干磨成粉。"她挖出几条根,放进篓子里。

她们越过一座小圆丘后,伊札再度停下。乌芭睡着了,紧贴着爱拉,睡得很安稳。"看见那株花的形状像漏斗,花瓣是淡黄色、中间是紫色的小植物了吗?"伊札指向另一株植物。

爱拉摸着一株三十厘米高的植物:"这些?"

"没错,莨菪,对女巫医很有用,但绝不能当食物吃,可能有剧毒。"

"哪个部位可用?根?"

"许多部位都可以,根、叶、种子。叶子比花大,在茎的左右依序长出。仔细看,爱拉。叶子是暗灰绿色,叶缘尖,你看沿着中间生长的长毛。"伊札触摸这些细毛,爱拉凑近看。然后,女巫医摘了一片叶子捣碎。"你闻。"她指示道。爱拉嗅了嗅,这药有强烈的麻醉气味。

"叶子干燥后就没有气味了。它的种子是褐色的,小小的。"伊札往下挖，拉出一条状似薯蓣、表面皱皱粗粗的褐色的根，折断的地方露出里面的白色，"不同部位用在不同地方，但都可以止痛。可以泡成茶，但药性很烈，别喝多。也可以制成药水涂在皮肤上，对肌肉痉挛、镇静、放松、助眠都很有效。"伊札采了几株植物，然后走到附近颜色鲜艳的天竺丛旁，从高大的单茎上摘下一些玫瑰色、紫色、白色、黄色的花，"天竺葵可以缓解发炎、喉咙痛、擦伤、抓伤。花熬煮成的汤可以止痛，但会让人昏睡。根可以治创伤。我以前用天竺葵根治过你的腿，爱拉。"女孩伸手摸了摸大腿上四道平行的伤疤，突然想起，若没有伊札，现在她不知会在哪里。

她们一起走了一会儿，享受温暖的太阳和两人相处的温馨，一路无话。伊札的眼睛在不断地巡视这片地区。开阔的草原上，及胸的禾本科植物已呈金黄，花谢结穗。这些谷物在温暖的微风中缓缓起伏，成熟的穗沉沉地低下了头。伊札望着这片原野长满谷物的一端，发现了某样东西，于是穿过高高的草梗，在一片长着黑麦草的地方停下，黑麦籽已褪为紫黑色。

"爱拉，"她指着一根黑麦梗说，"黑麦草一般不是这样的，这种子有病，但我们运气很好，发现了这东西。它叫麦角，闻闻看。"

"味道很呛，像死鱼！"

"但这些有病的种子有神奇的功效，对怀孕的妇女特别有用。如果女人生产不顺，婴儿久久出不来，这东西可以催生。它会引发宫缩，也会促发分娩，让女人早早流掉孩子。这很重要，特别是如果那女人先前生产出过问题或仍在喂奶。女人生小孩不应该太密集，会吃不消，如果她停止泌乳，那已生出的婴儿谁来哺乳？太多婴儿在出生时或出生后第一年死掉，母亲得照顾已出生且有机会长大的那个。还有一些植物可帮女人在需要时流掉孩子,麦角只是其中之一。生产后它也有用处,有助于排出恶露,让子宫缩回原状。它尝起来味道不好,不过没有闻起来那么呛。如果用得对,它会很有用,但是用太多可能导致严重痉挛、呕吐,甚至死亡。"

"像莨菪一样,可以有害,也可以有益。"爱拉说。

"往往如此。许多时候,最毒的植物也是药效最好、最强的药,要是懂得如何使用的话。"

返回溪流的路上,爱拉停下,指着一株约三十厘米高、开着蓝紫花的草。"这里有牛膝草,感冒时用它泡成茶可治咳嗽,对不对?"

"没错,而且加进茶里可让味道更香,什么茶都行。你何不摘些回去?"

爱拉连根拔起几株,边走边摘下细长的叶子。"爱拉,"伊札说,"这些根每年都会长出新株,如果你拔掉根,明年夏天这里就不会再有这植物。如果根没有用,最好只摘叶子。"

"我没想到这个,"爱拉惭愧地说道,"下次不会了。"

"就算要用到根,也最好不要把一个地方的根全挖掉。务必留一些,这样才能再长。"

她们朝溪流往回走,来到一片沼泽地,伊札指着另一株植物。"这是菖蒲,长得有点儿像鸢尾,但是不同的植物。根熬煮成汤可缓解烧伤,把根放在嘴里嚼有时可减轻牙痛,但给孕妇服用要小心。有些女人因喝了这药汤而流产,但我为了流产而让女人喝下这药,反倒从来没成功。它可以整治胃肠不适,特别是便秘。从这东西可以看出它与鸢尾的差异,"伊札指着说,"这叫球茎。菖蒲的气味也较强烈。"

她们停下,在溪水附近一棵阔叶枫树的树荫下休息。爱拉摘下一片叶子卷成羊角状,将底部折起,用拇指夹着从溪里舀取冰凉的水。她用这临时的杯子盛水给伊札喝,然后丢掉。

"爱拉,"伊札喝完水后说,"你要知道,布劳德要你做什么,你就该乖乖去做。他是男人,命令你是他的权利。"

"他要我做什么我都做了。"她语带防备地反驳。

伊札摇摇头:"但你做的方式不合规矩。你反抗他,挑衅他,总有一天你会后悔,爱拉。布劳德以后会成为头目。男人说什么你就得做什么,不管哪个男人都一样。你是女人,别无选择。"

"为什么男人就有权命令女人?他们哪里比女人好?他们连生孩子都不会!"她愤愤不平地说,一副不服的模样。

"本来就是这样。在洞熊族里历来就是这样。你现在是洞熊族人,爱拉。你是我女儿,行为得像洞熊族女孩应有的样子。"

爱拉垂着头,觉得内疚。伊札说得没错,她的确挑衅了布劳德。如果伊札没发现她,她的下场会如何?如果布伦没准她留下呢?如果克雷伯没让她加入洞熊族呢?她看着女人,她记忆里唯一的母亲。伊札老了,身体消瘦憔悴。她一度健壮的手臂现在肌肉松垮,褐色的头发快成灰白的了。当她第一次见到克雷伯时,他似乎就很老了,现在几乎还是一样老。看起来变老的是伊札,且变得比克雷伯还老。爱拉担心伊札,但每当她说起伊札的健康,伊札都会随便搪塞过去。

"你说得没错,伊札,"女孩说,"我对待布劳德的方式不成体统,我会更努力让他满意。"

在爱拉背上的乌芭开始扭动,她抬起头,突然睁开水汪汪的眼睛。"乌芭饿了。"她示意,然后把自己胖嘟嘟的拳头塞进嘴里。

伊札望了望天空。"很晚了,乌芭也饿,我们该回去了。"她以手势说道。

"真希望伊札够健康,能更常和我一起出去。"爱拉在三人赶回山洞途中这么想,"希望我们有更多时间相处,有她在,我总是学得更多。"

爱拉决心让布劳德满意,拼命往这个方向努力,却发觉很难办到。她已养成不理他的习惯,心知如果她不立刻照做,他就会去找别人或干脆自己做。她完全不怕他生气的面容,觉得他绝不会把火发在她身上。她的确不再故意挑衅他,但她的放肆无礼也已成习惯。长久以来,她在他面前都是抬头看他,而非低下头;对于他的吩咐,她不是赶快去做,而是置之不理。这已经成为自然而然的反应。她不自觉的轻蔑比刻意惹火他的举动更教他恼火,他觉得她完全不尊敬他。但其实,她对他的心态消失的不是尊敬,而是畏惧。

刮风下雪的日子越来越逼近,届时整个部落将再次避居洞穴。此时,秋季水果和坚果大丰收,女人们一刻不得闲。鲜艳的秋色本来总让爱拉着迷,但现在她讨厌看到叶子开始变色。大家忙着秋收以备过冬时,爱拉没什么时间爬到她的秘密基地。时间过得太快,等她发觉时,秋季已快结束了。

生活终于不再忙碌,这天,她背上采集篓,带着挖掘棒,再次爬到只有她知道的林中空地,打算采集榛果。她一抵达,就立即卸下篮子,走进洞穴拿她的抛石索。她替她的游戏间配备了一些自己制作的工具,还有一张睡觉用的旧毛皮。她从一块还算平坦的木板上取来桦树皮杯子,木板架在两块大石头上,上头还放了一些贝壳盘、燧石刀、用来敲碎坚果的石头。然后,她从有盖的柳条篓里取出抛石索。用桦树皮杯取了泉水来喝之后,她沿着小溪跑,寻找小石子。

她抛了一些石头练习技巧。"佛恩不像我那么常击中靶子。"她想。

想打哪里石头就落在哪里，她非常得意。过了一会儿，她抛腻了，把抛石索和剩下的几颗石头放在一边，走到浓密的老榛树林底下捡拾掉落在地上的坚果，这些榛树都老到长满了节瘤。她想，生活真是美好。乌芭渐渐长大了，越来越壮，伊札的身体似乎也好多了。克雷伯身上的疼痛在炎热的夏季向来会减轻，而她喜欢和他一块儿在溪边慢慢散步。对她而言，使抛石索是她很喜欢的游戏，而且她的技术已经相当高超。虽然击中杆子或她所选定当靶子的石头、树枝轻而易举，但她仍觉得偷偷玩这禁忌的武器非常刺激。最棒的是，布劳德已完全不再烦她。把采集篓装满坚果时，她觉得世上再没有东西能破坏她的幸福快乐。

褐色的枯叶从树上落下，清冷的风从中拦截，枯叶被这无形的舞伴抓着凌空飞旋，再缓缓地掉落到地面。落叶盖住仍散落在树下的坚果，没被人摘去贮存过冬的水果在树上成熟，沉甸甸地垂在光秃秃的树枝上。大草原东部是广大、辽阔、金黄的谷浪，随风起伏，宛如南边灰色水面上泡沫点点的波浪。最晚熟的甜美葡萄浑圆饱满，饱含汁液，一串串垂挂着，召唤人前去采摘。

男人一如平常，聚在一块儿讨论打猎事宜，这个季节只有最后几次狩猎的机会了。他们从大清早就开始讨论行程，布劳德被吩咐去叫个女人拿水来给他们喝。他看见爱拉坐在洞口附近，面前摊着几根棍子和几条皮带。她正在建造架子，好把一串串的葡萄挂起来晾干做成葡萄干。

"爱拉！拿水来！"布劳德比了个手势，掉头就走。

女孩用身体顶着未完成的架子，她正在扎一个很重要的角落，如果这时候走开，架子就会垮掉，她得从头再来。她犹豫不决，先看看是否有其他女人在附近，然后不甘不愿地叹了口气，慢慢起身，走去找大水袋。

看到她原本摆明了不肯动的样子，布劳德立刻怒火中烧，但又强自忍住，打算另外找肯乖乖听他吩咐的女人。但他突然改变了心意。回头看到爱拉正要起身，他眯起了眼睛。"谁给她的权利这么傲慢无礼？难道我不是男人？服从我不是她的本分吗？布伦从没告诉我要容许这种无礼的行为，"他想，"只因为要她做她该做的事，他就要给我下死咒，这太不合理了。什么样的头目会容忍女性的反抗？"他突然失去控制，怒火攻心，"她已经放肆太久了！不能再让她嚣张下去，她得服从我！"

这些想法浮现脑海的瞬间，他跨出三大步来到她前面。就在她起身之际，他出其不意地送上一记重拳，把她打倒在地。她惊讶的表情很快转为愤怒，她瞧瞧四周，看到布伦在看，但他没有表情的面容在暗暗地警告她别指望他出面援救。布劳德眼里的怒火使她的愤怒转为害怕。但他已看见她乍现的怒意，简直气极了。她怎么敢反抗他！

爱拉赶快跑开，以免被打第二拳。她跑向山洞去找水袋。布劳德一直盯着她，紧紧握着拳头，竭力压制怒气。他望向开会的男人们，看见布伦面无表情。那表情既无鼓励之意，也无否定之意。布劳德看着爱拉跑到池边把袋子装满水，将重重的水袋甩到背上。他看到她迅速响应，也看到她恐惧的表情，因为发现他想要再次出手而出现的恐惧表情。这使他比较能克制自己的火气。"我一直对她太宽容了。"他想。

沉重的水袋压得爱拉弯着身子，她走过布劳德身边，突然，他推了她一把，差点儿把她推倒。她气得涨红了脸，挺起身子迅速地瞪了他一下，眼神里充满恨意，然后放慢脚步走。他追上去，她忽地弯下身，肩上中了一拳。这时，全部落的人都在看。女孩朝男人堆看过去。布伦冷冷的眼神比布劳德的拳头更催促她加快脚步。她连忙跑过去跪下，将水倒进杯里，头一直低低的。布劳德慢慢地跟上来，担心布伦的反应。

"克罗哥说，他看到兽群在往北移动，布劳德。"当布劳德回到男人堆时，布伦若无其事地示意道。

"没事！布伦没气我！当然，他干吗生气？我做得又没错。男人教女性应学的规矩，他干吗要拿出来讲？"布劳德如释重负地松了口气，旁边的人几乎都可以听见。

男人们喝完水后，爱拉回到山洞里。大部分人回去做原来的事了，但克雷伯仍站在洞口看她。

"克雷伯！布劳德差点儿又打我。"她跑向他，用手语说道。她抬头看着自己所爱的这位老人，却在他脸上看到了她从未见过的表情，脸上的微笑顿时消失。

"你完全是咎由自取。"他绷着一张脸，眼神严厉。他转过身，背对着她一拐一拐地走回自己的火堆地盘。"克雷伯为什么气我？"她想。

那天傍晚稍后，爱拉怯生生地靠近老巫师，伸出双手环抱他的脖子。过去她都用这招软化他的心，屡试不爽。但他没有响应，甚至连把她甩开都没有。他只是凝视远方，非常冷淡。她自己缩了回去。

"别烦我，去做你该做的事，女孩。莫格乌尔在冥想，没时间理傲慢无礼的女生。"他以果断而不耐烦的手语说道。

她的眼里涌出泪水，难过极了，突然有点儿害怕老巫师。他不再是她所认识、喜爱的克雷伯了。他是莫格乌尔。自从和这个部落一起生活，她首度体会到为什么其他人都对这位伟大的莫格乌尔敬畏有加，保持距离。他变得冷漠,不再理她了。他的神情和动作表明他的不以为然和她所感受过的最强烈的排斥。他不再爱她了。她想抱他,告诉他,她爱他,但她很害怕。她拖着脚走到伊札那儿。

"克雷伯为什么这么气我?"她示意道。

"我跟你讲过,爱拉,布劳德说什么你就做什么。他是男人,有权命令你。"伊札委婉地说。

"但他说的事我样样都有做,从来没有违抗他。"

"你抗拒他,爱拉。你反抗他。你知道你傲慢无礼。你的行为不像个有教养的女孩。那让克雷伯丢脸,也让我丢脸。克雷伯觉得没把你教好,给了你太多自由,让你在他身边时想怎样就怎样,以至于你认为可以这样我行我素地和每个人打交道。布伦也不满意你,克雷伯知道这一点。你无时无刻不在跑。爱拉,小孩子会跑,但已经像女人的女孩不可以跑。而且你会从喉咙里发出那些奇怪的声音。人家要你做什么事时,你总是慢吞吞的。每个人都不满意你,爱拉。你让克雷伯蒙羞。"

"我不知道自己这么坏,伊札,"爱拉以手势说道,"我不是故意要这么坏的,只是没想到。"

"你要好好想一想。你这么大了,行为不能再像个小孩。"

"那完全是因为布劳德一直对我很凶,而且他那次打我打得很厉害。"

"他凶不凶不重要,爱拉。他想怎么凶都可以,那是他的权利,他是男人。他想什么时候打你,想怎么用力打你都可以。他有一天会成为头目,爱拉。你得服从他,他说什么你就得做,他一说你就得去做。你别无选择。"伊札解释道。她望着小孩惊吓的脸庞。她不解,这对爱拉为何这么难？这女孩竟然这么难以接受现实，伊札不禁为她难过。"很晚了，爱拉，去睡吧。"

爱拉走到自己睡觉的地方，但久久不能入眠。她辗转反侧，最后终于不敌睡意睡着了，但睡得不安稳。她早早醒来，拿着采集篓和挖掘棒，没吃早餐就出门去了。她想独处，好好想一想。她爬上她的秘密草地，拿出抛石索却无心练习。

"全是布劳德的错，"她想，"他干吗老是找我的麻烦？我有哪里对不起他？他从没喜欢过我。他是男人，那又怎样，男人就比较厉害吗？谁管他是不是会成为头目，他逊毙了。拿抛石索来说，他就比不上祖格。我能和祖格一样强，我已经比佛恩厉害了。佛恩失手的次数比我多，布劳德大概也是，他示范给佛恩看时就失手了。"

她气鼓鼓地开始用抛石索丢石子。有颗石头跳进灌木丛里，惊起在洞里睡觉的豪猪，部落很少猎到这种小型夜行动物。她想："佛恩杀死了一只豪猪，每个人都夸奖他。我如果想猎豪猪也办得到。"这只豪猪正慢条斯理地走上小溪边的沙丘，浑身的刺伸得直挺挺的。爱拉将石头放进抛石索的凹处，瞄准，抛出。行动缓慢的豪猪很容易瞄准，它应声滚落在地。

爱拉得意地跑上前去，但才一碰就知道豪猪没死，只是受到了惊吓。她感受到它的心跳，看见血从它头上的伤口汩汩流出，突然很想将这个小动物带回山洞治疗，一如先前带许多受伤的动物回去那样。她不再得意，反而觉得不舒服。"我干吗伤害它？"她想，"我无意伤害它。我也不能带它回山洞，伊札一眼就能看出它是被石头击伤的，她见过太多被抛石索打死的动物。"

女孩盯着这只受伤的动物，理解到她永远也不可能打猎。"即使猎到动物，我也不可能带回山洞。练抛石索有什么用？克雷伯现在已很气我，若再知道这件事，他会怎样？布伦会怎样？我连碰武器都不应该，更别提使用了。布伦会赶我走吗？"爱拉这时的心情只有罪恶感和恐惧，"到时候我要去哪里？我离不开伊札、克雷伯、乌芭。谁要来照顾我？我不想走。"她想，顿时流下眼泪。

"我很坏，一直很坏，克雷伯才这么气我。我爱他，不想让他讨厌我。噢，他为什么那么气我？"爱拉难过得眼泪扑簌簌直流，蜷缩在地上哭自己的不幸。哭够了，她坐起身，用手背擦掉鼻涕，间或啜泣一两下，肩膀一耸一耸的。"我不能再使坏了，我要很乖。布劳德要我做什么我都乖乖做。我也不能再碰抛石索。"为了坚定自己的决心，她把抛石索丢到灌木丛底下，跑去拿采集篓赶回山洞。伊札一直在找她，这时终于看到她回来了。

"你去哪里了？一个早上不见人影。你的篓子怎么是空的？"

"我在想事情，母亲。"爱拉看着伊札示意道，表情非常严肃，"你说得没错，我很坏。我不会再使坏了，布劳德要我做什么我都做。我会循规蹈矩，不再跑着走路。你觉得克雷伯会再爱我吗，如果我很乖很乖的话？"

"他一定会，爱拉。"伊札轻轻地拍她。她看到爱拉满脸泪水、眼睛红肿的样子，心想，她那病又发作了，以为克雷伯不爱她眼睛就出水的病。她为女孩心痛。太为难她了，她不是他们族的人。但也许情况会好转的。

CHAPTER 11

第十一章

爱拉的转变教人无法置信,简直像变了个人。她表现出忏悔的模样,变得温顺服从,布劳德吩咐什么她立刻去做。男人们看在眼里,彼此心照不宣地点点头,深信这是布劳德严加管教的结果。他们一直认为,若男人太宽厚,女人就会变得懒散无礼,她就是活生生的例子。女人需要男人坚定有力的指导,她们是柔弱而任性的动物,无法像男人那样自制。她们需要男人来管,才不会失控,才会是部落里有生产力的一员,有益于部落的延续。

爱拉只是个女孩,她并非洞熊族出身,但这些都不重要。她年纪不小了,也快要成为女人了;她比大部分人都高,而且是女子。族里的女人感受到了这件事的冲击,因为男人把男尊女卑的观念看得更重了。对女人太宽厚也是一种错,他们可不希望自己如此。

但布劳德之重视男尊女卑超过了限度。他管奥佳比以前凶了,但比起他对爱拉的攻击,那根本不算什么。如果他过去对爱拉一直很严,那现在的严厉更是加重了一倍。他不断地找她的碴儿,纠缠她,骚扰她,拿各种无关紧要的事烦她,要她立刻起身去做他要求的事,一有点儿小错或根本没错,就一掌下去,而他乐在其中。她过去曾威胁他的男人尊严,如今要为此付出代价。过去她屡屡反抗他,屡屡把他的话当耳边风,他则一再压抑出手打她的念头。如今风水轮流转,他已让她屈服，且打算让她永远不能翻身。

爱拉竭尽所能让他满意，甚至努力揣想他的需求，事先满足他，但反而被他训斥妄自尊大，自以为知道他想要什么。她一步出克雷伯的火堆地盘，他就等着来找麻烦，而除非有理由，她不能待在象征巫师私人领域的石圈内。这是秋季最后的忙碌时刻，大家忙着为过冬做最后的准备，为了让全部落安然度过快速逼近的寒冬，有太多事要做。伊札需要贮存的药物基本上已经备齐，所以爱拉没有什么借口可离开山洞附近。布劳德折磨了她一整天，晚上她累得一躺下就睡着了。

伊札认为，爱拉心态的转变并非如布劳德所以为的跟他有那么大的关系。转变的主因在于她对克雷伯的爱，而非对布劳德的恐惧。伊札告诉老巫师，爱拉以为他不爱她了之后，她那独特的怪病又发作了。

"你知道她太过火了，伊札。我得做点儿什么。即使布劳德没再教训她，布伦也会出手，那时候可能更糟糕。布劳德只能让她过得痛苦，布伦却能赶她走。"他回应道。但伊札的话让巫师开始思索爱为何比恐惧更有力量，他后来几天一直在思索这个问题。克雷伯对爱拉的态度几乎立刻就变得和善了。在此之前，他只能让自己保持刚开始时漠不关心的超然态度。

冰冷的滂沱大雨冲走了初降下的微雪，到了晚上，气温更低，雨变成了冻雨。早晨出现了表面结冰的水坑，冰很薄，一下就碎了，表示天气还会更冷。但当善变的南风吹起时，软弱无力的太阳决心发威，薄冰再度融化。在这从秋末过渡到早冬，乍寒还暖的时节，爱拉谨守女性的服从精神，不改其志。布劳德每个突发的念头她都默默同意，他的每个要求她都立即去做，温顺地低着头，走路时步态拘谨，不大笑，甚至连微笑也没有，完全不反抗，这对她并非易事。她竭力压抑，努力让自己相信自己真的有错，强迫自己更温顺，但在重重压制下，她还是有了火气。

她体重减轻，没有胃口，就连在克雷伯的火堆地盘里也一声不吭，神情抑郁。晚上，回到火堆旁时，她总是马上抱起乌芭，抱着她，直到两人都睡着了。但现在就连乌芭也无法让她笑了。伊札很担心，决定趁冬天完全降临之前找个时间让她出去纾解一下。有一天，在下了一天冻雨后，阳光普照，伊札觉得时机到了。

"爱拉，"伊札和爱拉步出洞外，赶在布劳德命令她做事前先大声叫她，"我在检查我的药物，发现没有治胃痛的雪果茎。那不难找，树叶掉光后留着一点点白色浆果的灌木丛就是。"

伊札故意不提她还有其他许多药可治胃病。看到爱拉冲进洞拿采集篓，布劳德皱起眉头，但他知道，采集伊札治病要用的植物比叫爱拉去拿水、茶、肉、头巾、苹果、他故意忘记的毛皮绑腿，或因为不喜欢山洞附近的石头而叫她到溪里捡两颗石头来敲碎坚果，或他所想到的让她做的任何无关紧要的事都来得重要。当爱拉拿着篓子和挖掘棒走出山洞时，他悄悄地走开了。

爱拉跑进森林，感谢伊札给她独处的机会。她走着走着，眼睛四处瞄，但心不在雪果灌木丛上。她没有留意方向，没注意到自己已走在小溪边，来到了那布满青苔、水汽弥漫的瀑布旁。她心不在焉，爬上陡坡，不知不觉地来到了山洞上方她的那片高山草地。自从打伤豪猪，这是她第一次回到这里。

她坐在小溪的溪岸上，心不在焉地往水里丢石头。天气很冷。前一天洞穴附近下了雨，在海拔更高的此处则下了雪。厚厚的白雪覆盖着这片空地和树与树的间隙，树上则披着薄薄的雪。没有风，空气澄明透净，天空蓝得几乎是紫色，和艳阳下闪闪发亮的白雪以及数以百万计的小晶体互相辉映。但爱拉看不到明朗的初冬美景，这只让她想起不久后寒冬就要迫使全部落的人避居洞内了，而直到春天来临之前，她都摆脱不掉布劳德。太阳升得更高了，树枝上的雪突然落下，啪的一声掉落地面。

漫长的寒冬即将降临，届时布劳德将每天纠缠她。"我就是无法让他满意，"她想，"不论我做什么，做得多卖力，都无济于事。我还能怎么办？"她无意间瞥见一块光秃秃的空地，看到一张已经部分腐烂的兽皮，还有散落一地的刺，那只豪猪就剩下这些东西了。她想，大概鬣狗发现了它，又或许是狼獾。她想起那天打中它的事，感到一丝愧疚。"我根本不该学用抛石索，我错了。克雷伯会很生气，布劳德……布劳德不会生气，他若发现这件事，会很高兴，他就有借口打我了。如果让他知道，不正合他的意吗？哼，他不知道，也不会知道的。"想到自己做了一件他不知道而且一旦知道就会顺理成章地痛骂她的事，她觉得非常得意。她想做点儿什么，例如用抛石索丢石头，发泄她受挫的叛逆。

她想起那时把抛石索丢在了灌木丛下面，于是跑去找，在附近的灌木丛底下找到了。抛石索已经受潮了，但风吹日晒雨淋没有损伤它。她拉着柔韧平滑的鹿皮，让它滑过手掌，她喜欢那种触感。她想起第一次捡起抛石索时布劳德因为打了祖格而在盛怒的布伦面前畏缩的样子，脸上闪过一抹微笑。惹布劳德发火的人才不止她一个。

"他只有在对付我时才能得逞，"她心有不甘地想着，"只因为我是女子。他打祖格时，布伦很生气，但布劳德只要高兴，就随时可以打我，布伦不在乎。不，其实不是这样，"她在心中坦承道，"伊札说当时布伦把布劳德拉走了,让他不能再打我。布伦在场时,布劳德打我就没那么厉害。只要他能偶尔放过我,就算被打,我也不在乎。"

她一直在捡小石头丢进小溪里,突然发现,她已在无意中把一颗石头放进了抛石索。她哑然失笑,看到最后一片枯叶在小树枝的尾端荡呀荡,于是拿起抛石索瞄准,掷出。石头将那片叶子打离树枝,她顿时兴奋起来。她又捡起一些小石头,走到空地中央一一掷出。"我还是能够想打哪儿就打哪儿,"她想,随即又皱起眉头,"但那有什么用?我从未试过打移动的东西,那只豪猪不算,因为它那时几乎是停住不动的。不知道我行不行。即使我学会了打猎,真正的打猎,又有什么用?我不可能把猎物带回去。我所能做的只是让某只狼、鬣狗或狼獾更容易填饱肚子,而它们事实上抢了我们不少猎物。"

打猎和猎物对这个部落非常重要,所以必须时时提防掠食动物跟他们抢食物。不只大型猫科动物、狼群会抢走猎人的猎物,还有埋伏的鬣狗和偷偷摸摸的狼獾,它们总会在族人晾晒兽肉时在附近出没,或试图闯进族人贮藏食物的地方。爱拉不想帮与人争食的动物活命。

"布伦不准我把受伤的幼狼带进洞,许多时候,即使不需要狼皮,猎人也会杀狼。肉食动物始终困扰着我们。"这个想法在她的心里徘徊不去。然后,另一个想法在她的脑海里成形。"肉食动物,"她想,"除了最大型的肉食动物,其他肉食动物都可以用抛石索来猎杀。我记得,祖格跟佛恩说过,有时用抛石索比较好,因为这样就不必靠猎物太近。"

爱拉想起善使抛石索的祖格那天如何宣扬这武器的种种好处。猎人使用抛石索的确不必太靠近尖牙利爪的野兽,但他没提到,一旦失手,没有其他武器防身的猎人就可能受到狼或猞猁的攻击。不过,他的确曾特别指出,把抛石索用在比较大型的动物身上很不明智。

"我如果只猎肉食动物怎么样?我们不吃这种动物,所以不会浪费,"她想,"即使它们最后会被食腐动物收拾掉。猎人就是这样做的。"

"我在想什么?"爱拉摇摇头,甩开这丢脸的想法,"我是女子,我不该打猎,甚至不该碰武器。但我真的知道如何使用抛石索!虽然照道理我不该用,"她不服地想,"但这是件好事。如果我杀了狼獾或狐狸什么的,它们就不能再偷我们的肉了。还有那些丑陋的鬣狗。哪天我或许可以杀只鬣狗,看看会有什么帮助。"爱拉想象着自己悄悄逼近这些狡猾的掠食者。

她一整个夏天都在练抛石索,虽然认为那只是好玩的游戏,但她充分理解并尊重武器,知道武器的真正目的在于猎杀猎物,而不在于练习击中标靶。她知道,虽然击中标杆或岩石、树枝上的记号令人雀跃,但若没有进一步的挑战,很快就会索然无味。为竞争而竞争这种观念即使在古代也可能酝酿出来,但要到人类文明驯服土地,不需要为生存而狩猎时才能为世人普遍接受。洞熊族内部的竞争是为了强化求生技能。

当然,她不可能悟出这样的道理,但她痛苦的原因之一就在于要放弃她已培养出来而且可以进一步应用的技能。她一直在探索自己的能力极限,训练自己的手眼协调能力,觉得很有意思。她很自豪自己是自学的。她随时可以接受更大的挑战,例如狩猎,但需要合理的借口。

从一开始,她纯粹出于好玩而练抛石索时,她就在脑海里想象自己打猎,将猎得的兽肉带回家,全部落人又惊又喜的情形。然而那只豪猪让她体会到,这个梦想根本不可能实现。她永远无法把猎得的东西带回去,无法让自己的本事受到肯定。她是女子,洞熊族的女性不打猎。现在她想到自己可以去猎杀与部落争食的肉食动物,隐隐觉得自己的技能将因此得到重视,甚至承认。她找到了打猎的理由。

她越想越深信猎杀肉食动物就是解决自己困扰的方法,但是,即使是偷偷猎杀,她也不大能摆脱内心的罪恶感。

她陷入了天人交战。克雷伯、伊札都告诉她,女性碰武器不成体统。但她不只碰了武器,她想,那用它来打猎又能糟到哪里去?她望着手中的抛石索,下定决心,甩开罪恶感。

"我要!我要做!我要学会打猎!但我只会杀肉食动物。"她斩钉截铁地说,用手势进一步表明自己的决心。她兴奋得涨红了脸,跑到小溪里找石头。

她翻找大小适当的光滑圆石时,注意到一个奇怪的东西,它看起来像石头,但又像在海边也可见到的软体动物的壳。她把它拾起来仔细检查。那是石头,很像贝壳的石头。

好奇怪的石头,她想,从未见过这样的石头。然后,她想起克雷伯曾告诉她的事,突然领悟了,久久不能自已,觉得身上的血都流光了,一股凉意沿着脊椎直透而下。她膝盖无力,全身发抖,不得不坐下。她捧着这块腹足纲软体动物的模铸化石,专心地端详。

她记得,克雷伯说过,要下重要决定时,图腾灵会来帮忙。如果是正确的决定,他会发出信号表示肯定。克雷伯说,那会是很不寻常的东西,且没有人能告诉你那是不是信号。你得学习用心、用脑来倾听,你体内的图腾灵会告诉你。

"大穴狮,这是不是你发出的信号?"她以正式而无声的语言对自己的图腾说,"你是在告诉我,我做了正确的决定吗?你是在告诉我,我去打猎没问题,即使我是个女孩?"

她静静地坐着,盯着手上的壳状石头,努力学克雷伯那样冥想。

她知道自己因为以穴狮为图腾而被当作怪胎，但以前从没深入想过这件事。她伸手到外衣底下，触摸腿上的四道平行伤疤。但"穴狮"为何挑上她？他是强有力的图腾，男图腾，为何挑上女孩？其中一定有理由。她想着学会使用抛石索这件事。"我为什么会去捡布劳德丢掉的那条旧抛石索？根本没有女人会碰那东西的。什么东西会要我用它？难道我的图腾希望我这么做？他希望我学打猎？只有男人才打猎，但我的图腾是男图腾。当然！一定是他！我有强大的图腾，他希望我打猎。"

"噢，'大穴狮'，神灵的行事作风我不懂。我不知道他为何希望我打猎，但我很高兴他给了我这个信号。"爱拉取下脖子上的护身囊，松开束紧小皮囊的结，将化石放到护身囊内的红赭石旁边。然后她把护身囊绑紧，套回脖子上，感觉变重了。那似乎是在强调她的图腾已慎重考核并认可了她的决定。

她不再感到罪恶。她应该去打猎，她的图腾希望她这么做，即使她是女孩也无妨。"我就像杜尔克，"她想，"尽管每个人都说不应该，他还是离开了他的部落。我认为他真的找到了更好的地方，'冰山'无法影响他的地方。我觉得他开创了全新的部落，他一定也有个强图腾。克雷伯说强图腾很难相处，他们会考验你，确定你够格受他保护，然后才会给你东西。他说，伊札找到我之前，我快要死掉了，原因就在这里。不知道杜尔克的图腾是否也考验他。我的'穴狮'会再考验我吗？

"但考验可能会很艰巨。如果我不够格会怎么样？我怎么知道自己正受考验？我的图腾会要我做什么艰难的事？"爱拉思索自己所经历的困境，豁然顿悟。

"布劳德！布劳德就是对我的考验！"她比着手势自言自语道，"还有什么比和布劳德一起度过整个冬天更困难的事？但如果我够格，如果我办到了，我的图腾会准我去打猎。"

爱拉回山洞时步态有了改变，伊札发现了，但不大说得出改变在哪里。并不是变得更不合规矩，只是显得更自在，没过去那么紧绷了。看到布劳德走近，她的脸上露出接受的表情。那不是无可奈何的认命，而是坦然接受。但是，克雷伯注意到她的护身囊变鼓了。

冬季降临，尽管布劳德仍对她颐指气使，两个老人家还是很高兴见到她恢复常态。她常露出疲惫的模样，但一和乌芭玩耍，笑容就重现脸上，甚至开口大笑。克雷伯猜，她已下了什么决定，而且发现了图腾给她的信号。此外，她心平气和地接受自己在部落里的地位，这让他如释重负。他清楚她内心的交战，但也知道，她不只要乖乖听从布劳德的使唤，还必须打消抗拒他命令的念头。她还必须懂得自制。

在生命迈入第八个年头的那年冬天，爱拉成为女人，但并非生理上的女人。她的身材仍是直板板的，没有女人的曲线，也没有一丝将要转变的迹象。但就在这漫长的冬季里，爱拉抛开了稚气。

有时她觉得人生太苦，不确定自己是否想继续活下去。某些个早晨，她睁开眼睛，看见上方裸露岩壁那再熟悉不过的粗糙质地，真希望可以继续睡，永远不醒。但就在觉得自己再也撑不下去时，她抓住护身囊，摸到那颗后来加进去的石头，不知怎的就有了力量再撑过一天。日子一天天过去，她只觉得自己更逼近那个时刻了，当厚厚的雪和刺骨的寒风转为青草和轻柔的海风，她又可以自由自在地徜徉于原野、森林的那一刻。

布劳德说自己的图腾是毛犀牛，而他的个性就和毛犀牛一样，一旦固执起来，就和他难以捉摸的恶毒一样教人不敢领教。一旦择定某个行动方向，他就全心投入，坚定不移，不成功不罢手，展现出洞熊族人的典型作风。就拿爱拉来说，他一心一意地要让爱拉循规蹈矩。她每日所受的巴掌、咒骂和没完没了的骚扰，部落里其他人都清楚地看在眼里。许多人觉得她的确该受点儿管教和惩罚，但布劳德管教她的程度只有少数人认同。

布伦仍担心布劳德的心还不够坚定，太容易被这个女孩激怒，但看到他已懂得克制怒火，头目觉得他的确有改进。不过，布伦希望他配偶的儿子自行找到稳健的处世之道，所以他决定不插手布劳德与爱拉的事，顺其自然。随着冬季一天天过去，他开始对这个古怪的女孩生起某种敬意，他所不愿承认的敬意，就像他看到手足忍受配偶殴打时感到的一模一样的敬意。

一如伊札，爱拉为女人应有的行为立下了榜样。她逆来顺受，毫无怨言，表现出女人应有的言行。当她暂时停下，抓住护身囊时，布伦和其他许多人都认为那表示她非常尊敬洞熊族至为看重的灵力。她的女性地位因此提升了。

这个护身囊的确给了她坚信不疑的东西，她的确尊敬灵力，因为她了解他们。她的图腾在考验她。如果通过考验，她就能学习打猎。布劳德越是骚扰她，她就越是坚定地相信，春天来临时她就可以自学打猎，她就要比布劳德还行，甚至比祖格还行了。她就要成为这个部落里最优秀的抛石索猎人了，只是除了她，没有人会知道。那是她所坚信的信念。这信念在她心里凝固成形，就像洞口顶端因冷暖空气交接而形成的冰柱，在冬季不断长成，宛如一帘厚重透明的冰幕。

她已在无意间开始训练自己。她发现，当众人坐在一块儿，重复讲述过去打猎的情形，或讨论未来打猎的策略，以消磨漫漫长日时，她开始对这些男人感兴趣，虽然这使她与布劳德有更密切的接触。她想方设法在他们附近干活儿，尤其当多夫或祖格讲用抛石索打猎的点滴时，她更喜欢待在附近。她对祖格重新产生兴趣，再度以她女性的体贴响应他的需求，且对这个老猎人生出发自内心的爱慕。他在某方面类似克雷伯，自负而严格，受到一些关怀与热情就高兴，即使那是来自一个古怪而丑陋的女孩。

曾任副头目的祖格讲起自己昔时的丰功伟业时，注意到她也听得津津有味。她静静地听，很欣赏他说的故事，总是表现出不失端庄的恭敬。祖格开始刻意找来佛恩，解释循迹追踪的技巧或狩猎知识，心知这女孩总是会想办法坐到附近，但他装作没注意到。如果她喜欢听他讲故事，有何不可？

祖格心想："如果我还年轻，仍有能力供养女人，等她长大后，我说不定会纳她为配偶。她毕竟需要配偶，虽然长得丑，但还是要面临找配偶的问题。她年轻强壮，恭敬有礼。我在其他部落有亲戚，下次各部落大会时，我如果体力够、去得成，那我要替她说说话。布劳德当头目后，她可能不会想再待在这里了。她要怎么决定都没关系，反正我不会怪她。希望在我步入下一个世界之前就能见到这件事。"祖格从未忘记布劳德攻击过他，他不喜欢布伦配偶的儿子。他认为，这位未来的头目对他已心生怜惜的这个女孩莫名其妙的苛刻。她的确该受管教，但管教要有限度，而布劳德管得太过火。她对他毕恭毕敬，而男人要年纪更大、更懂事时才知道怎么对待女人。"反正我要替她讲话，即使去不成，也会请人把话带到。只可惜她太丑了。"他思忖道。

日子虽难过，却也没到完全令她绝望的地步。生活步调变慢，要做的杂活儿就变少了，布劳德想尽办法找事给她做，也找不到几样。久而久之，他有些腻了；她不想再跟他斗，他的骚扰随之减少。但爱拉觉得这个冬天不再那么难挨，还有一个原因。

最初，为了让爱拉名正言顺地待在克雷伯的火堆地盘内，伊札决定开始教她如何调制和应用她采集回来的药草和植物。爱拉也渐渐迷上了医术。女孩学得很起劲，原本随兴教教的伊札很快就把这变成了定期的正规课程。清楚自己养女的思维方式与洞熊族人大不相同时，她更是感叹早就该教了。

如果爱拉是她的亲生女儿，伊札只需点醒她脑中天生贮存的记忆，让她娴熟运用那些记忆。爱拉努力去记乌芭天生拥有的知识，但她的记忆力没那么强。伊札得重复讲，同样的材料温习许多遍，才能让她记住，还得不断考她，以确定她是否记得对。伊札拿出自身的经验和记忆里的东西倾囊相授，很惊讶自己怎么知道这么多事。她从没想过这一点，以前，需要用到时，脑子里的东西自然会派上用场。有时，伊札很灰心，不想再把知识传授给她，甚至觉得她连成为勉强及格的女巫医都很难。但爱拉学习的热忱丝毫未减，于是伊札决意让养女在这个部落里有个稳固的地位。她们每天都上课。

"什么可以治烧伤，爱拉？"

"我想想。把一枝黄花、松果菊花晒干，各取等量一起研磨成粉，再掺上牛膝草花，加水调成膏状，涂在患处，缠上绷带。干了之后用冷水淋绷带，让绷带湿透。"她急急说完，然后停下来思索，"晒干的麝香薄荷花和叶可以治烫伤：将它们在手上弄湿，涂在伤处。也可以用菖蒲根熬成的汤浸湿皮革，擦拭烧伤处。"

"很好，还有呢？"

女孩努力地想。"藿香草也可以。把新鲜的叶子和梗嚼烂成糊状，或把晒干的叶子泡水。还有……哦，对了，黄刺蓟花熬成的汤放凉后可以拿来擦拭伤处。"

"那个治皮肤疼痛也有效，爱拉。还有，别忘了，木贼灰混合油脂可以制成上好的烧伤药膏。"

在伊札的指导下，爱拉也开始负担更多烹煮的工作。不久后，克雷伯的三餐大多由她料理，对她来说，这不是乏味烦人的工作。她用心将谷物磨得特别细再煮，让牙齿已磨损的克雷伯更容易咀嚼。坚果也先敲碎，再送去给这位老人吃。伊札教她调制可以纾解他风湿痛的汤药和膏药，爱拉进而为部落里其他患风湿的老人家特别制作了药剂。每到冬季，困居寒冷的石洞里，他们的风湿病就一定恶化。那一年冬天，爱拉首次当上女巫医的助手，她们的第一个病人是克雷伯。

时值仲冬。数尺高的大雪把洞口堵住，这堵积雪让火堆的热气更能留在洞内，但寒风仍通过积雪上方的开口呼啸而进。克雷伯的心情不寻常地阴晴不定，先是静默无语，接着暴躁发火，然后道歉悔恨，之后又不发一语，如此翻来覆去。他的行为教爱拉困惑，最后伊札猜出了原因。克雷伯牙疼，特别痛的牙疼。

"克雷伯，要不要让我看看牙齿？"伊札请求。

"没事，只是牙痛，只有点儿痛。你认为我忍不了这点儿痛？你以为我以前没痛过，女人？就这么一丁点儿牙痛？"克雷伯连珠炮似的说了一大串，语气不悦。

"没有的事，克雷伯。"伊札低头答道。他立即又为自己的失态而后悔。

"伊札，我知道你只是想帮忙。"

"如果肯让我看一看,我说不定可以帮你治。你不让我看,我怎么知道该用什么药治?"

"有什么好看的?"他示意道,"坏牙不都一样?只要替我泡一杯柳树皮茶就好了。"克雷伯抱怨道,然后坐在毛皮被上茫然出神。

伊札摇摇头,走去泡茶。

"女人!"克雷伯不久后大叫,"柳树皮茶呢?怎么弄这么久?我怎么冥想?我无法集中心思。"他不耐地比着手势。

伊札赶紧端了一个骨杯过来,示意爱拉跟着。"我拿来了,但我觉得柳树皮茶没什么大用,克雷伯。就让我看看吧。"

"好吧,好吧,伊札。看吧。"他张开嘴,指着发疼的牙。

"你看这黑洞多深,爱拉?牙龈都肿起来了,牙齿蛀透了,恐怕得拔掉,克雷伯。"

"拔掉!你刚刚只说要看看,才知道用什么药,你没说要拔掉。别说了,给我药,女人!"

"好,克雷伯,"伊札说,"这是你的柳树皮茶。"爱拉看着两人的互动,满脸惊讶。

"你说柳树皮没什么大用?"

"没有东西会有大用,你可以拿一块菖蒲根来嚼嚼看,说不定有用,但我持怀疑态度。"

"什么女巫医?连个牙痛都治不好。"克雷伯抱怨道。

"我可以用烧的,不会痛,要不要试试看?"伊札示意道,口气平淡。

克雷伯吓得后缩。"我要那个根。"他答。

隔天早上,克雷伯脸部浮肿,使他带疤又独眼的脸显得更狰狞了。他的眼睛因为整夜睡不着而布满血丝。"伊札,"他呻吟道,"可不可以帮我看牙？"

"如果你昨天让我把它拔掉，这时候就已经不痛了。"伊札以动作示意道，然后继续搅拌碗里的干谷粉，看着水泡慢慢升起，发出微微的啵啵声。

"女人！你没血没心吗？我一整晚没睡！"

"我知道，我也因为你而没睡觉。"

"哎呀，别光看！"他暴怒地说。

"是，克雷伯，"伊札说，"但我得等肿消了才能拔牙呀。"

"你想到的办法就只有这个？拔掉？"

"我还可以试试另一个办法，克雷伯，但我想保不住那颗牙。"她以手势同情地说道。"爱拉，去年夏天我们从那棵被闪电打到的树上收集了一袋焦黑的木头碎片，把那袋东西拿来。得先切开牙龈消肿，然后才能拔牙。虽然不大想，但我们还是看看能不能用烧的来消除疼痛。"

克雷伯听到女巫医对爱拉的指示，吓得发抖，然后耸耸肩装作不在乎。他想，再糟也不会比牙痛糟到哪里去。

伊札在那袋木头碎片里翻找，抽出两根。"爱拉，把这根木片的末端烧红，得烧得像煤炭，但不能烧得太脆，免得断掉。从火堆里找出一个煤块，把木片的末端紧贴着煤块，直到开始闷烧。但首先，我要你看着如何切开牙龈。替我把他的舌头压着。"

爱拉照着指示做，望着克雷伯张开的大嘴里露出两排磨损的大牙。

"用尖锐的硬木片戳牙齿下方的牙龈，直到血流出来。"伊札先用手语说，然后开始示范。

克雷伯紧握双拳，但一声也不吭。"现在，在排血的时候，去把另一根木片烧热。"

爱拉快跑到火边，不久就带回了末端闷烧的焦黑木片。伊札取过木片，非常仔细地检查，然后点点头，示意爱拉再把他的舌头压着。她把烧红的一端插进蛀洞里。爱拉听到嘶的一声，看到一缕淡淡的热气从克雷伯牙齿的大洞里冒出，感觉到克雷伯的身体在不停扭动。

"好了。现在要等，看痛有没有消。如果不行，就得拔牙。"伊札用指尖挑起一点儿用老鹳草粉和甘松香根粉混合调制的药，擦在克雷伯牙龈的伤口上。

"可惜手边没有对牙疼非常有效的蕈类植物。那会让你麻麻的，感觉不到痛，或许就不必拔牙了。最好是用新鲜的，但晒干的也有效，而且应该在夏末采集。明年我如果找到，再指给你看，爱拉。"

"牙还疼吗，克雷伯？"隔天，伊札问道。

"好多了。"克雷伯乐观地答道。

"但是，还痛吗？如果痛没有全消，还会再肿的，克雷伯。"伊札坚持要弄个清楚。

"嗯……是，还疼，"他坦承，"但没那么疼，真的，没那么疼了。为什么不再等一天？我已经施了很强的法术，请乌尔苏斯消灭造成这疼痛的恶灵。"

"你不是请乌尔苏斯帮你消除疼痛很多次了吗？我想，乌尔苏斯要你牺牲掉那颗牙，然后他就会帮你止痛，莫格乌尔。"伊札说。

"你懂什么'大乌尔苏斯'，女人？"克雷伯有点儿火大。

"我这个女人太放肆，完全不懂神灵的行事作风，"伊札低头答道，然后抬头看着她的手足说，"但我这个女巫医懂牙疼的道理。牙不拔出来，痛就不会停。"她以动作坚定示意道。

克雷伯转过身,一跛一跛地走开。他坐在自己的毛皮被上,紧闭双眼。

"伊札?"一会儿后,他叫唤。

"是,克雷伯?"

"你说得没错。乌尔苏斯要我放弃这颗牙。你放手做吧,把这件事搞定。"

伊札走向他。"克雷伯,这个喝下去可以减轻疼痛。爱拉,拿一根长筋和焦黑木片袋附近的小钉过来。"

"你怎么知道要先备好这汤?"克雷伯问。

"我了解莫格乌尔。放弃一颗牙不容易,但乌尔苏斯要的话,莫格乌尔就会给。这不是他为乌尔苏斯做的最艰难的牺牲。强图腾不好相处,但如果你不够格,乌尔苏斯就不会挑上你。"

克雷伯点头,喝下汤。他想:"这汤的原料就是我用来帮男人唤起记忆的同一种植物。我看过伊札煮这东西,她把它熬成浓缩剂,而非泡成浸剂。那比浸剂的药效更强,用途很多。"曼陀罗必然是乌尔苏斯的赏赐。麻醉效果开始在他身上发作。

伊札要爱拉再度撑开老巫师的嘴,使嘴不要闭上,然后将木钉小心地放在蛀牙基部,举起石头,往木钉突然一敲,让蛀牙松动。克雷伯跳了起来,但没他想象的那么痛。然后,伊札用筋缠住松动的牙,要爱拉把筋的另一头绑在牢牢插在地上的杆子上。附近有一个由数根杆子架起的架子,上面挂着药草在晾干,这杆子是其中一根。

"现在,爱拉,把他的头往后扳,直到筋绷紧。"伊札对女孩指示,抓住筋突然使劲一拉,"拔下来了。"她说,举起手上的筋,筋上吊着一颗粗大的臼齿。她替流血的伤口撒上晒干的老鹳草根粉,又拿一小块能吸水的兔皮在消毒液里浸湿,用这湿皮包住他的颔。消毒液是用香脂胶树皮和一些晒干的叶子泡成的。

"拿着你的牙,莫格乌尔,"伊札说,把蛀坏的臼齿放到还在发呆的老巫师手上,"结束了。"

他握住臼齿,然后躺下来,任臼齿从手中掉落。"得送给乌尔苏斯。"他虚弱地说。

爱拉协助女巫医动拔牙手术后,部落里的人都很注意克雷伯的复原情形。他的伤口迅速愈合,没有任何并发症,他们因此比较相信这女孩的存在没有赶跑神灵。现在他们也比较愿意在接受伊札的治疗时让她在旁协助。冬季一天天过去,爱拉学到了如何治疗烧伤、割伤、瘀伤、感冒、喉咙痛、胃痛、耳痛,以及日常生活里所碰到的许多小伤、小病痛。

一段时日后,部落里的人有小病小伤,已经很放心地找爱拉看病,就和找伊札一样放心。他们知道爱拉一直在为伊札采集药草,也看到女巫医在训练她。他们也知道,伊札年纪越来越大,身体不好,而乌芭又太小。部落的人渐渐习惯这个古怪的女孩跟他们在一起,且开始认为这个出身异族的女孩有朝一日说不定会成为部落的女巫医。

冬至之后,春意初萌之前,在这一年最冷的日子里,奥芙拉即将分娩了。

"太早了,"伊札告诉爱拉,"照理她应该到春天才生,且她最近都没感觉到胎动。这次生产恐怕不会顺利。我想,她的小孩会是死产儿。"

"奥芙拉很想要这孩子,伊札,知道自己怀孕时她非常高兴。你不能想想办法吗？"爱拉问。

"我们会尽力，但有些事就是无能为力，爱拉。"女巫医答。

部落里的每个人都很关心古夫的配偶早产这件事。女人替她加油打气，男人则在附近焦急等待。地震夺走了几个成员，他们很期盼部落的人数可以增加。新生儿意味着布伦的猎人和采集食物的妇女有更多张嘴要喂，但婴儿会长大，成人后会反过来供养他们。部落的延续攸关个人的延续，他们相互依赖。得知奥芙拉可能会生出死产儿，他们很难过。

古夫担心配偶的安危更甚于担心胎儿，他很希望自己能帮上忙。他不想看到奥芙拉受苦，尤其是结果几乎不可能乐观时。她想要小孩，一直以自己是部落里唯一没有小孩的女人而深以为憾。终于怀孕时，奥芙拉欣喜若狂，如今古夫希望能想出什么办法安抚她的失落。

德鲁格似乎最了解这个年轻男人的心情。他曾对古夫的母亲有过类似的心情，但幸运的是，她生下了古夫。德鲁格不得不承认，成立新家后，他已习惯与新家人一起住，家庭生活很和乐。他甚至希望佛恩会对制造工具感兴趣，奥娜则是十足的开心果，特别是她已经断奶，开始以小女孩的方式模仿女人。德鲁格的火堆地盘里之前从来没有小女孩，他纳阿葛为偶时奥娜还很小，所以感觉奥娜仿佛生来就是他火堆地盘里的人。

娥布拉、乌卡坐在奥芙拉旁边，满脸同情，伊札则在准备药。乌卡也一直在期盼自己女儿肚里的小孩出世，当奥芙拉使劲分娩时，她紧握奥芙拉的手。奥佳去替布伦、格洛德、布劳德料理晚餐，也请古夫一起过去吃。伊卡主动表示要帮忙，古夫婉拒了，奥佳也说她不需要帮忙。古夫没什么胃口，跑去德鲁格的火堆地盘里坐，最后在阿芭的劝说下吃了几口东西。

奥佳担心奥芙拉,心神不宁,后悔拒绝了伊卡的帮忙。她不知道怎么回事,端热汤给男人时竟然绊倒了。

"啊哟!"滚烫的汤溅在布伦的肩膀和手臂上,他忍不住大叫起来,跳来跳去,紧咬着牙关。每个人都转头过来看,全屏住了呼吸。最后是布劳德打破了沉默。

"奥佳!你这个笨手笨脚的蠢女人!"他以动作示意,掩饰配偶干了蠢事后自己的难堪。

"爱拉,去帮他,我现在不能离开。"伊札示意道。

布劳德紧握双拳走向配偶,准备教训她。

"不要,布劳德,"布伦伸手阻止年轻人,汤的热油仍黏在身上,他忍着不露出痛苦的表情,"她不是故意的,打她无济于事。"奥佳在布劳德脚边缩成一团,又羞愧又恐惧。

爱拉很害怕,她从未伺候过头目,非常怕他。她冲向克雷伯的火堆,拿了一只木碗,再跑到洞口舀了一碗雪,走到头目的火堆地盘里,坐在他面前。

"伊札派我来,她现在离不开奥芙拉。头目可以让这女孩来帮忙吗?"她问,布伦同时给了她响应。

布伦点头。爱拉成为这个部落的女巫医?他心存怀疑,但在目前的情况下,他别无选择,只好让她来治。她紧张地在烫伤的地方抹上冰凉的雪水,随着疼痛纾缓,她感到布伦紧绷的肌肉开始放松。她跑回去找来晒干的麝香薄荷叶,加热水冲泡。叶子变软后,她把雪放进碗里,让它更快冷却,然后回到病人身边。她用手将这镇痛的药涂在患处,感觉到领袖坚硬结实的肌肉更放松了。布伦的呼吸比较和缓了。

烫伤的地方仍在发疼，但已舒服许多。他点头称许，女孩才感觉比较自在。

"她似乎真的在学伊札的巫术，"布伦心想，"而且言行也比较得体，像一个女人应有的样子；或许她的缺点就是还不够成熟。乌芭长大之前，若伊札有个三长两短，我们就没有女巫医了。伊札培养她，或许是明智之举。"

不久后，娥布拉过来告诉她的配偶，奥芙拉的儿子是死产儿。布伦点头，往奥芙拉那边望去，摇摇头。"还是个男孩，"他想，"她一定伤心欲绝，每个人都知道她很想要这个孩子。希望她下次怀孕会顺利点儿。谁想得到打河狸图腾竟这么辛苦？"头目觉得这个年轻女人很可怜，但什么也没说，因为没有人会提这个悲剧。但几天后，当布伦走到古夫的火堆地盘里，告诉奥芙拉想休养多久就休养多久，直到"病"好为止时，她知道了布伦的心意。男人常会聚集在布伦的火堆地盘里，但头目很少走访其他男人的火堆，即使去了也很少和女人讲话。奥芙拉感激他的关心，但内心的伤痛无可平复。

伊札坚持要爱拉继续治疗布伦，他的烫伤痊愈后，部落人更愿意接纳她了。此后，爱拉在头目旁边觉得比较自在了。他终究只是人。

CHAPTER 12

第十二章

漫漫长冬结束，部落的生活节奏变快了，配合着丰饶大地上日益蓬勃的生机。寒冬并未迫使他们真正地冬眠，但活动减少改变了代谢率。冬天他们比较懒散，睡得多，吃得多，长出厚厚的皮下脂肪抵御寒冷。气温上升后，情况改变了，部落的人静不下来，渴望出去好好动一动。

伊札的春季补药更起了推波助澜的作用。这补药由某种小麦属植物的根、晒干的车叶草叶、富含铁质的水芹根粉调制而成，由女巫医送给部落里的男女老少服用。其中的小麦属植物于初春时采集，取自类似黑麦的粗质禾本植物。全部落的人带着重振的活力冲出山洞，准备迎接新一轮的四季。

入住这个山洞后的第三个冬天，生活已没那么艰辛了。唯一的死者是奥芙拉的死产儿，但那无关紧要，因为他还没命名，也没有被正式当成部落的一分子。伊札不再因为哺育饥饿的婴儿而大伤元气，安然挨过了这个冬天。克雷伯身上的病痛和往常一样，没有恶化。阿葛和伊卡双双再度怀孕，她们前一胎生产都很顺利，因而全部落乐观地期盼人丁更为旺盛。女人采集了初发的嫩枝、嫩芽，猎人则打算进行今年的初猎，为春季的盛宴提供鲜肉。春季的盛宴旨在向重新唤醒生机的神灵致敬，向保佑他们度过又一个冬天的众图腾灵表示感谢。

爱拉觉得自己有必须感谢自己的图腾的特殊理由。这年冬天让她既觉艰苦，又觉振奋。她变得更厌恶布劳德了，但也知道自己应付得了他。他无所不用其极地对付她，但她见招拆招，游刃有余。爱拉有更胜一筹之处，是布劳德无法超越的。她学到了更多伊札的治病巫术，获益良多。她喜欢这门技能，学得越多，越是想学。她发现自己不只热衷于拿采集植物当借口溜出去，也热衷于为了治病而出去寻找药用植物，因为她现在更了解药用植物了。当外面刮着寒风、下着暴风雪时，她只能耐心等待，但季节转换的迹象一出现，她就立即陷入不安的期待。自有记忆以来，这是她最期盼的一个春天。她学打猎的时候到了。

天气一好转到可以外出，爱拉就立即奔往树林和原野。她不再把抛石索藏在她练习草地附近的小洞穴里，而是随身带着，塞进外衣的褶层或采集篓里的叶子底下。自学并非易事，动物动作快，而且难以捉摸，移动的靶远比固定靶难打。女人出去采集时总是会发出声响，好吓走潜伏的动物，这习惯她一时改不掉。有好多次，她直到瞥见动物飞也似的逃窜找掩蔽，才气自己事先向它们警告过敌人逼近了。但她意志坚定，一次又一次的练习之后，终于不再犯同样的错了。

她通过错误摸索如何以足迹追踪动物，开始理解并且应用她从男人那儿慢慢收集来的狩猎知识片段。采集植物的经验让她培养出了由小细节分辨植物差异的好眼力。如今，她只要在这个基础上稍加用功，就能判断出动物排泄物、地上模糊的足迹、弯曲的草叶或断掉的小枝所隐含的意义。她学会了分辨不同动物的足迹，熟悉它们的习性和栖息地。她没有忽略草食性动物，但重点放在肉食动物上——她所要打的猎物。

她特别留意男人出门打猎所往的方向。但她最提防的不是布伦和他的猎人。他们多半在大草原上打猎,而她不敢冒险到没有掩蔽的开阔草原上打猎。她最小心提防的是那两个年长的男人。以前她去替伊札采集植物时,就偶尔见过祖格、多夫在附近打猎。她若出去打猎,最可能在同一地区碰上的人就是他们。她得时时留意,避开他们。即使朝反方向走,也不代表他们不会折返,发现她手拿抛石索。

但随着她懂得静悄悄地移动,她有时也会跟在他们后面观摩学习。那时她格外谨慎。跟踪这些正在跟踪猎物的人比跟踪他们所追捕的猎物还要危险。但这样的学习效果非常好。跟踪这两个人就和跟踪动物一样,让她学到了悄无声息地移动的本事,一旦有人偶然瞥向她这边,她就能消失得无影无踪。

爱拉学会跟踪足迹的本领,懂得无声无息地移动,训练出识破动物伪装的眼力之后,有好几次,她笃定地认为,若自己出手,眼前的小动物就性命难保。她跃跃欲试,想一展身手,但如果不是肉食动物,她就会放过。她已下定决心只杀掠食动物,她的图腾只准她猎杀这类动物。春天的花蕾变成了花朵,树上长满了树叶,花谢结果了,垂着半生不熟的青涩果实,爱拉仍未猎到她的第一个猎物。

"滚开!嘘!走开!"

爱拉跑出洞,想看看外面怎么闹哄哄的。几个女人挥舞手臂,追赶着一只又短又胖、长着粗毛的动物。那是一只狼獾,它拼命往山洞里冲,但看到爱拉便狂吠一声蹿到一旁,在女人的腿间四处闪躲,最后咬着一条肉逃走了。

"鬼鬼祟祟的狼獾!我刚把那条肉拿出来晒,"奥佳愤愤地比画着,"我才一转身而已。这只公狼獾整个夏天都在附近徘徊,每天越来越大胆。真希望祖格能抓到它！还好你正好出来了，爱拉。它差点儿冲进洞里。如果它被困在洞里面，想想它会留下多臭的味道！"

"我想它是母的，不是公的，奥佳，而且大概在附近有窝。我猜它有几个嗷嗷待哺的小孩，且小孩现在一定已长得相当大了。"

"那就是我们要的！一群狼獾！"她的手语里掺杂着愤怒的口语，"祖格和多夫今天早上带佛恩出去了。真希望他们出去是为了打那只狼獾，而不是不中看的仓鼠、雷鸟。狼獾一无是处！"

"它们还是有点儿用处啦，奥佳。冬天，它们的毛皮不会因你呼的气而结霜，可以做成上等的帽子和兜帽。"

"真希望那只狼獾变成一张皮！"

爱拉走回火堆地盘。这时没什么事需要她做，且伊札说她有些东西快要用完了，需要补充。爱拉决定出去找那只狼獾的窝。她自顾自地笑着，加快脚步，不久后就带着采集篓离开山洞，进入了距那只动物隐没之处不远的森林。

她检视地面，发现泥土上有长尖爪子留下的爪痕，再往前走一会儿，又发现一根折弯的茎。爱拉开始追踪这动物。不久后，她听见动物仓促逃开的脚步声，声音距山洞出奇地近。她轻手轻脚地前进，几乎没碰触任何叶子，然后看见那只狼獾和四只半大不小的幼狼獾正为那条偷来的肉而吼叫争执。她小心地从外衣褶层里抽出抛石索，将石头放进凹处。

她按兵不动，等待一击中的的好机会。风转向的话，狡猾的狼獾会闻到陌生的气味。她抬头嗅嗅空气，提防可能的危险。这就是爱拉所等待的出手时刻。就在狼獾察觉到她出手之际，她迅即掷出石头。母狼獾颓然倒下，小狼獾被弹起的石头惊吓到，四散奔逃。

她走出藏身的灌木丛，弯下腰检视这只食腐动物。这只状似熊的鼬属动物，从鼻子到毛茸茸的尾巴末端，长接近一米，全身长着粗长的黑褐色毛。狼獾是勇猛好斗的食腐动物，凶猛到敢赶走体形比自己大的掠食动物，抢下对方已得手的猎物，胆子大到敢偷走人类晾晒的肉或任何它们能衔走的东西，精明到能闯进人类贮藏食物的地方。它们有麝腺，会留下臭鼬般的气味，在部落的人眼中比鬣狗还讨厌。它既是食腐动物，也是掠食动物，不靠其他动物所猎杀的动物来过活。

爱拉掷出的石头一如她所瞄准的，正中它的眼睛上方。"这只狼獾从此不能再偷我们的东西了。"她想，心里得意极了，简直是狂喜。这是她猎得的第一只猎物。"我想把它的毛皮送给奥佳，"她想，拿出刀子割皮，"知道它再也不会骚扰我们了，她一定会很高兴吧？"突然，女孩停下动作。

"我在想什么？我不能把这张毛皮送给奥佳，不能给任何人，甚至连保存也不行。我本来不该打猎的。如果有人发现我杀了这只狼獾，不知道他们会怎么对我。"爱拉在狼獾的尸体旁坐下，用手指梳弄它粗粗的长毛。雀跃转瞬消失。

她已经猎得她的第一个猎物，它或许不是被粗大的尖矛刺死的大野牛，但胜过佛恩的豪猪。然而，不会有任何活动庆祝她晋升猎人的行伍，不会有盛宴表彰她的能干，甚至不会有佛恩骄傲地展示他的小猎物时得到的赞美和祝贺。她如果带着狼獾回山洞，所面对的就是震惊的表情和严惩。她想帮这个部落的忙，她能打猎，且在这方面大有可为，但这些都不重要。女人不打猎，女人不杀动物，那是男人的事。

她叹了一口气。"我知道，我老早就知道，"她自忖，"甚至在我开始打猎之前，在我捡起那条抛石索之前，我就知道不该做这种事。"

四只幼狼獾中胆子最大的一只走出藏身处,试探性地嗅闻尸体。"这些幼狼獾以后会和它们的母亲一样骚扰我们,"爱拉心想,"它们快要长大了,其中会有两三只活下来。我最好处理掉这具尸体。如果我把它拖得远远的,幼狼獾大概会跟着它的气味离开。"爱拉站起来,抓住死狼獾的尾巴,把它拖进林子更深处,然后开始找植物采集。

以这只狼獾为开头,她此后又用抛石索猎杀了许多小型掠食动物、食腐动物。命丧于她疾石之下的有貂、水貂、雪貂、水獭、鼬、獾、白鼬、狐狸、体形娇小且带有灰黑色斑纹的野猫。猎杀掠食动物这个决定对她产生了一个重大的影响,但她自己没发觉。这对她的锻炼远大于狩猎温和的草食动物,使她的打猎本领突飞猛进。肉食动物更敏捷,更狡猾,更精明,更危险。

她的抛石索本事很快就超越了佛恩,这不只因为他将抛石索视为老人家的武器而无心勤练,还因为对他而言抛石索比较难。她的手臂可以自由摆动,很适合抛掷动作,但他不行。她的全心投入以及通过练习加强的手眼协调能力让她掷出的石头快、狠、准。她不再把佛恩当作超越对象,在她心中,她要挑战的是祖格,而这个女孩正快速逼近那个老猎人。太快了。她开始自负起来。

夏天逐渐接近尾声,炙人的暑热全力发威,夹杂着闪电的雷暴异常频繁。这天很热,令人难耐的热,一点儿风也没有。前一晚的暴风雨让大家匆匆跑进山洞避雨,弧形闪电划过天际,以它绝美的姿态照亮山脊,还下了小石头般大的冰雹。平常因为有树荫而凉爽的微湿森林这时变得潮湿闷热,令人窒息。小溪逐渐干涸,河床布满了一个个死水塘和长满水藻的水坑,蚊蝇围着水塘的烂泥不断地嗡嗡直转。

爱拉正循着足迹追踪红狐,在一片空地边缘的林子里悄悄移动。

她觉得很热，汗流浃背，对猎杀这只狐狸兴致不是特别高，开始想着是不是干脆放弃，回到山洞，到溪里玩水。她走过很少裸露见底的河床，在两块大石头之间还有溪水流动的地方停下来喝水。两块大石头把蜿蜒的细流堵成及膝深的池子。

喝完水，她站起来往前一看，吓得一口气堵在喉咙里出不来。一只猞猁蹲伏在爱拉正前方的石头上，她盯着它独特的头型和耳尖长着一簇毛的双耳，非常害怕。它也带着戒心盯着爱拉，短尾来回拍动。

身长腿短的帕德尔猞猁体形比大部分大型猫科动物小，和它日后北方的近亲猞猁一样，在原地一跃能跃上四五米高。它们主要靠野兔、兔子、大型松鼠和其他啮齿类动物为生，也能撂倒小鹿，所以，八岁大的女孩它轻易就能解决。但天气很热，它通常也不吃人。如果不招惹它，它大概会放过这个女孩。

爱拉看这只猫科动物一动不动地盯着她，最初的一丝恐惧反倒转为冷冷的兴奋。祖格不是告诉过佛恩，猞猁可用抛石索猎杀吗？他说不要拿更大型的动物来试，但的确说过抛石索掷出的石头可以杀死狼、鬣狗或猞猁。"我记得他有说猞猁。"她想。她还未猎杀过中型的掠食动物，但想成为部落里最厉害的抛石索猎人。如果祖格能杀死猞猁，那么她也能。而现在，在她正前方就有绝佳的目标。凭着一股冲动，她决定眼前就是猎杀较大猎物的时候。

爱拉慢慢地把手伸进短夏衣的褶层，眼睛一直盯着猞猁，摸索着寻找最大的石头。她的两只手掌都在冒汗，但她把抛石索的皮带两端抓得更紧了，同时在凹处放进石头，然后趁着还没胆怯，瞄准它两眼之间狠狠抛出。但她一举臂，猞猁就发现了。它转头动了一下，石头轻擦而过，它应该被近距离射程的力道打痛了，但仅此而已。

爱拉还没想到再拿石头，就看到猞猁耸起了身子。恼火的猞猁跳起来扑向她，她本能地立刻跳开，落在溪边的烂泥里，一只手摸到一根漂流木。这根漂流木从上游翻滚漂流下来，叶子和小枝已被冲刷殆尽，饱吸水分，非常沉重。猞猁龇牙咧嘴再度扑来，爱拉紧抓住漂流木翻滚到一旁。她吓坏了，抡起漂流木就是一阵乱打，竟然把它的头打得歪向一边。猞猁吓了一跳，滚到一旁，甩甩头休息了一会儿，然后无声无息地走进森林。它的头接连两次遭到了不轻的重击。

爱拉坐起来，浑身发抖，呼吸困难。走去捡抛石索的时候，她觉得膝盖无力，不得不再坐下来。祖格绝对想不到，竟会有人只靠一条抛石索，没有其他猎人陪同，甚至没有其他备用武器，就试图猎杀危险的掠食动物。但爱拉仗着自己几乎没失手过，太过自信，没想过万一失手会有什么危险。走回山洞时，她仍惊魂未定，差点儿忘记拿回她决定跟踪狐狸前藏起来的采集篓。

"爱拉！你怎么了？全身烂泥巴！"伊札看见她时比画道。女孩脸色苍白，一定是被什么东西吓到了。

爱拉没回答，只是摇摇头，走进洞里。伊札知道必有隐情，女孩不想告诉她。她本想进一步逼问，但后来改变主意，希望女孩主动告诉她。不过，伊札也不是很肯定自己真的想知道。

当爱拉独自外出时，伊札总是很担心，但得有人去采集她所需的药草，药草不可或缺。她自己不能去，乌芭又太小，其他女人没一个知道该采什么或根本不想学。她还是得让爱拉去，但如果女孩告诉她什么可怕的事，那会让她更担心。只希望以后爱拉不要在外面再待这么久了。

那晚，爱拉闷闷不乐，早早就窝着睡，可又睡不着。她清醒地躺着，想着白天意外碰到猞猁那件事，越想越害怕，直到凌晨才蒙眬睡去。

没想到，半夜，她突然尖叫起来。

"爱拉！爱拉！怎么了？"伊札轻轻摇醒她，爱拉听到有人在叫她的名字。

"我梦到我在一个小洞穴里，一只穴狮跟着我。现在没事了，伊札"。

"你很久没做噩梦了，怎么现在又做噩梦？今天什么东西吓到你了？"

爱拉点点头，低头不语。洞内幽暗，只有红煤块暗淡的火光照明，遮掩了她内疚的表情。自从发现她的图腾所给的信号，她就从不为偷偷打猎而觉得内疚。但现在，她怀疑那是否真的是个信号。或许只是她一厢情愿的认定。或许她根本不该去打猎，特别是猎杀这么危险的动物。是什么让她觉得女孩可以猎杀猞猁？

"我一直不喜欢让你一个人出去，爱拉。你老是出去那么久。我知道你喜欢一个人出去，但我会担心。女孩子这么喜欢独来独往是很奇怪的，森林有时候很危险。"

"你说得没错，伊札，森林有时很危险。"爱拉示意道，"或许下次我可以带乌芭一起去，可能伊卡也会想去吧。"

看到爱拉似乎听进去了她的劝告，伊札觉得很宽心。现在，爱拉只在山洞附近走动，即使真的出去采药草，也很快就会回来。找不到人陪她出去时，她就很紧张，不断想到会看见蹲伏在地、准备跃起的动物。她渐渐了解部落的女人为何不喜欢独自出去采集，为什么她们对她喜欢单独出门那么吃惊。她年纪小时初生牛犊不畏虎，但遭到一次攻击后，她就知道要以更敬畏的心看待周遭的环境了，大部分女人则是只要感觉到一次危险就会懂得这个道理。就连非掠食性动物也可能有危险。野猪有尖獠牙，马有硬蹄，公鹿有粗角，山羊和绵羊有能致命的角，它们若被激怒了，都可能让人重伤。爱拉不懂自己当初怎么会那么大胆想去打猎，现在她不敢再出去打猎了。

爱拉没有对象可以倾诉这段遭遇。些许恐惧会让感官更敏锐，特别是悄悄跟踪危险的猎物时，但没有人告诉她这一点。也没有人鼓励她再出去，恐惧让她不敢轻举妄动。男人了解恐惧，他们不会在嘴上谈，但每个男人从参加第一次大狩猎晋升为男人以来，已经体验过许多次恐惧。猎杀小动物是为了磨炼猎技，以便于更娴熟地使用武器，但必须体验并克服恐惧，才能成为真正的男人。

对女人而言，远离部落保护、独自在外生活的那些日子一样是对勇气的严苛考验，只是那种严苛更难以为外人道。就某些方面来说，要挨过只有孤单一人的数个白天和夜晚需要更大的勇气，她们知道，不管发生什么事，都只能自求多福。从呱呱坠地起，女孩就一直有人陪伴，有人保护。但要晋升为女人，接受独自在外的考验期间，万一遇上危险，她们不但没有武器防身，也没有带武器的男人救。女孩和男孩一样，要面对并克服恐惧，才能转为大人。

发生那件事后最初几天，爱拉不想离山洞太远，但过了一阵子又开始无聊不耐烦。冬天她别无选择，只能和其他人困居山洞，可是她已经习惯在天气暖和时自由自在地四处游荡了。她觉得很矛盾，远离部落保护、独自跑到遥远的森林里让她很害怕；可是，在山洞附近和部落的人在一起时，她又渴望独处和漫步山林的自在。

有一次，她独自出去采集植物，来到秘密基地附近，于是继续往上爬到那片高原草地。这个地方让她的心情平静下来。这里是她专属的私人世界，有她的小洞穴，有她的草地，她甚至觉得常在那里吃草的一小群鹿是她养的。它们变得很温顺了，她甚至可以走到几乎能摸到它们的地方，它们才会跑开。这片空地让她觉得安全，潜伏着野兽的危险森林已不再给她这种感觉。进入这个季节以来，她还没来过这里，回忆纷纷涌现脑海。这里是她第一次自学抛石索的地方，是她打中豪猪的地方，是她发现自己图腾留下的信号的地方。

抛石索她带在身上，不敢留在洞里，怕被伊札发现。她捡起一些小石头，抛掷了几回。但这样的运动太不刺激，早已引不起她的兴趣。她想起那次碰见猞猁的意外。

她想："那时我的抛石索里如果还有一颗石头就好了。如果第一颗打偏了，我就能紧接着再丢一颗，应该可以在它跳起来之前就打败它。"她望着手里的两颗小石头，心想，有没有方法可以连射两颗？祖格有没有跟佛恩说过？她绞尽脑汁，竭力回想。"如果他说过，那我一定不在附近。"她这么断定。她开始思考，如果能在第一掷之后，趁着抛石索向下之际马上再放一颗进去，那她可以在抛石索向上时顺势掷出吗？不知道这样行不行。

她练习了好几次，觉得和第一次练抛石索时一样不顺手。然后她慢慢地找到了节奏：掷出第一颗石头；在抛石索向下落时把它抓住，同时备好第二颗石头；趁抛石索还在动，把第二颗石头放进凹处；掷出第二颗石头。小石头常常掉出来，但渐渐能够以高弧线射出，不过两颗都打不中目标。但她已经很满意了，这方法的确可行。此后，她每天回到这里练习。她仍为打猎感到不安，但弄通新技巧的挑战使她又对这个武器兴致盎然。

夏去秋来，山坡上的森林艳红似火，这时她连射两石已和单射一颗一样准。站在空地中央，将石头掷向打进土里的新标杆，啪啪连续两声重击告诉她两石都击中目标了，她为自己的成就大为兴奋。没有人告诉她不可能用一条抛石索连射两颗石头，因为从没有人这么做过。没有人告诉她这不行，她是自己学会的。

秋末，某个炎热的早上，在决心打猎将近一年后，爱拉爬上高处草地，采集掉落地面的成熟榛果。快接近时，她听到鬣狗兴奋的喊叫声、呼哧呼哧的呼吸声。抵达草地时，她看到一只丑陋的鬣狗把一半身子埋在老麂鹿血淋淋的肚子里撕咬内脏。

她火冒三丈，这恶心的动物竟敢玷污"她的"草地，攻击"她的"麂鹿？她跑向那只鬣狗，想把它吓走，后来想了想，又改变主意。鬣狗也是掠食动物，下巴非常有力，能将有蹄类动物粗大的腿骨咬碎，且很难把它们从已到手的猎物身边赶跑。她立刻抖下篓子，伸手到篓底找抛石索。她缓缓走向那面岩壁附近的一座露头，同时搜寻地面的石头。这只老麂鹿已被吃掉一半，她的移动引起了鬣狗的注意。这浑身斑点的动物非常瘦，体形几乎和猞猁一样大。鬣狗抬头往上看，发觉了她的气味，转身面向她。

她已经准备好了。她从露头后面走出来射出一颗石头，紧接着又是一颗。她不知道第二颗根本没必要，因为第一颗就击中了，但总算是多个保障。爱拉已经学到教训。她在抛石索里装上第三颗，手上握着第四颗，准备如果有必要就再度连发。这只穴居鬣狗当场倒地，一动不动。她环顾四周，确定附近没有别的鬣狗了，才小心翼翼地走向那野兽，手中的抛石索仍蓄势待发。途中，她捡起一根腿骨，腿骨还未断，上面还黏着些许红肉。爱拉那一击打碎了鬣狗的颅骨，她确信它再也爬不起来了。

她看着脚边鬣狗的尸体，放下手里的武器。她对自己说："我杀了一只鬣狗。"她慢慢地意会到这件事的含意，心头为之一震，"我用抛石索杀了一只鬣狗，不是小动物，而是鬣狗，是能杀死我的动物。这表示我已是猎人了吗？我真的是猎人了吗？"她感受到的不是雀跃，不是第一次杀死猎物的兴奋，甚至不是打败强悍野兽的得意，而是更深刻的感受，这让她的傲气不增反减。她体会到自己已征服了自己。这让她窥见深层的内在，给了她无以名之的洞见；她生起深深的尊崇之情，以洞熊族古老的正式语言向自己的图腾灵说话。

"我只是个女孩，'大穴狮'，神灵的行事作风我不懂。但我认为我现在已更有领悟。猞猁是对我的考验，比布劳德还艰难的考验。克雷伯总是说强图腾不易相处，但他从未告诉我，他们所给予的最大礼物在人的内在。他从未告诉我最终领悟时的心情。这考验不只是克服艰难，更在于了解自己能够克服艰难。我感激你挑中了我，'大穴狮'，希望我永远不会辜负你。"

缤纷多彩的秋季丧失了光彩，只剩骨架的树枝卸下枯叶时，爱拉重新回到森林里。她跟踪她所挑中的猎物，研究它们的习性，但这时她比从前更尊敬它们，视它们既是猎物，也是危险的对手。有好几次，她悄悄地逼近到可以掷出石头的距离，却决定罢手，只是在旁观看。她更深刻地认识到，对部落没有威胁而且毛皮无法利用的动物，杀之无益。但她仍决心要成为部落里最优秀的抛石索猎人，她不知道自己已达到了这个境界。她不断提升猎技的唯一方法就是打猎。而她的确在打猎。

结果，别人开始注意到这件事了，男人们大为不安。

"在距练习场不远处，我又发现了一只狼獾，或者说狼獾的残骸。"克罗哥说道。

"翻过那座山脊到半山腰的地方也有几块毛皮，看起来像是狼的。"古夫也说道。

"清一色是肉食动物，比较强壮的动物，不是女性图腾。"布劳德说，"格洛德说，我们应该告诉莫格乌尔。"

"是中小型肉食动物，不是大型猫科动物。大猫、狼、鬣狗会猎杀鹿、马、绵羊、山羊，甚至于野猪，但是什么东西在猎杀小型肉食动物？我从没见过这么多这类动物被杀。"克罗哥说。

"那正是我想知道的，什么东西在猎杀它们？附近的鬣狗或狼比以前少，我不在意，但如果那不是我们杀的……格洛德打算跟莫格乌尔讲吗？你认为那是某个神灵？"这个年轻男人强忍住一个寒战。

"如果是神灵，那是在帮我们的善灵，还是气我们图腾的恶灵？"古夫问。

"这样的问题，古夫，就由你来提。你是莫格乌尔的助手，你怎么认为？"克罗哥反问道。

"我想，得深入冥想并请教神灵，才能回答这个问题。"

"你说话的口气倒已很像莫格乌尔了，古夫，从不直截了当地回答。"布劳德挖苦道。

"哟，那你的答案呢，布劳德？"巫师助手反驳道，"你有更直截了当的答案吗？谁杀了那些动物？"

"我不是莫格乌尔，也没受过莫格乌尔的养成训练，别问我。"

爱拉在附近干活儿，强忍住笑意。"所以，我现在是神灵，但他们还搞不清楚我是善灵还是恶灵。"

莫格乌尔走过来，大家没发觉，但他已看到这场讨论。"我还没有答案，布劳德，"巫师示意道，"得冥想过才能知道。但我要说，这不是神灵惯常的作风。"

莫格乌尔心中想着，神灵或许能让天气太热或太冷，降太多雨或雪，把兽群赶跑，带来疾病，或制造打雷、闪电、地震，但通常不会夺走个别动物的性命。这件怪事感觉是人力造成的。爱拉站起身，走向山洞，巫师看着她离开。她有些不对劲，她变了，克雷伯自忖道。他注意到，布劳德也盯着她离开，眼神里充满受挫之后的怨恨。布劳德也注意到了她的改变。或许那只是因为她并非洞熊族出身，所以走路姿态不同，毕竟她长大了。可是克雷伯总觉得怪怪的，觉得这并非真正原因，一定另有蹊跷。

爱拉变了。随着猎技增进，她流露出洞熊族女人所没有的自信和健壮的魅力。她走起路来悄无声息，就像经验老到的猎人，年轻的身躯一举一动沉稳有力，反应灵敏，充满自信。每当布劳德开始骚扰她，她就露出深谋远虑、令人捉摸不透的眼神，仿佛眼前没他这个人似的。收到他的命令，她同样会立即起身响应，但不管他怎么打，她的回应都少了恐惧。

她的沉着和自信其实更隐讳难察，但在布劳德眼中就和先前那近乎公然的反抗一样明显。仿佛她是刻意纡尊降贵在服从他，仿佛她知道什么他不知道的东西。他看着她，竭力想看出那难以捉摸的转变，竭力想找借口来惩罚她，但就是办不到。

布劳德不知道她是怎么办到的，但每当他想确立自己的优越地位，她就反倒让他觉得自己比她低，不如她。他为此非常挫败和愤怒，但越是找她的麻烦，他越觉得无法掌控她，因此更痛恨她了。但渐渐地，他越来越少骚扰她，甚至离她远远的，只有偶尔才想起要展现他的特权。随着秋季结束，他的恨意更强了。总有一天要驯服这个女人，他暗自发誓，总有一天，他要她为伤害他的自尊付出代价。没错，总有一天她会后悔。

CHAPTER 13

第十三章

冬季降临，他们一如遵循四季运行规律的所有生物，减少了活动量。生命仍在搏动，只是步调比较慢。爱拉第一次期盼这个寒冷的季节到来。夏天活跃而忙碌，伊札没什么时间教导爱拉。随着降下第一场雪，女巫医再度开始她的授课。这个部落的作息年复一年少有变化。冬季再度无声无息地结束了。

这一年的春天来得晚，而且潮湿多雨。高山融化的雪水加上大雨，导致溪水暴涨，滚滚漫过溪岸，一路挟带被连根拔起的大树和灌木奔流入海。下游的水流被树干堵住，溪水窜流改道，夺走了族人开辟的一小段小径。短暂降临的春暖让大地暂得纾解，但果树只来得及绽放犹豫的花朵，随即就被晚春的雹暴摧折，来日采收果实的希望也随之落空。然后，仿佛天地终于回心转意，有心弥补应给而未给的果实，在初夏带来了丰富的野菜、根茎、南瓜属植物、豆科植物。

这年春天，部落错过了到海边捕鲑鱼的时机，所以，当布伦宣布要去捕鲆鱼、鳕鱼时，大家都乐坏了。他们常走上十几千米的路到内陆海捕捞软体动物，采集海边峭壁上数不清的鸟巢里的蛋，但捕捉大鱼是少数需要部落男女共同出力的活动之一。

德鲁格想去则有自己的理由。春季滚滚的径流已将高海拔白垩层里的燧石结核冲刷到山下，搁浅在泛滥平原。先前他勘察过海岸，已见到好几个冲积层。参加这趟捕鱼之旅，他正好可以用这些高级石材替部落制作一些新工具。在采集时就将燧石敲成所需的形状，比把沉重的石头带回山洞处理更省事。德鲁格已有一段时间没替部落制作工具了。他们最爱用的石器很容易碎，一旦断裂，就只能将就拿自己做的比较粗糙的工具来用。他们每个人都能制作合用的工具，但绝大部分比不上德鲁格做的。

行前的准备工作弥漫着悠闲的度假气氛。全部落的人很少同时离洞，在海滩上露营的新奇让人兴奋，特别是小孩子。布伦计划每天派一两个男人回来，确保没人在家期间山洞平安无事。就连克雷伯也期盼着这趟远行，他的活动范围通常离山洞不远。

女人们忙着织渔网，修补已经不牢的粗绳，并做新的绳索加在后面。她们用藤蔓、树皮、粗草、动物的长毛为材料搓成细绳，再把数条细绳搓成粗绳。筋虽然很坚韧，却不能用，因为筋和皮一样碰水就变硬，而且不大能吸收有软化作用的油脂。

身躯庞大的鲟鱼往往超过三点六米，重逾一吨，一年大部分时间在海里度过，初夏洄游到淡水河产卵。它没有牙齿，嘴巴下侧的肉质触须使这状似鲨鱼的古老鱼种面貌狰狞，但它的食物是无脊椎动物和在海床上觅食的小鱼。鳕鱼比较小，通常只有十千克左右，最大可达九十千克或更重，夏季往北洄游到较浅的水域。鳕鱼大部分时间在海底觅食，但洄游或追逐食物时，偶尔会游到海面附近或游进淡水河口。

鲟鱼夏季产卵的十四天期间，溪河的出海口满是鲟鱼。洄游到小溪流里的鲟鱼体形不如在大河里奋勇洄游的鲟鱼，但这个部落捕到的鲟鱼已经大得要费很大的劲才能拖上岸。洄游季节快到了时，布伦每天派人到海边查看。溪里一出现大白鲟的踪影，布伦即下令准备出动。

隔天早上，大伙儿出发了。

爱拉一早就醒了，兴奋得要命。她把毛皮被绑成一捆，把食物和炊煮器具装进采集篓，还没吃早餐，就把遮风避雨用的大兽皮帐扛在身上。伊札离洞一定要带医药袋，当爱拉跑出洞查看大家是否准备好时，她还在装医药袋。

"快点儿，伊札，"爱拉跑进来催促道，"大家已经差不多准备好要走了。"

"别急，孩子，海不会跑掉。"伊札将袋口绳束紧后回道。

爱拉提起采集篓背到背上，抱起乌芭。伊札跟着走，边走边回头拼命想自己是否忘记带什么了。每次离开山洞，她老是觉得似乎忘了带什么。唉，如果是重要的东西，爱拉可以回来拿，她想。大部分人已在洞外了，伊札就位后不久，布伦示意出发。他们一上路，乌芭就扭动身子想下来。

"乌芭不是婴儿！想自己走！"她以孩子气的严正神情比画道。乌芭三岁半了，已经开始模仿大人和大孩子的行为，不想像小宝宝那样受到无微不至的照顾。她渐渐长大，再过四年左右，她就会长得像女人了。在这四年间，她有许多东西要学。她的内心感受到了自己的快速成熟，开始为不久后要担负的额外责任做准备。

"好吧，乌芭，"爱拉放下她，"但要紧跟着我。"

一行人沿着溪岸走下山坡，循着溪水被树干堵住之处形成的新路，缓慢绕过已经改变的水道。这趟路走起来很轻松，只是回程会比较费力，还没到中午，一行人就抵达了宽阔的海滩。他们以漂流木和灌木为支架，在海浪打不到的地方架设临时帐篷，然后生火，再检查一次渔网。隔天早上就要开始捕鱼了。营帐搭好后，爱拉往海水走去。

"我要去水里,母亲。"她示意道。

"你为什么老是想到水里去,爱拉?水里很危险,而且你老是去那么远。"

"水里很舒服的,伊札,我会小心啦。"

一如以往,爱拉一去游泳,伊札就担心。部落里只有爱拉喜欢游泳,也只有她会游泳。骨架粗大的洞熊族人不适合游泳,他们不容易浮起来,所以很怕深水。他们会涉水捕鱼,但从不喜欢进入水深超过腰部的水里,那让他们不安。爱拉爱游泳,部落的人觉得很怪,而她怪的地方不止这一个。

爱拉满八岁时已经比部落的所有女人都高了,和某些男人一样高,但仍未显现出要成为女人的迹象。伊札有时怀疑她是否会不断长高。由于她的身高和迟迟没出现女人的性征,有些人开始猜她强势的男性图腾将使她无法成为完整的女人,怀疑她是不是终其一生都是无法生育的女性,也就是既非男人,又不完全是女人。

当伊札看着爱拉走向海边时,克雷伯一跛一跛地朝伊札走来。爱拉平板的身躯、结实的肌肉、喜爱蹦跳的长腿使她的举止突兀不雅,但她的动作很轻快敏捷,使得她看似不雅,却一点儿也不笨拙。她努力模仿洞熊族女人屈身行走的恭顺姿态,但她没有弯而短的腿,再怎么小步走,长长的腿也会让她不由自主地跨出较大步伐,几乎像男人一样大步行走。

但她与众不同的地方不只在那双长腿。爱拉散发着洞熊族女人所没有的自信。她是猎人。用起抛石索,这个部落的男人没一个比她行,她现在已知道这件事了。面对不觉得有哪里优于自己的男人,她就是装不出恭顺的样子。洞熊族人认为恭顺是女人的一种魅力,但爱拉对这种审美观并非打从心底里信服。在男人眼中,她太高太瘦了,没有女人的曲线,而且常常不自觉流露出自信的模样,更贬低了她本来就被质疑的美。爱拉不只丑,而且没有女人样。

"克雷伯,"伊札以手语说,"阿芭、阿葛说爱拉永远成不了女人。她们说她的图腾太强。"

"她当然会成为女人,伊札。难不成你认为异族没有小孩?她被接纳为部落的一分子,并不会改变她原来的血统。异族的女人大概比较晚熟。就连洞熊族的女孩,有些也是在第十个年头才成为女人的。你可以想见,大家无论如何,都一定会这样说她,在他们真正开始想象她改变形态以前。真是可笑!"他气呼呼地说。

这番话平息了她的忧虑,但她仍希望养女赶快显出女人的特征。她看着爱拉走入水里,水到了及腰深的地方,爱拉俯身朝海里游去,划水的动作非常利落,且每次划水游出的距离都很长。

爱拉喜爱这种自由的感觉和咸水的浮力。她不记得自己是怎么学会游泳的,似乎就是知道怎么游。这段海岸线的水下大陆架离岸几米就遽然陡降。看到水色变得较深,感觉水温变冷了,她就知道自己游出了大陆棚。她翻身仰躺,慵懒地在水面浮了一会儿,任由海浪推摇。海水打在脸上,她喷出一口海水,翻身游回岸上。开始退潮了,她漂进溪水的入海口,两股水流一起往外流,游回去变得比较吃力。她奋力向前游,没多久,脚终于可以着地了,然后走回岸上。她在溪流的淡水里清洗身体时,感受到强劲的水流猛推双腿,脚下不稳定的沙床哗啦啦地塌陷。她在营帐外的火堆附近重重地躺下来,浑身疲累但神清气爽。

晚饭后,爱拉呆呆地望着远方,想知道那片大海的后面有什么。

海鸟发出粗糙尖锐的叫声，在越来越汹涌的波涛上方盘旋，俯冲入水。饱受风吹雨打的白色枯树被大自然琢磨成扭曲蟠结的形状，散落在平坦的沙滩上，特别显眼。一望无际的蓝灰色海水在斜斜的夕阳下粼粼发光。眼前的景象令人感觉苍茫，却又很超现实，仿佛置身另一个世界。扭曲变形的漂流木只剩下奇形怪状的轮廓，然后天地堕入漆黑无月的夜晚。

伊札把乌芭安置在帐篷里，然后回到火堆边，在爱拉、克雷伯的身旁坐下。缕缕轻烟从火堆上升起，升上繁星点点的夜空。

"那些是什么，克雷伯？"爱拉指着上面，以无声的语言示意道。

"天上的火，每一个都是人的灵在另一个世界里的火堆地盘。"

"有那么多人？"

"它们包括所有进入灵界的人的火、所有尚未出生的人的火。它们也是图腾灵的火，但大部分图腾有不止一个火。你看那边的那些，"克雷伯指着另一边，"那是'大乌尔苏斯'的家。再看那些，"他指着另一个方向，"它们是爱拉的图腾'穴狮'的火。"

"我喜欢睡在外面，可以看到天上的点点小火。"爱拉说。

"但刮风下雪时就不好受了。"伊札插话道。

"乌芭也喜欢小火。"在漆黑的夜色中，小女孩突然出现在光亮的火堆旁，比画着手脚。

"我以为你睡着了，乌芭。"克雷伯说。

"没有，乌芭和爱拉、克雷伯一样在看小火。"

"大家都该睡了，"伊札示意道，"明天会很忙。"

隔天一大早，部落的人横过溪流撒下渔网。他们从以前捕的鲟鱼身上取下鱼鳔，把鱼鳔清洗风干之后变成坚硬透明的气球，充当渔网的浮球，再在渔网底部系上石头，让渔网不致随水流漂移。布伦、德鲁格抓着渔网的一端到溪的对岸，然后头目示意开始动作。大人和年纪较大的小孩走进溪里，乌芭跟着要走下去。

"不行，乌芭，"伊札比着手势，"待在岸上，你年纪还不够大。"

"但奥娜就在帮忙——"小女孩恳求道。

"奥娜比你年纪大，乌芭。你等一下就可以帮忙了，等我们捕到鱼之后。这对你太危险了。就连克雷伯也待在岸边。你待在这里。"

"是，母亲。"乌芭回答，小小的脸上写满失望。

他们慢慢移动、散开，形成扇形，尽可能不惊动鱼儿，然后等待，等他们的脚步激起的沙子落定。爱拉顶着强劲的水流，张开双腿站着，看着布伦，等他发号施令。她站在溪流中央，距两岸一样远，最靠近海。她看到一个又大又黑的身影在数步之外快速游过。鲟鱼在往上游。

布伦举起手，众人屏住呼吸。突然，他的手猛地往下，众人开始大叫，拍打水面激起水花。这些喊叫和拍水的动作乍看杂乱，但不久就可以发现是在赶鱼入网，而且包围圈越缩越小。布伦、德鲁格从对岸走下来将渔网合拢，众人的喧嚣拍打让鱼群无法回奔入海。渐渐地，网完全收拢了，大群银色的鱼被围进越来越小的空间里，鱼不断地挣扎翻腾，几条大鱼使劲顶渔网，想要破网逃出。更多人下来把渔网往上推，在岸上的人则往上拉，全部落的人合力将这群拼命翻腾的鱼弄上岸。

爱拉往上一瞥，看见乌芭站在齐膝深且不断跳动的鱼堆里，便从渔网另一边伸手想够住她。

"乌芭！回去！"她示意道。

"爱拉！爱拉！"乌芭指着海边尖叫，"奥娜！"

爱拉转头，看到一颗黑色头颅浮出水面，旋即没入水里。奥娜只比乌芭大一岁多一点儿，因为踩不到底而被冲到海里，大家忙着往上拉渔获，一阵混乱，根本没人注意。只有在岸上羡慕地看着奥娜的乌芭注意到玩伴身陷险境，发狂似的大叫想引起大家的注意。

爱拉立刻潜入混浊翻腾的溪里朝海边游去，游得比以往都快。水流一路推着她往前，但同样的水流也把那小女孩迅速推向大陆架的陡坡。爱拉又看到她的头浮出水面，于是更卖力地划动手臂。她快赶上奥娜了，但担心还不够快，如果奥娜在爱拉够到她之前就掉入陡坡，她会被强劲的下层逆流拉进深水里。

爱拉嘴里的水变咸了。小小的头颅再度在前方不远处浮出水面，然后又消失了。爱拉死命往前一划，潜入水里想抓住下沉的奥娜，周遭的水温变冷了。突然，她摸到了漂动的须状物，赶紧揪住小女孩的长发。

爱拉觉得肺快炸开了，因为下潜之前她没时间深吸一口气。就在她觉得头越来越晕，快要撑不住时，她拖着那宝贵的生命一起破水而出。她把奥娜的头抬离水面，但奥娜已经不省人事。爱拉从来没有在拖着另一个人的情况下游过泳，但是她得尽快将奥娜带回岸上，而且途中不能让她的头再没入水中。爱拉用一只手使劲往回划，另一只手抓着小女孩。

她再度踩到地面时，看到全部落的人都已涉水过来迎接她。爱拉将奥娜软趴趴的身体抬出水面，交给德鲁格，这时才突然觉得累。克雷伯在她身旁，她抬头看见布伦在另一边伸手要拉她上岸，满脸惊讶的样子。德鲁格抱着奥娜迅速跑上岸，伊札让小女孩张开四肢躺在沙滩上，忙着压出她肺里的水。爱拉累得瘫在海滩上了。

这不是部落的人第一次差点儿溺死，伊札知道该怎么急救。过去曾有人丧命于寒冷的深海，但这次大海没得逞。奥娜开始咳嗽，嘴里喷出水来，眼皮微微颤动。

"宝贝！我的心肝宝贝！"阿葛哭着趴到她身前。她担心极了，抱起女儿紧搂在怀里。"我以为她死了，我以为她活不成了。噢，我的心肝宝贝，我唯一的女儿呀！"

德鲁格从阿葛的大腿上抱起小女孩，紧紧地拥着她走回营地。阿葛不顾习俗走在他身边，轻拍奥娜，抚慰她原本以为已失去的女儿。

当爱拉走过他们时，大家都盯着她看，毫不掩饰地盯着。过去只要有人被水冲走，就没人能活下来。奥娜获救实在是奇迹。下次她再自顾自地做特立独行的怪事时，布伦的部落不会有人再以嘲笑的手势对她指指点点了。他们说她带来了好运。她一向如此，山洞不就是她发现的？

鱼仍在海滩上猛烈挣扎，拍动身子。当大家冲去迎接救奥娜回来的爱拉时，有一些鱼趁机逃回了溪里，但大部分仍受困在渔网下。这时，部落的人回头将鱼拖上岸，然后男人用棒子将鱼打到一动也不动，女人才开始清除鱼的内脏。

"母的！"娥布拉划开一条大白鲟的肚子时大叫道。其他人跑过来。

"看看这个！"佛恩伸手挖了一把细小的黑鱼卵。新鲜鱼卵是他们都爱的美食，通常每个人可以从第一条捕到的母鲟鱼身上挖鱼卵吃个够。剩下的鱼卵用盐腌渍起来日后食用，但风味远远比不上刚从海里捞上岸的。娥布拉叫男孩住手，示意爱拉过来。

"爱拉，你先尝。"娥布拉以手势说道。

爱拉看看四周，很尴尬自己成为目光焦点。

"没错，爱拉先尝。"其他人也跟着说。

女孩看着布伦，他点点头。她怯生生地走上前，用手挖了一把黑亮的鱼卵，然后站起身尝了一口。娥布拉做了个手势，每个人都拥过来各自挖了一把，大伙儿围在鱼旁边，兴高采烈地品尝。他们刚看到一场差点儿无可挽回的悲剧，现在终于松了一口气，心情像在度假。

爱拉慢慢地走回营帐里，知道自己成了风云人物。她小口小口地品尝这丰美的鱼子，享受被大家肯定的兴奋。那心情她永生难忘。

将鱼拖上岸并打死后，男人只能在旁边看，让女人去清理鱼的内脏，加工处理。除了用锐利的燧石刀将大鱼开肠破肚，把鱼肉切片外，她们还有一种用来刮鱼鳞的特殊刀具。这把刀刀背钝，容易握在手中，还敲掉了刀尖形成凹口，以便放进食指控制刮鳞的力道，这样才能只刮掉鱼鳞而不刮到肉。

渔网不只网进了鲟，还有鳕鱼、淡水鲤、鳟鱼，甚至甲壳动物。海鸟闻腥而来，聚在一起大啖鱼的内脏，靠得够近时还会偷走几片鱼肉。她们把鱼肉铺在岸边风干，或放在冒烟的火上熏干，上面盖着撑开的渔网。这样既能晒干渔网，方便查看哪里需要修补，又能防止海鸟偷吃他们好不容易捕来的鱼。

在捕鱼之旅结束前，他们会吃腻鱼肉，也受够鱼腥味，但第一晚，他们会欢欢喜喜地享用鱼肉，且会煮大餐大吃一顿。这场庆祝活动的主菜是鳕鱼，鳕鱼细嫩的白肉在新鲜时特别好吃。女人用新鲜的禾草和大片的绿叶裹住鱼肉，放在火热的煤块上焖烤。虽然大家没明讲，但爱拉知道这场盛宴是为了向她致意而办的。女人频频请她享用佳肴，阿葛还特别为她精心料理了一整片鱼肉。

夕阳西沉,大部分人三三两两地回到了自己的营帐。伊札和阿芭在主火堆旁聊天,火堆里只剩余烬。爱拉和阿葛则静静地坐着,看奥娜和乌芭玩。阿葛一岁大的儿子葛鲁布吸够了温暖的奶水,沉沉地睡在母亲的怀里。

"爱拉,"阿葛首先打破沉默,语气有些迟疑,"我想跟你讲一件事。我过去有时对你不好。"

"阿葛,你一直对我很客气。"爱拉忙说。

"那跟好不一样。"阿葛说,"我跟德鲁格谈过。他很喜欢我女儿,尽管她是我在前一个配偶那里生的。他的地盘里从来没有小女孩。德鲁格说,你的身上会永远带着奥娜一部分的灵。神灵的作风我不是很懂,但德鲁格说,一个猎人救了另一个猎人的命,那个猎人就会保有获救的人一部分的灵。他们变得像手足,像兄弟一样。我很高兴你拥有奥娜的灵,爱拉,很高兴她仍在世上和你共有这个灵。如果我有幸再生一个小孩,而且是个女孩,德鲁格已答应要将她取名为爱拉。"

爱拉张口结舌,不知道该回什么话。"阿葛,我担待不起。爱拉不是洞熊族的名字。"

"现在是了。"阿葛说。

阿葛站起来,向奥娜示意,然后走向她的营帐。过了一会儿,她又回来了,对爱拉比画道:"我要走了。"

这是洞熊族人用来表示"再见"的最亲密的手语。他们告别时通常不打招呼,直接离开。洞熊族人也没有"谢谢"这个字眼。他们懂得感激,但那带有不同的含义,比较像是不得不做的义务,而且通常由地位较低的人来说。他们相互帮忙,因为那是他们的生活方式,是他们的本分,是生存必需的,所以不期望对方感激,也就没有道谢这回事。受人特别的赠礼或恩惠就有义务以类似价值的东西回报。大家普遍认知这一点,道谢也就没必要。只要奥娜活着,她就将欠爱拉一份人情,除非碰到特殊情况,让奥娜(如果奥娜还未成年,那就是她的母亲)有机会投桃报李,得到一部分爱拉的灵。阿葛的这番示意不是基于义务的回报,而是更高一层的表示,她在借此表达感谢。

阿葛离开后不久,她的母亲阿芭也起身离开。"伊札总说你是福星,"老妇人经过爱拉的身旁时以手语说,"现在我相信了。"

阿芭走后,爱拉走到伊札的身旁坐下。"伊札,阿葛说,我的身上会永远带着一部分奥娜的灵,但我只是把她带回了岸上,你才是让她活过来的人。你救她的功劳跟我一样,你的身上也带了一部分她的灵吗?"女孩问,"你的身上一定带着许多灵的一部分,你救过那么多人。"

"你想,女巫医为什么有自己的地位?那是因为她的身上带着部落里所有人的灵的一部分,包括男人、女人。整个洞熊族的女巫医都是如此。她通过接生帮助部落的每个人来到这个世上,照顾他们一辈子。女人一旦成为女巫医,就能得到每个人的灵的一部分,甚至包括她还没救的人,因为她不知道自己何时会救他。"

"有人死掉,进入灵界,"伊札继续说,"女巫医就失去她的灵的一部分。有人认为,这让女巫医更兢兢业业了,但大部分女巫医还是像以往一样努力。并非每个女人都可成为女巫医,就连女巫医的女儿也不见得都当得成。她的内在必须有某种想要助人的特质。你就有那种特质,爱拉,我调教你的原因就在这里。从一开始,当乌芭出生不久后你想救那只兔子的时候,我就看出来了。你去追奥娜时没有停下来考虑个人的安危，一心只想救她。我这个世系的女巫医地位是最崇高的，爱拉，你成为女巫医时将继承我的世系。"

"但我不是你的亲生女儿，伊札。你只是我唯一记得的母亲，我不是你生的。我怎么能继承你的世系？我没有你的记忆，我根本不懂记忆是什么。"

"我出身的世系地位最崇高，因为她们一向最优秀。我母亲、我母亲的母亲——我所能记得的母亲的母亲，一直都是最优秀的，她们将所知所学传授给下一代。你是洞熊族人，是我一手调教的女儿爱拉。你将拥有我能传授给你的所有知识。那或许不是我知道的全部，我自己也不知道我知道多少，但够用了，因为行医不只是靠知识，还靠别的。爱拉，你很有天分，我想，你一定出身于你那个族的女巫医世家。你总有一天会大放异彩。

"你没有记忆，孩子，但你很会思考，看得出是什么正在伤害人。知道是什么东西在伤害人，你就能出手帮忙，而你很懂得怎么帮。当奥佳烫伤布伦的手臂时，我没有告诉你把雪放在烫伤的地方。我或许做过同样的事，但我没有告诉过你。你的天分、才能大概和记忆一样好，或许更好，谁晓得。优秀的女巫医终究是优秀的女巫医，这一点很重要。你要继承我的世系，因为你会是优秀的女巫医，爱拉。这样的地位你将来当之无愧，你将是最优秀的女巫医之一。"

接下来，部落的作息趋于规律，每天只捕一次鱼，但已足够让女人从早忙到晚。没有再发生意外，但大人不再让奥娜帮忙驱鱼入网。德鲁格觉得她的年纪还太小，到了明年她就够格了。到了鲟鱼洄游季末期，渔获量变少，女人下午的时间比较闲了。不过这也没什么差别，鱼得花好些天才能风干，架在海滩上的成排的晾鱼架一天比一天长。

德鲁格已走遍这条溪的泛滥平原，找到几块被冲刷下山的燧石结核，拖回了营地。好几个下午都可看到他在用燧石结核敲制新工具。在族人打算拔营离开的前几天，爱拉看到，德鲁格从他的营帐里拿出一包东西，来到他工作地点附近的漂流木旁边。她喜欢看他处理燧石，于是跟着他，坐在他面前，低着头。

"这女孩想在旁边看，如果这位工具师傅不反对的话。"当德鲁格搭理她时，她以动作示意。

"嗯。"他点头表示可以。她在那根漂流木上坐下，静静观察，不发一语。

女孩过去就看过他干活儿。德鲁格知道她是真心感兴趣，而且不会干扰他。要是佛恩也像她那么有心该多好，他想。在这个部落里，他还没看到哪个孩子真有制作工具的天分，而他和所有身怀技艺的师傅一样，希望将自己的所知传授下去，以免失传。

葛鲁布或许会有兴趣，他想。他很高兴自己的新配偶在奥娜断奶后不久就生下了一个男孩。德鲁格的火堆地盘里从没有过这么完整的一家人，他很高兴自己接纳了阿葛和她的两个小孩。就连她母亲的加入也不算太糟，当阿葛忙着照顾婴儿时，阿芭常打理他的需求。阿葛没有古夫的母亲那种不言即知的灵性，因此，一开始，德鲁格得花工夫让她了解自己的本分。但她年轻，身体健康，而且已经生下一个儿子，一个德鲁格寄予厚望、希望能训练成工具师傅的男孩。德鲁格是从母亲的母亲的配偶那儿学到敲制石器的技术的，当初他喜欢上这项技能时那老人心中的喜悦他现在体会到了。

但爱拉自从和部落一起生活，就常看德鲁格干活儿，他也看过她制作的工具。她双手灵巧，很能学以致用。女人可自由制作工具，唯一的限制是不能制作以武器为最终目的的工具或者可进一步制作成武器的工具。训练女孩子没什么用，她也不可能真正精通，但她已经学到了一些本事，能制作出不错的工具。况且，有个女学徒总比一个学徒也没有来得好。先前他向她解说过一些制作方法。

工具师傅打开那包东西，将皮革摊开，里面是他这一行的行头。他望着爱拉，决定教她一些与石头有关的实用知识。他捡起一块前一天丢掉的石头。经过常年从错误中学习的摸索，德鲁格的众位前辈得知，燧石的综合特性好，可以制出最好的工具。

当他解释的时候，爱拉全神贯注。首先，石头得够硬，才能切割、削刮或撕裂各种动物和植物。有许多石英类的含硅矿物硬度够，但燧石具有某些特性，是那些含硅矿物和硬度较软的石头所没有的。其次，燧石硬而且脆，受压或敲击会断裂。德鲁格示范给她看，他拿这块有瑕疵的石头往另一块用力一敲，爱拉吓得往后一跳。石头应声裂为两半，深灰发亮的燧石中心露出不同特性的质地。

第三种特性该如何向人解释，德鲁格不大清楚，但凭着自己长久以来处理石头所累积的深层直觉，他内心了解那是什么样的特性。这个让他得以制造工具的特性表现在石头断裂的方式上，关键就是燧石的同构型。

大部分矿物沿着与晶体结构平行的平面断裂，也就是只会朝特定方向断裂，所以无法利用它们敲制成特殊用途的工具。德鲁格找不到燧石时会用黑曜岩，也就是火山喷发形成的黑色玻璃，尽管它比许多矿物软。黑曜岩的晶体结构不分明，他同样可以轻易让它朝任何方向断裂。

燧石的晶体结构虽然分明，但很小，所以它也是同构型的。要用燧石敲制出特定形状的工具，唯一的限制是敲制者本身的本事，而德鲁格正是这方面的专家。燧石够硬，能割开厚厚的兽皮或坚韧的植物；又够脆，能断裂出像破玻璃那样锋利的边缘。为了让她明白，德鲁格拿起那块有瑕疵的石头的一块碎片，指着碎片的边缘。她不用摸就知道那有多锋利，她用过同样锋利的刀子好多次了。

德鲁格丢下碎片，把皮革摊开在自己的大腿上，同时想起他将所学知识磨炼精通的那段岁月。优秀的工具敲制师傅首要具备的本事就是挑选适合的材料，得经过一番练习，才能在白垩外层中看出次要的颜色变异，也就是指得出质地细密的高质量燧石的颜色变异；得花一段时间，才能看出某地的结核比别处的石头更好、更新，更不易含有杂质。或许，总有一天，他会有真正的学徒尽得他的真传，能看出这些细微的小地方。

他摊开器具，仔细检查石头，然后静静地坐着，手握他的护身囊，双眼紧闭。这时爱拉以为他忘了她的存在，所以，当他开始以无声的手势对她说话时，她吓了一跳。

"我要制作的工具非常重要。布伦已决定要猎杀猛犸象。秋季，叶子变色之后，我们要远行到北方找猛犸象。这场狩猎要成功得仰仗运气，必须有神灵的支持。我要制作的刀子，一部分将用作武器，一部分则作为工具，用来制作这次打猎需要的特别武器。莫格乌尔会施加强大的法力，给它们带来好运，但首先，我得制好这些工具。如果制作顺利，会是好兆头。"

爱拉不确定德鲁格是否在跟她说话，或许他只是在陈述事实，以便在开工之前将这些事清楚地记在脑里。这更让她意识到，当他工作时,她得非常安静,会打扰到他的事都不能做。她知道他要制作的工具非常重要,有点儿担心他会要她离开。

她不知道的是,从她引领布伦发现山洞起,德鲁格就认为她带着好运,她救了奥娜的命,更证明了他的观点。他觉得这个古怪的女孩就像护身囊里的宝物——人们从自己的图腾那里得到的放在护身囊里祈求好运的特殊石头或牙齿。他不确定她本身是否运气好,只知道她能带来好运,她在这个特殊时刻请求在旁观看,他认为很吉利。捡起第一块燧石结核时,他从眼角注意到她伸手摸了摸自己的护身囊。他认为她是在以她强图腾的好运庇佑他的努力,所以欣然接受了。

德鲁格坐在地上,大腿上摊着一张兽皮,左手握着燧石结核。他伸手拿起一块椭圆形的石头,掂掂重量,直到觉得握在手里很顺手。这是他找了很久才找到的理想锤石,触感、弹性完全符合要求,且用了很多年。从锤石上的许多凹痕和缺口可以看出已经用了很久。德鲁格用锤石敲破白垩岩的灰色外层,露出底下深灰色的燧石,然后停下来仔细检查。这块燧石纹理正确,颜色良好,没有杂质。他动手把它修琢成手斧的基本形状,边缘锐利的厚石片纷纷落下,其中许多片从掉落那一刻起就是很好的刀子,不需要再加工。每块石片被锤石敲击的那端粗而宽,往另一端逐渐收窄。每块石片落下后,燧石结核上就留下一道波浪状的深痕。

德鲁格搁下锤石,拿起一截骨头贴近有波状的锋利边缘的燧石结核,仔细瞄准,用力敲下。骨锤比石锤软,而且有弹性,用骨锤敲下的石片比较细长,没有锐利的薄边。这样敲下来的石片边缘平直,弧形的裂痕比较扁平。

不久后,德鲁格端出成品。这把刚做好的手斧约十二厘米长,一端尖，断面薄，刃平直，斧身两面平滑，只在敲落石片处留下了浅浅的琢面。手斧可握在手上，像斧头一样砍木头，也可以从原木里挖凿出木碗，或用来砍下一段猛犸象的象牙，或砍断动物的骨头，或用在其他锐利的敲击工具派得上用场的许许多多场合。

德鲁格的先祖制作类似的手斧已有数千年，手斧的形式很简单，是他们所设计出来最古老的工具之一，这时仍在使用。他在石片堆里仔细挑选，捡起几块刃比较宽直的石片摆在一旁当作切肉刀，也可以用来割坚韧的兽皮。这把手斧只是暖身之作。德鲁格的注意力转向另一块燧石结核，那是他特别挑出来的，因为纹理特别细致，他将以更进步、更困难的手法来处理。

工具师傅这时变得比较自在，没那么紧张了，他准备好进行下一项工作。他将猛犸象的脚骨移到双腿之间当作砧板，将燧石结核放在上面牢牢按住，然后拾起锤石。这次，他敲掉白垩岩的外层时仔细琢磨着石头的形状，让剩下的燧石结核形成稍扁的蛋形。他把它平放，改用骨锤从上方削下石片，从边缘逐渐往中心进行。完成时，蛋形石头的上半部变成了下凹的椭圆形浅盘。

然后，德鲁格停手，握住护身囊，紧闭双眼。接下来的几个关键步骤除了要靠技巧，还得凭几分运气。他张开双臂活动了一下手指头，才拿起骨锤。爱拉屏住气息。他要做一个打击台面，要从这椭圆形扁盘的边缘敲掉一小块碎片，留下一个凹洞，且凹洞有一面要与他下一步要敲下来的石片呈直角。要让石片一脱落就有锋利的刃，打击台面不可或缺。他检视椭圆形石头的两端，挑中其中一端，仔细瞄准，猛然削掉一小块，松了一口气。德鲁格将盘状的燧石结核牢牢地按在砧板上，精准评估过撞击距离和撞击点后，抡起骨锤就往他已敲出的小凹洞一击。一块完美的石片从雕琢过的核心脱落。石片呈长椭圆形，边缘锐利，外侧扁平，中心像球茎一样平滑，敲下的那端稍粗，往另一端逐渐变细。

德鲁格再度看着那块燧石结核，把它翻转过来，在刚才那个打击台面的对面敲下另一小块，形成另一个台面，然后敲下第二块石片。不一会儿，德鲁格就敲下了六块石片，剩下的燧石结核就不要了。这六块石片全都是长椭圆形，一端粗，一端尖。他仔细检视这些石片，把它们排成一列，准备做最后的琢磨，然后它们就能成为他所要的工具了。他用新技术从一块和手斧的石材差不多大的石头上敲下一道有手斧六倍长的刃缘，利用这道刃缘，他可以改造出多种有用的工具。

德鲁格用一颗略扁的小圆石轻轻地敲除第一块石片一侧的利缘，于是另一边显得更锐利了。但他将一侧打钝，主要是为了让使用者握刀时不致割到手。修磨不是为了让已经很利的边缘更锋利，而是为了做出刀背，用的时候才会安全。他仔细地打量这把刀，再除掉一些小碎片，然后心满意足地放下，拿起下一块石片。他用同样的工序制成了第二把刀子。

德鲁格所选的第二块石片比较大，是从椭圆形燧石结核较接近中心的位置敲下来的，一侧的边缘几乎是直的。德鲁格把这块石片按在砧板上，拿一根小骨从刃缘压掉一小片，如此连续压除碎片，最后留下一连串V字形缺口。他将这个锯齿状工具的背部打钝，重新检查他刚制成的小齿锯，然后满意地点点头，搁下来。

工具师傅用同样的一根小骨将另一块较小、较圆的石片的整个刃缘磨得钝钝凸凸的，这样一来，以后用它来刮削木头或兽皮时，不易因用力而断裂，也不会割裂兽皮。接着，他在另一块石片的刃缘上敲出一个深V字形缺口,做成适合用来打造木矛的尖头。最后一块石片细的一端很尖,有相当明显的波纹状刃缘。他将它的两侧打钝,留下尖头,可用它在皮革上穿洞,或者在骨头或木头上穿孔。德鲁格做的工具全都可以握在手里。

德鲁格再度查看自己做的整套工具,然后向爱拉示意。爱拉正全神贯注地在旁观看,几乎不敢呼吸。他把刚才做手斧时敲下的一块锐利碎片和刮削器递给她。

"这些给你。你如果跟我们一起去猎猛犸象,说不定用得上。"他以手语说。

爱拉的眼睛一亮。她接过这两样工具在手上把玩,仿佛那是最珍贵的礼物。它们的确是最珍贵的礼物。她可能会被选上和猎人一起出去猎猛犸象吗?她怀疑。爱拉还不是女人,而通常只有女人和正好在吃奶的小孩才会跟猎人一起出去。但她的身材跟女人一样高大,且那年夏天她已参加过好几趟短程狩猎。"或许我会被选上,希望如此,真希望如此。"她心想。

"这女孩会收好这些工具,直到猎猛犸象时才用。如果获选和猎人一起出去,她会在猎人要杀的猛犸象身上第一次用它们。"她告诉他。

德鲁格咕哝了几句,然后抓起铺在大腿上的皮革抖掉碎石片,把猛犸象的脚骨、锤石、骨锤、骨质和石质修磨器放进皮革中央包起来,拿一条筋牢牢捆住。他收拾起新做的工具,走到他与自己的火堆地盘里的家人共住的营帐。他的工作做完了,但还是下午。他在很短的时间内就做成了几样非常精致的工具,而他不贪心,见好就收。

"伊札!伊札!你看!德鲁格给了我这些东西。他甚至让我在旁边看他做!"爱拉跑向女巫医,一只手小心地拿着这些工具,另一只手学克雷伯比着单手手语,"他说,秋天时猎人要出去猎猛犸象,他在为男人做工具,制作专门让他们用来猎猛犸象的武器。他还说,我如果跟他们一起去,说不定用得上这些东西。你觉得我可以跟他们一起去吗?"

"你可以,爱拉。但我不懂你为什么这么兴奋,那是很辛苦的事。得把猛犸象所有的油脂都熬出来,把大部分的肉晒干,你绝对想不到一头猛犸象有多少肉、多少油。然后你还得走很远的路,把这些东西全带回来。"

"噢,我不怕辛苦。除了在山脊上远远地见过一次,我还没看过猛犸象呢。我想去。啊,伊札,我希望我能去。"

"猛犸象很少来这么远的南方。它们喜欢寒冷,这里的夏天太热了,冬天雪又太大,它们找不到东西吃。话说回来,我很久没吃猛犸象肉了,再也没有比上好细嫩的猛犸象肉更好吃的东西了,而且它们的油脂很多,可以用在许多地方。"

"母亲,你觉得他们会带我去吗?"爱拉兴奋地比着手语。

"布伦没告诉我他的计划,爱拉。我甚至不知道他们要去,你知道的比我多。"伊札说,"但我想,如果不可能的话,德鲁格就不会跟你说这件事。我想,他很感激你从水里救回了奥娜,他给你这些工具,告诉你猎猛犸象的消息,就是在告诉你可以去。德鲁格是个好人,爱拉。他认为你很有资格收受他的礼物,你很幸运。"

"我要把它们收好,等猎猛犸象时才用。我告诉过他,我如果可以去,会在那时候第一次用。"

"这主意很好,爱拉,你说得很得体。"